GoldLadies

*

Adélaïde :
Tome IV

*

Philippe Rosenberger

Personnages :

Le Club des Damnés

Le Club des Damnés a été reconstruit ailleurs ! Découvrant avec joie neuf mois après l'incendie que Phileas avait investi la cathédrale abandonnée, les membres tout aussi bien que les Reines furent informés de sa réouverture. Le nouveau lieu, consacré et immense, fit tout d'abord regretter le précédent. Mais avec le temps et des aménagements continus, le mystère reprit de plus belle. Rien n'avait changé donc, si ce n'est un nouveau décor et une nouvelle magie des plus enivrantes.

Adélaïde

Adélaïde était une jeune étudiante comme les autres jusqu'à ce qu'elle réponde à une annonce et rejoigne le Club des Damnés. Après des débuts difficiles, de la peine et de la tristesse, elle devint néanmoins sous le nom de Méphala l'une des Reines les plus épanouies et les plus appréciées par ses consœurs et par les Cavaliers. Elle fut également l'une des plus sollicitées par les membres. Le Club lui apporta beaucoup. De la confiance en elle, un épanouissement sexuel, mais aussi et surtout l'amour en la personne de son directeur, Phileas, dont elle tomba éperdument amoureuse. Après la construction du second club, Phileas et elle se revirent et elle tomba enceinte. Dans le même laps de temps, elle découvrit qu'il était agent secret, et finit par le rejoindre au sein du *Service*. À la mort de *D*, la directrice, elle en devint la cheffe.

Phileas

Personnage obscur appelé Phileas ou Léopold, simple mais intrigant, il est à l'origine du Club des Damnés, bien que personne ne sache vraiment ni quand ni comment il l'a créé. Les rumeurs et les légendes circulant à son propos sont légions, et il serait pour certains un personnage séculaire, un envoyé du diable ou n'importe quoi qui pourrait justifier son influence. La vérité est pourtant toute autre, car Phileas est en réalité un multimilliardaire qui a notamment réactivé un vieux service secret chargé de stopper des menaces échappant à la justice. Mais il s'évertue surtout à démanteler une *Organisation* aussi dangereuse que mystérieuse. Après s'être fait tirer dessus, il apprit qu'Adélaïde, qu'il aimait et qui avait découvert son secret, avait été nommée agente secrète par *D*. Lorsque celle-ci mourut, il la désigna pour la remplacer.

Chloé

Première Reine qu'elle ait rencontrée, Chloé est devenue la meilleure amie d'Adélaïde.
Les deux femmes se sont quasiment tout de suite attachées l'une à l'autre et sont depuis deux amies complices et solidaires. Leur histoire ne s'arrête cependant pas qu'à leur

amitié sans faille. En effet entraînées par la tension sexuelle qui régnait constamment au Club des Damnés, elles sont devenues à plusieurs occasions amantes avant qu'Adélaïde ne sorte avec Phileas, tissant entre elles un lien qui ne s'effilera jamais. Reine d'Or du Club, Chloé est une alliée fidèle et une figure de proue pour les Damnés. Les cheveux d'un blond caramel et le visage angélique, elle est une femme agréable et chaleureuse ouverte aux nouvelles amitiés et qui n'aime pas se prendre la tête pour un rien.

Jean

Jean, Reine Rouge ou Reine de Sang du Club des Damnés était la meilleure amie de Chloé et d'Adélaïde. Tuée par l'*Organisation* que combat Phileas, celui-ci garda sa mort secrète jusqu'à ce que la vérité éclate d'elle-même. Personne ne sait vraiment quel lien les unissait, mais Jean restera dans le cœur des Reines et des Cavaliers comme une amie très chère perdue trop tôt.

Wanda

Wanda est la fille de Phileas. Italienne fière et arrogante aux premiers abords, elle est en réalité une jeune femme déboussolée vivant difficilement sa situation. Sa mère étant morte très tôt, elle vécut seule avec son père et appréhendait mal, malgré son confort luxurieux, sa fausse vie de conte italien et surtout ses absences à répétitions. Elle alla jusqu'à créer des tensions avec Adélaïde avant de finalement faire la paix avec elle-même et son père, et d'accepter sa vie d'agent secret telle qu'elle était.

Alfred

Cavalier confident d'Adélaïde, Alfred est un ancien agent de la DGSE, serviable, poli, loyal et toujours là pour prêter main-forte. Considéré par beaucoup comme le chef des Cavaliers, il est officieusement le bras droit de Phileas. C'est aussi lui qui a poussé Adélaïde à lui déclarer sa flamme. Après qu'elle ait découvert des mois plus tard la vraie nature de ses activités, elle apprit la nature de leur lien : Alfred est le père de Phileas, et par conséquent le grand-père de Wanda.

Les Reines

Les Reines du Club des Damnés sont des créatures de rêves dans un lieu propice aux plaisirs et aux mystères. Chacune unique, chacune délicieuse, chacune pouvant être conquise... mais aucune acquise. Depuis la création du Club des Rodiers, le nombre de Reines n'a fait qu'évoluer. Bien qu'il n'y ait jamais eu à ce jour un seul instant où toutes furent réunies au club, il est rare que le nombre d'actives soit inférieur à une vingtaine. Il y a donc à chaque instant passé dans les lieux de délices, autant de visages que de désirs. Exotisme, fraîcheur, maturité… Il y a une Reine pour chaque goût.

Les Cavaliers

Vous désirez un verre ? Une collation chaude ou froide, une soupe de chocolat, un bouillon de légumes ? Vous aimeriez rejoindre une Reine dans une loge ou une salle de bain ? Vous vous êtes perdus dans les méandres du Club ? Demandez votre chemin, demandez un renseignement. Ces hommes en redingotes toujours serviables, toujours là, sont vos plus fidèles amis. Mais n'oubliez pas, un mot de leur part à l'oreille de ces dames et vous serez châtié.

Le Service

Le *Service* est un organisme secret agissant sans reconnaissance officielle et chargé d'appréhender ou à défaut d'éliminer toutes personnes échappant à la justice. Son fondement est basé sur la légitimité et non la loi, dans un souci de faire respecter les droits de l'Homme. Totalement officieux, il est la réincarnation du *Syndicat*, un groupuscule créé dans les années 40 et réunissant des représentants de chaque nation, de chaque ethnie, de chaque religion et des deux sexes. Utopistes, ces gens voulaient créer un monde meilleur et plus juste, mais au lendemain de la Seconde Guerre mondiale, se rendant compte que l'argent avait gangrené le monde et que les gouvernements ne se souciaient plus de leurs citoyens, ils décidèrent que la seule façon de rendre le monde un tant soit peu plus juste était de mettre hors d'état de nuire les gens échappant au système pénal officiel. De rêveurs, ils étaient devenus des agents secrets impitoyables.

D

D est l'ancienne cheffe du *Service*. Femme de caractère âgée d'une soixantaine d'années, elle voyait d'abord l'arrivée d'Adélaïde dans la vie de Phileas d'un mauvais œil, mais au fil du temps elle se montra plus douce. Lorsque Phileas se fit tirer dessus et oscilla entre la vie et la mort, elle intervint pour arrêter Adélaïde qui avait tué son agresseur, puis la nomma membre du *Service*. *D* fut abattue sous les yeux de Phileas quelque temps plus tard par le chef de l'*Organisation*.

L'Organisation

L'*Organisation* fut découverte lors de la mort de Jean. Personne ne sait vraiment grand-chose sur elle, si ce n'est qu'il s'agit d'un groupement organisé et bien plus dangereux que n'importe quelle organisation du crime. Après s'être rendu compte qu'elle avait infiltré la plupart des gouvernements et des services secrets, le *Service* a fait sa priorité numéro une d'arrêter ses exactions.

La veille, 22h14

Cela puait dehors. La ville avait une odeur de merde et la pluie nauséabonde qui tombait n'arrangeait rien. Le temps était maussade, l'hiver était encore présent, mais la neige avait disparu et l'odeur fétide régnait malgré le froid. Le service municipal des agents de propreté urbaine avait commencé une grève. Leur cause était juste mais au lendemain des fêtes de fin d'année, les poubelles pleines de carcasses de dindes, de poissons ou de coquilles d'huîtres n'étaient pas à laisser dehors, et voilà un peu moins d'un mois qu'elles infestaient les rues. La ville était donc devenue une déchetterie, cela puait dehors, et les morts en auraient honte. À l'intérieur de l'hôtel trois étoiles du quartier de la gare, Mélina dégrafa et retira son soutien-gorge, révélant ses seins menus et fermes. L'air de la chambre était autrement plus mielleux et savoureux qu'à l'extérieur et la vue de la jeune fille un million de fois plus agréable à la vue des rues encombrées. La poitrine dévêtue, Mélina défit la boucle de sa ceinture, ouvrit son jeans, et le retira. Son tanga en dentelle était d'un brun chocolat des plus alléchants, ouvrant l'appétit d'un simple regard. Mélina donnait envie qu'on la goûte, elle était exquise du haut de son mètre soixante-trois, délicieuse comme le chocolat, belle à croquer… Elle retira son sous-vêtement, découvrant un léger et doux duvet blond qui confirmait sa couleur de cheveux, et attrapant deux baguettes chinoises sur la commode, elle se fit un rapide chignon avant de monter sur le lit. Mélina ne devait pas avoir plus de seize ou dix-sept ans. Sa poitrine reflétait d'ailleurs encore bien son âge, elle n'était pas complètement formée, et quoique la jeune fille était des plus attirantes et sexy, aussi bien habillée que nue, cela se voyait qu'elle était encore une enfant. Mais c'est sûrement ce qui plaisait à l'homme assis dans le lit... Mélina s'approcha de lui, glissa sa langue dans sa bouche et l'embrassa avec passion avant de se retourner, toujours à quatre pattes sur le lit, pour lui offrir son intimité à déguster. L'homme, âgé d'une quarantaine d'années, dans une excellente forme, l'attrapa alors aux hanches et caressa ses grandes lèvres avec sa langue avant de s'adonner à un cunnilingus de tous les diables... Mélina ferma les yeux, poussa de petits cris en se caressant avec délectation le clitoris puis, après une minute de lapements et de bisous, s'abaissa en arrière pour venir saisir le pénis de son amant et l'introduire dans son vagin. Elle sentit ses chairs s'écarter au passage de son gland puis de sa verge, et les milliers de décharges électriques qui remontèrent jusqu'à son cerveau la mirent déjà dans un état d'euphorie. L'homme saisit en main ses seins encore jeunes, pâles aux tétons roses, et tout en la pelotant, fit un mouvement de reins pour aller et venir entre ses cuisses... Mélina passa ses mains autour de sa tête et jouit calmement sous les frottements de la pénétration... elle était au paradis.

L'homme se réveilla, des heures plus tard, Mélina contre lui. Il la regarda de haut en bas, caressant son jeune corps revêtu d'une peau de bébé, et s'émerveilla de sa beauté. Elle était incroyablement magnifique, belle à s'en damner. Il était heureux avec elle, comme redevenu un enfant… En extase de sa chance, il pelota ses seins, passa ses doigts dans ses cheveux dorés et l'embrassa jusqu'à ce qu'elle se réveille…

— Mmmh… j'ai adoré, fit la jeune fille en ouvrant les yeux.

Elle se redressa un peu et s'étira un sourire aux lèvres, comblée.

— Comme à chaque fois, sourit l'homme.

— C'est vrai. À chaque fois c'est exceptionnel… On se revoit quand ? demanda-t-elle, déjà impatiente.

— Je ne sais pas… Sûrement au club, quand j'aurai le temps d'y aller. Peut-être demain si mon emploi du temps me le permet.

— D'accord…

Mélina se pencha vers lui et l'embrassa avant de se lever.

— Il faut que j'y aille, je dois rentrer tôt, annonça-t-elle.

— Rentrer tôt ? Et rentrer où ? Je croyais que tu ne vivais pas chez tes parents ?

— Mes parents sont morts et je vis dans mon propre appartement, mais j'ai besoin d'heures de sommeil pour être fraîche et dispo, sourit la jeune fille.

L'homme aux cheveux poivres et sels planta son coude dans l'oreiller, posa sa tête sur sa main, et la regarda s'habiller.

— Et tes études ? demanda-t-il.

— Je commence mon stage la semaine prochaine.

— Ah, c'est bien ça, l'encouragea-t-il.

Mélina enfila son soutien-gorge et remit son tee-shirt.

— Ouais, j'ai hâte… mais je ne serai pas au club durant trois semaines.

— J'attendrai, ce n'est pas grave.

La jeune fille revint vers son compagnon et l'embrassa, folle heureuse.

— Et nous ? demanda-t-il alors.

— Comment ça « et nous » ? l'interrogea-t-elle désireuse d'en savoir plus.

— Je ne sais pas… on officialise ? On s'engage ?

— À voir, mon beau monsieur…

Mélina l'embrassa avec espièglerie et se releva pour enfiler ses chaussures au bord du lit.

— Tu te rends compte que cela fait déjà deux mois qu'on se voit en dehors du club au moins trois soirs par semaine, lâcha-t-elle, n'arrivant toujours pas à réaliser la chance qu'elle avait.

— Oui, deux mois fantastiques avec toi…

L'homme dit cela avec allégresse, mais tout d'un coup la regarda surpris et inquiet.

— Je suis aux anges, j'ai le sentiment d'être amoureuse, je me sens bien avec toi, renchérit la jeune fille. Qui sait, j'ai même parfois envie de quitter le club pour nous…

Mélina prononça cela totalement émerveillée, comblée. Elle ne se doutait pas du changement d'attitude de son compagnon.

— Oui…

Mélina tourna la tête et l'homme aux cheveux poivres et sels afficha un visage comblé, ne faisant pas du tout transparaître sa nouvelle prise de position. Il l'embrassa comme un homme amoureux et aimant.

— Je t'aime, fit-il.

— Moi aussi… Je t'aime à la folie… Allez, j'y vais.

Mélina se redressa, prit ses affaires et sortit de la chambre d'hôtel en lui faisant un signe de la main. Elle quitta le bâtiment éclairé et s'enfonça dans la nuit nauséabonde et puante pour retourner chez elle... L'homme prit alors rapidement le téléphone de la table de nuit et pianota un numéro.

Il s'arrêta de pleuvoir au-dehors et la merde répandit son odeur dans le quartier des prostituées. Il était temps que les ripeurs fassent le ménage.

24 janvier 2013, 7h12

Réveil

Le réveil sonna de son bip-bip caractéristique et frustrant. Adélaïde se retourna dans le lit, avança le bras jusqu'à la table de nuit et tapa de la main sur le bouton d'arrêt pour faire taire cet insupportable bruit. Bon Dieu, c'était inhumain de subir ça... Elle se frotta les yeux, et dans un effort inimaginable, réussit à se redresser malgré son irrésistible envie de rester au lit.

— Il faut se lever chéri, annonça-t-elle en se grattant le cuir chevelu.

— Mmh...

— Allez, il le faut...

Adélaïde passa une main sur le bras de Phileas et le frotta pour le forcer à se lever, mais ce fut malheureusement sans succès.

— Laisse-moi dormir... ronchonna l'homme du club en mettant la tête sous les oreillers.

— Phileas... debout.

Adélaïde se leva et enfila un peignoir en luttant pour ne pas retourner se coucher. Mais c'était dur, elle était fatiguée et tombante de sommeil. Et pour ajouter à son supplice, son ventre était lourd à porter ce matin... Elle passa une paire de chaussons à ses pieds et s'étira avant d'aller ouvrir les rideaux puis les volets. Adélaïde devait en théorie accoucher dans les jours suivants si ce n'était aujourd'hui même, d'après ses estimations et celles de ses médecins, et elle le sentait bien. Ce serait d'ailleurs pour aujourd'hui, se le confirma-t-elle en sentant les jumeaux taper des pieds avec conviction sur sa vessie... Ils étaient prêts à sortir. La jeune femme attacha la ceinture de son peignoir et sortit de la chambre encore endormie pour aller en bas se préparer un café bien fort et bien chaud. Elle se frotta les yeux pour se réveiller un peu plus. Elle s'endormait presque debout et devait se battre pour ne pas céder à la tentation d'une heure de sommeil en plus… Elle était à ce point tellement engourdie qu'en descendant l'escalier, elle manqua de trébucher sur l'un des jouets du chien.

— Phileas, ton chien a encore laissé traîner ses jouets ! cria-t-elle à l'intention de son époux, furieuse.

L'homme du club ne répondit pas, sûrement déjà rendormi, et Adélaïde, marchant en essayant d'éviter la pléiade de jouets et de nounours jonchant le sol, se rendit dans la cuisine pour allumer sa cafetière.

— Cerebro, tu as déjà bouffé une de mes paires de chaussures à cent euros, alors je te préviens après ce coup-là, si je te choppe, je te donne en pâture à tous les chats du quartier, lança-t-elle dans le vide, comme si le labrador blond de son mari était en face d'elle.

Adélaïde lança la cafetière, s'assit à table, et commença à tartiner du beurre et de la confiture sur ses tranches de pain grillé en attendant que Phileas se lève.

Adélaïde n'était plus agente autorisée à tuer. Cela faisait maintenant près de deux mois et demi qu'elle dirigeait le *Service*, qu'on l'appelait par la dénomination de *Méphala*, ou communément *M* même si elle préférait le premier terme, et que la toute première chose qu'elle avait faite lorsqu'elle fut promue, fut d'enlever ces deux horribles zéros devant le matricule des agents de la section du même nom. Elle l'avait d'ailleurs dans la même optique renommée en *Section Exécutive,* ce qui a son sens était doublement juste car c'était la section chargée d'exécuter les ordres de son bureau, mais aussi d'exécuter en cas de besoin. Oh, bien entendu Phileas n'avait pas trop aimé, Adélaïde le savait, mais il n'en avait rien dit. Il avait choisi de la nommer elle et acceptait ce genre de détails, probablement parce qu'en la plaçant au poste suprême, il s'assurait qu'elle ne serait pas sur le terrain, et que donc paradoxalement, elle serait moins en danger. Quoi qu'il en soit, une fois ceci fait, Adélaïde s'était non sans brio activement lancé dans la reprise des tâches qu'entreprenait sa prédécesseuse.

La jeune femme croqua dans une de ses tartines et alluma la radio pour entendre les informations de 7h30.

Adélaïde se doutait bien qu'il l'avait placée en haut pour l'empêcher de lui nuire sur le terrain, elle n'était pas stupide et commençait à le connaître. Enfin, elle se plaisait bien à son nouveau poste et acceptait le change avec satisfaction. Elle avait du pouvoir sur pas mal de monde, elle était respectée et savait presque tout des petits secrets des gouvernements du monde ; ce qui avait d'ailleurs définitivement écarté ses inquiétudes relatives au *Service.* On avait besoin d'eux, il y avait pas mal de ménage à faire… Adélaïde attrapa sa cafetière et se servit un grand bol de café.

— Phileas ! Descends ! cria-t-elle. On va être en retard si ça continue !

La future mère avala une gorgée du met, ce qui la réveilla instantanément et pleinement, et croqua dans une autre tartine en attendant que son flemmard d'époux veuille bien se lever. Adélaïde adorait vraiment son nouveau métier. Elle avait dû passer des heures et des heures à lire et se documenter, subir des réunions nocturnes interminables, décider d'actions parfois à la limite du bien qu'on lui avait enseigné, mais la simple idée de faire bouger les choses était gratifiante. Mais comme pour tout, il y avait évidemment une contrepartie. Phileas était un peu agacé de certaines de ses décisions en tant que *Méphala,* ils avaient, depuis cette fameuse nuit où il l'avait nommée, eu plusieurs divergences d'opinions, et bien sûr, comme il était le seul au *Service* à ne pas avoir peur d'elle, il exprimait ouvertement et sans retenue son désaccord. Et ce, même si au final il savait qu'elle ne tiendrait pas compte de ses avis et userait de son autorité pour imposer son choix à elle.

Phileas évacuait donc sa frustration au lit, sur le plan personnel… C'était les aléas du métier quand l'homme était subalterne de sa compagne, et Adélaïde acceptait les frais. Mais il est vrai que cela prenait une tournure intéressante quand il s'agissait d'un agent secret couchant avec la cheffe de ses services et qu'à la maison, là où ils s'étaient promis de laisser le boulot à la porte, il se défoulait lorsqu'il la prenait en levrette avec bestialité, jusqu'à ce qu'elle crie sa soumission sexuelle... et Adélaïde se soumettait souvent en suppliant pour qu'il la ménage…

Blanche sauta sur la table pour sentir les tartines qu'Adélaïde s'était préparées et bondit finalement au sol pour aller manger dans sa gamelle. La viande en terrine lui était sûrement meilleure que la confiture de fraise... Adélaïde la regarda, curieuse de ce comportement, éteignit la radio qui n'annonçait finalement rien d'intéressant, termina son petit déjeuner et remonta en dénouant la ceinture de son peignoir pour aller se doucher.

— Phileas, je vais à la douche ! Je serai dans ta salle de bain… Et entièrement nue…

— Mmrrh… s'exclama hautement et fortement la voix de Phileas.

Adélaïde afficha une tête désespérée, abandonnant définitivement l'idée de le faire se lever, et fit tomber son peignoir à terre en laissant la porte de la salle de bain ouverte. Elle actionna l'eau chaude, passa sa main sous le jet pour vérifier la température, et se glissa en dessous. Elle fut immédiatement bien. La chaleur de l'eau, sa douceur… Elle prit du gel douche et se nettoya le corps avec plaisir, frottant sa poitrine, son ventre, ses jambes, son visage et sa nuque…. Adélaïde se lava tout le corps et était en train de se faire un shampooing lorsque la surprenant, la sonnerie du téléphone se fit entendre. Les yeux pleins de savon, le corps encore non rincé, elle cria à Phileas de répondre.

— Tu veux bien répondre s'il te plait ? lui demanda-t-elle.

— Mmh…

— Phileas, lève ton cul et va répondre s'il te plait ! s'impatienta-t-elle cette fois d'un ton sec.

Phileas vociféra, passa une main en dehors de la couette et attrapa le combiné de la table de nuit. Il sortit alors la tête de sous l'oreiller et le porta à l'oreille. Pourquoi bon sang n'avait-il pas le droit de dormir ?

— Phileas, annonça-t-il sommairement.

Il ne prononça rien d'autre, mais ses yeux s'ouvrirent instantanément lorsqu'on lui annonça la nouvelle. Son sang n'ayant fait qu'un tour il se redressa comme un diable à ressort, raccrocha sans rien dire, et sortit du lit. Avant même qu'Adélaïde ne soit sortie de la salle de bain, il fut habillé et déjà parti avec la Virage Volante sans lui laisser un mot.

Arrivée au Club

— Mon Dieu, j'ai hâte d'en avoir, s'exclama Aurore, enjouée.

Adélaïde regarda la jeune femme et lui sourit, mielleuse.

— Je n'ai pas voulu savoir leurs sexes… Mais j'ai déjà des idées de prénoms, renchérit-elle.

— Toutes mes félicitations ! reprit la Reine, vraiment enthousiaste.

— Et qui est le père ? Si ce n'est pas trop déplacé de te le demander ? formula alors Mélisande, redoutant tout de même un peu que cette question soit trop personnelle.

— Comment ? Vous ne le savez pas ? sourit Adélaïde.

— Ben non, s'étonna de cette question Aurore.

— Oh, vous le connaissez, s'exclama-t-elle alors enjouée.

— Ah bon ? C'est un membre ? Ou un Cavalier peut-être ? se surprit la jeune femme.

— Ben non, c'est Phileas.

— Quoi ?

— Noooon !

Adélaïde sourit, toujours aussi exaltée par l'effet de cette information.

— Je crois qu'on ne vous a pas tout dit quand vous êtes revenues… ironisa-t-elle.

— Ben j'ai appris que Jean, Édouard et George sont partis mais... commença Mélisande.

— Demandez à Alfred de vous expliquer, coupa court Adélaïde en changeant de visage, ne voulant pas trop en reparler, il vous révélera ce qu'il en est.

— D'accord...

Passant ses mains sur son ventre, la jeune femme se mit plus à son aise sur la banquette de cuir, et pour attiser leur curiosité, leur révéla sans plus attendre comment cela se faisait qu'elle soit mariée avec le maître des lieux...

Adélaïde se rendait au Club des Damnés, en même temps que les Reines Prunelle, Mélisande, et Aurore. La première était certainement la dernière Reine en date car Adélaïde ne l'avait jamais vue, la deuxième était revenue au club après sept ans d'absence, et la dernière enfin après cinq ans. Elles étaient toutes les trois sympathiques, ouvertes et souriantes... ce fut vraiment agréable de voyager avec elles et elle raconta donc sans crainte sa vie amoureuse.

Adélaïde portait un tailleur gris fait sur mesure pour sa grossesse et ses cheveux étaient attachés par un chignon. Elle semblait telle une femme d'affaires, sûre d'elle, puissante, l'égale d'un homme. Depuis qu'elle était *M*, Adélaïde travaillait en toute discrétion depuis les toits de la cathédrale, en attendant que les nouveaux locaux de la concession automobile soient complètement installés, et surtout pour sa sécurité jusqu'à ce qu'elle accouche. Tout en tenant son ventre, heureuse du futur événement, elle discutait donc un peu avec ses trois consœurs dans le wagon de l'Orient Express, puis dans le labyrinthe pour se rendre à la tour. Cela avait quelque chose d'agréable de travailler au club plutôt que dans une base secrète. C'était plus chaleureux, moins strict, et cela lui permettait de discuter un peu et d'avoir des relations amicales avant de devoir bosser comme une bête. D'autant plus que, ne serait-ce que ce matin, les Reines étaient aimables avec elle, chose que ses subordonnés ne se permettaient pas. Elle ne les connaissait pas du tout, la plus jeune ne parlait pas trop mais Mélisande et Aurore plus anciennes qu'elle n'arrêtaient pas de la féliciter pour sa grossesse et même l'enviaient. C'était avenant et motivant, ouvrant la journée sur une bonne note. Bien sûr, Adélaïde malgré cette chaleureuse entente resta toutefois très intimidée d'être en leur présence. Elles étaient parmi les premières Reines de Phileas et malgré ses liens avec lui et son poste haut placé, ou même son statut de nouvelle Reine Rouge, elle se sentait petite et les considérait toutes comme des modèles d'inspiration et ses supérieures.

— Et c'est pour quand ? demanda Mélisande, excitée.

— Dans les quarante-huit heures, répondit Adélaïde, fantasmant déjà le moment rêvé où elle les tiendrait dans ses bras.

— Ouah…

Adélaïde sourit et acquiesça de bonheur.

— Oh oui, et j'ai hâte que ce soit fini ! Récupérer mon ventre, ne plus manger comme une obèse, et surtout ne plus recevoir des coups de pieds dans la vessie !

— Je pense bien ! s'exclama Mélisande, se doutant du calvaire que cela pouvait représenter parfois.

— Mais c'est tout de même fantastique de sentir la vie en soi… de porter ses enfants pour ensuite les éduquer, les chouchouter… C'est un réel bonheur, j'espère que vous le connaîtrez aussi. Être mère est la plus belle chose qui m'arrive.

— C'est l'aboutissement de nos vies je trouve, annonça Aurore. Je sais que je serai heureuse quand je serai mère… Plus rien ne comptera.

Les quatre Reines discutèrent encore un peu entre elles de l'importance d'être mère dans la vie d'une femme et montèrent à leur étage pour ensuite se séparer. Adélaïde nota que Prunelle rentra dans la loge à son nom, la soixante-et-onzième, confirmant son statut de dernière Reine, que Mélisande passa la loge notée de son patronyme et d'un 13 et qu'Aurore entrait dans la 19. Adélaïde s'en émerveilla, subjuguée. Ces deux dernières étaient de la génération de Jean, même juste avant pour Mélisande… Elle était impressionnée rien que de les avoir rencontrées, comme si elle avait discuté avec sa rock-star préférée, et, ravie de cela, se rendit au bureau de Phileas pour commencer à travailler. Elle était tout de même incrédule… Des anciennes Reines étaient revenues… L'âge d'Or tant conté par ses amies serait-il en train de revenir ? Providence, ou rappel du maître du club ? Émoustillée de toutes ces interrogations, Adélaïde alluma l'ordinateur de son compagnon et se connecta avec le *Service* pour commencer à travailler.

*

— Oui maman je passerai bientôt, promis… De toute façon, il faut que j'aille à la maternité. Oui maman… oui Phileas t'embrasse aussi. On viendra dès qu'on peut et je te dirai quand j'accouche… Oui maman… oui je prends bien mes médicaments et je ne me surmène pas trop… Oui Chloé aussi t'embrasse…

Adélaïde raccrocha et tendit son portable au Cavalier Étienne tout en continuant à avancer dans le couloir allant de la salle de bal à celle des sens.

— Dites à Daniels, mon assistant, que je ne veux pas être appelée de la journée, fit-elle pour éviter d'avoir de nouveaux appels de ce genre.

— Bien madame, je transmettrai, répondit le Cavalier en mettant le portable dans sa poche après l'avoir éteint. … De Dieu, je ne pensais pas que cela arriverait un jour.

— Quoi ? demanda Adélaïde en continuant à marcher.

— Qu'on apporterait de la technologie dans le Club.

— Ça gâche tout, n'est-ce pas ? sourit la jeune femme. Mais ne vous en faites pas, quand j'aurai accouché, tout redeviendra comme avant, promit-elle ensuite. Le *Service* ne sera plus mêlé au Club des Damnés.

— Si ce n'est que la Reine Méphala n'est plus, il ne reste que *Méphala*, dirigeant dudit fameux *Service*, s'attrista Étienne.

— Est-ce si gênant de ne plus revoir cette fille libertine ici ? demanda Adélaïde, se souvenant d'une autre époque avec une pointe de nostalgie.

— Disons qu'on l'aimait bien. Je me souviens de la timidité dont vous faisiez preuve le premier jour où vous êtes venue, et de la première fois où vous étiez seins nus en salle, prude et pudique. C'était l'âge d'argent, l'époque de la grandeur des Rodiers.

Adélaïde esquissa un autre sourire, amusée et émue de cette évocation du passé.

— Disons que pour ma part, étant incessamment sous peu mère, je n'ai pas spécialement envie de me montrer sans vêtements à des inconnus. Surtout que, même si j'ai interdit à mes agents de venir ici, l'idée qu'un jour l'un d'eux me voit en tenue de Reine ou nue me met déjà bien mal à l'aise.

— Je comprends tout à fait, fit Étienne en se mettant face à elle devant l'accès à la salle des sens. Mais c'est regrettable, le changement n'a pas que du bon.

Le cavalier prononça cela non sans une pointe de mélancolie, et lui ouvrit les portes en la laissant passer la première. Adélaïde entra dans la salle des sens, un peu retournée par ses paroles, et se rendit vers les doubles portes en face pour passer dans le couloir menant à la bibliothèque. Il y avait déjà des Reines dans la salle, autres que les trois qu'elle avait déjà rencontrées. Peut-être était-ce dû à ce qu'elle venait juste d'entendre, mais toujours est-il que l'une d'elles attira alors particulièrement son attention et la fit s'arrêter d'émerveillement. Portant un soutien-gorge rouge sans bretelle et un boxer assorti avec des bas chocolatés et un ruban noir autour du cou en guise de bijoux, elle était assise sur une des banquettes non loin d'elle. La superbe femme était recroquevillée sur le cuir rouge, les genoux ramenés à elle, et semblait attendre une invitation ou une conversation tout en lisant un roman. Elle était belle à croquer, ses cheveux bruns attachés semblaient soyeux et doux… Elle était magnifique, parfaite, divine.

— Qui est-ce ? demanda Adélaïde subjuguée.

— Il s'agit de la Reine Eugénie, qui n'était pas revenue au Club depuis sept ans.

— Sept ans ? s'étonna Adélaïde.

— Ses études de médecine ont pris tout son temps… Elle fut profondément chagrinée quand elle a découvert que les Rodiers n'existaient plus mais par chance, elle avait gardé l'adresse de plusieurs Reines. Maintenant que ses études sont finies, elle revient dès qu'elle peut.

— Elle est magnifique… s'exclama Adélaïde, bouche bée.

— Oh oui, en effet.

— Elle est… C'est la combientième ?

— 10ᵉ, révéla le Cavalier.

— Elles reviennent toutes ma parole. Phileas leur a passé le mot ?

— Aucune idée… Mais c'est un régal pour les yeux.

— C'est sûr, murmura Adélaïde, éblouie.

Étienne se rendit de l'autre côté de la pièce, ouvrit les portes de chêne brun, et sifflota avec amusement pour sortir Adélaïde de ses rêveries.

— Huh… Je vous demande pardon ? fit la Reine.

— Vous vouliez aller à la bibliothèque non ? s'exclama le Cavalier.

— Euh, oui, oui, j'arrive.

Revenant à la réalité la femme de pouvoir le rejoignit. Amusé, le Cavalier esquissa un sourire et referma derrière eux.

— Quoi ? l'interrogea Adélaïde, inquisitrice.

— Non rien.

— Dites !

— Laissez tomber.

Adélaïde avança dans le couloir en direction de la bibliothèque sans plus répondre. Elle était ailleurs, elle ne pouvait s'empêcher de repenser à cette fille… Elle ne savait pas pourquoi ou comment, mais elle l'intriguait, lui rappelant justement Méphala. Elle était extrêmement belle, délicieuse à contempler. Étienne et elle parcoururent la distance les séparant de la bibliothèque et le Cavalier lui ouvrit la porte.

— Que comptez-vous prendre cette fois madame ? demanda-t-il intéressé.

— Un Jules Verne je pense.

— Troisième rayonnage dans le pavé du fond à gauche, au bout derrière l'arbre.

— Bien, merci.

Adélaïde se rendit vers ledit rayon et observant l'alignement des vieilles éditions se complut dans la lecture des titres évocateurs d'aventures, de mystères ou de romantisme. Après avoir lu toutes les tranches, elle opta pour pimenter ses pauses de la journée à l'aide du *Tour du monde en quatre-vingts jours*.

— Dépêchez-vous madame, n'oubliez pas que les membres arriveront d'ici un quart d'heure et qu'ils ne doivent pas vous voir ! lui rappela-t-il.

— Je serai remonté à temps Étienne, il n'y a pas de soucis. Mais il est curieux et amusant de constater que maintenant je sois *persona non grata* alors que j'étais l'une des plus courtisées.

— Mais vous n'étiez pas enceinte et vous n'étiez pas une personnalité à protéger.

— Ah, les joies de la vie de couple avec Phileas, c'est hallucinant ce qu'on perd ou gagne à vivre avec lui…

Adélaïde attrapa un second livre, au cas où, *L'île mystérieuse*, et quitta le rayonnage. Ils repassèrent alors dans le couloir menant à la salle des sens pour qu'elle puisse remonter tranquillement jusqu'à l'étage des Reines.

— Cette fille, Eugénie… formula Adélaïde.

— Oui ?

— Elle est… non rien. Je ne sais pas ce que j'allais demander.

Adélaïde remonta sans un mot par l'escalier en colimaçon menant aux toits et entrant dans le bureau de Phileas, s'enfonça dans le travail. Installée à son ordinateur portable, elle commença par relire différents rapports sur les affaires en cours, consulta ses mails, étudia dans l'actualité ce qui pourrait relever de leurs services… mais elle n'arrivait pas vraiment à se focaliser sur le travail… elle avait la tête ailleurs, l'esprit obnubilé par cette Eugénie. Elle lui plaisait beaucoup, elle se l'avouait… Adélaïde ne savait pas quoi faire… enfin, si, elle savait ce qu'elle ne devait pas faire, mais là elle était perdue… Ce que le Cavalier Étienne avait dit l'avait émue, profondément, et elle ne pouvait s'empêcher de vouloir faire revenir à la surface son alter ego depuis longtemps oublié. Elle reconnut même que Méphala lui manquait terriblement. Elle ressentait le besoin d'être de nouveau elle pour revivre l'excitation du libertinage, d'être de nouveau une jeune fille insouciante et audacieuse… Comme Phileas le lui avait dit aux Bahamas, lorsqu'on travaille au *Service*, c'est la seule façon de s'évacuer l'esprit, et c'était vrai. L'endorphine… et un bon film en plus pour elle. Mais elle ne pouvait pas, surtout dans son état… Mais le vrai problème était que depuis qu'elle avait tiré ces deux balles, tuant Kristan et son garde du corps, Adélaïde n'avait plus vraiment eu l'occasion d'être elle-même, ou tout du moins Méphala. Cela remontait peut-être même au moment où elle avait découvert les réelles activités de Phileas… voire même simplement depuis qu'elle sortait avec lui. Et cela revenait par cycle de temps en temps, comme une addiction, elle en avait besoin… Cette envie insatiable de revivre ce qu'ils appelaient l'âge d'argent, les Rodiers de son époque, de revivre sa période libertine…

Adélaïde s'étira, n'arrivant pas à travailler, et se rendit dans sa loge… Elle en revint quelques instants plus tard et se rassit. Desserrant sa main, elle en sortit alors un ruban noir serti d'un rubis rouge et se le mit autour cou… Adélaïde concédait cela à Méphala, un peu de son corps… Elle avait besoin de décompresser et d'être de nouveau elle, et non pas *Méphala* ou Adélaïde, future mère, mais comme c'était impossible, cela suffirait… Elle s'autorisa alors à repenser à cette Eugénie, imaginant comment cela se serait passé si elle était célibataire, si elle n'était pas enceinte et si elle n'était pas *M*… Elle l'avait émoustillée, elle ne savait pas pourquoi, mais cette inconnue avait ranimé sa flamme lesbienne, quoiqu'elle ne fut jamais réellement éteinte, et elle avait envie de se jeter dedans pour y brûler… Alors elle se mit à fantasmer un instant, à rêver à une rencontre.

Fenêtre ouverte sur Méphala et Eugénie

Méphala était la plus belle de toutes. Les chandeliers illuminaient la salle des sens, et bien qu'il fasse beau dehors, la pièce serait plongée dans l'obscurité sans leurs halos rassurants et lumineux. Par rapport à il n'y a même pas une demi-heure, les épais rideaux rouges avaient été tirés devant les vitraux, refusant l'accès de la lumière du monde au Club de Damnés. Le cadre était donc désormais devenu romantique, comme dans un restaurant trois étoiles, sombre et élitiste, une petite valse passant en fond. L'endroit était merveilleux, magique et obscur. Le plafond, qui supportait un immense lustre de perles, était à six mètres. Les terrasses suspendues accolées au mur avaient disparu depuis longtemps pour ne laisser de la salle des sens que la beauté qu'elle fut jadis ailleurs. Des box et des tables de bois noble étaient installés un peu partout sur le parquet de bois sombre habillé parfois d'une moquette rouge sang, et les colonnes de marbre où reposaient les chandeliers étaient toscanes, torses, corinthiennes, ou encore vénitiennes, et donnaient du haut de leur mètre une lumière et une impression de grandeur infinie à la salle... Le cadre était superbe, incroyable et surréaliste, et le feu de la cheminée ajoutait à cela une sureté réconfortante et un foyer chaleureux... Il faisait en effet légèrement chaud pour le plaisir de tous...

Habillée d'une lingerie de la couleur du sang, de bas sombres et d'un ruban orné d'une pierre de rubis, Méphala descendit les escaliers en prenant son temps, pour apprécier son entrée et savourer les dizaines de paires d'yeux portés sur elle. Elle était magnifique, divine, endiablée, et descendit telle la reine des Reines l'escalier en colimaçon tout en admirant le club. Il ne cessait de changer chaque fois qu'elle le regardait en détail. Elle ne prenait le temps de le savourer à chaque pas que lorsqu'elle était Méphala, et non l'une des deux autres parts d'elle-même, et s'en émerveillait, découvrant toujours de nouvelles choses... Elle n'avait jamais remarqué cette cheminée, elle n'avait jamais remarqué cette ambiance surnaturelle, elle n'avait jamais remarqué cette élégance, cette noblesse qu'elle croyait perdue. Avec satisfaction, elle vit même Alfred, son Cavalier préféré et père secret de son amant la regarder presque avec dévotion, alors qu'il était à l'autre bout de la salle en train d'allumer de son immense allumette les dernières chandelles éteintes. Méphala toucha du pied le sol de la salle, et s'élança dans la pénombre vers une banquette bien particulière, encore honteuse de sa propre présence ici, encore gênée de ses penchants étranges, encore consternée d'avoir agi ainsi. Alfred termina d'allumer les bougies, complétant l'ambiance de secret de la salle et souffla sur sa tige de bois avant de bien refermer deux immenses rideaux. Mais Méphala ne se souciait plus de lui à présent, elle avait autre chose en tête et comme possédée s'avança, malgré l'arrogance de ses pas, avec timidité vers la Reine Eugénie, toujours recroquevillée sur elle-même.

— *Bonjour, dame Eugénie, je suis Méphala... annonça-t-elle avec conviction mais un soupçon de trac. Je suis honorée de votre présence. C'est un réel plaisir pour moi de vous rencontrer.*

Méphala avait prononcé cela avec une certaine dose d'émotion dans sa voix et son ton qui trahissait une immense admiration.

— Bonjour, répondit la Reine en relevant la tête. Je suis enchantée de votre sollicitude, ajouta-t-elle ensuite en ramenant une mèche de cheveux derrière une oreille.

— Puis-je m'asseoir ? demanda alors Méphala, les présentations faites.

En toute réponse, la Reine Eugénie lui indiqua l'immense place qu'il y avait à côté d'elle et l'invita à le faire, souriante. La jeune femme, audacieuse et bouillonnante, déposa alors un baiser sur ses lèvres sans en demander la permission et s'assit, flattée de l'invitation, avant de se coller à elle, les desseins obscurs, la quête d'une chaleur n'étant sûrement pas sa seule envie. Eugénie la regarda s'installer, un peu figée de son geste mais ne manifesta ni offense, ni désir... Elle semblait simplement en être surprise...

— Vous êtes la nouvelle Reine Rouge ? sourit-elle toutefois nerveusement pour cacher la gêne du baiser qui lui avait été volé.

— Oui, répondit-elle... Je suis la Grande Reine du Sang... et vous vous êtes magnifique...

— Merci, lâcha timidement la jeune femme.

Il n'y avait pas beaucoup de monde au club de si bon matin. Une vingtaine de membres étaient en salle, lisant près de la cheminée ou dans un coin sombre, éclairés par une bougie ou encore buvant un verre, mais c'était tout. Bien entendu il y avait des Reines et des Cavaliers, mais eux aussi vaquaient à leurs occupations. Méphala et Eugénie étaient donc pour ainsi dire seules dans l'immense pièce, personne ne se souciant d'elles. Et la Reine de Sang était déjà humide... Elle plongea donc sans pudeur dans les grands yeux verts de sa compagne, et fut encore une fois charmée par sa beauté. Elle regarda sa consœur de bas en haut, admirant ses cuisses et sa taille, plongeant sans remords dans son décolleté incroyablement appétissant, et remonta vers son cou puis son visage. La pierre qui ornait son ruban était d'un jaune pâle presque brillant... comme la lune. Son visage était bien dessiné, fin, et séduisant... Méphala croisa les jambes d'excitation pour contenir son intimité envieuse.

— Ne seriez-vous pas, ma Reine, en train de me courtiser ? fit la belle brune, prude, en se recouvrant un peu des bras.

— Certainement... vous laisseriez-vous faire ?

Méphala n'y allant pas par quatre chemins fit un sensuel baiser dans le cou de sa compagne sans même attendre sa réponse. Elle rentrait dans son personnage avec saveur et passion... Eugénie se laissa faire, bloquée par une obscure force, et timidement approcha ses lèvres de la bouche de l'impétueuse Reine Rouge. Elle ne se laissa qu'effleurée, gênée de s'adonner à des baisers homosexuels, mais Méphala savoura sa victoire. Elle avait attiré sa douce à ses charmes.

— Si nous allions dans un lit, vous et moi... ? demanda-t-elle à Eugénie en lui léchant l'oreille.

Un silence dura quelques instants, période durant laquelle la jeune femme oppressée par les charmes lesbiens de sa consœur ouvrit la bouche, incapable de contrôler ses réactions sous cette langue et ces avances. Elle retrouva toutefois très vite son corps et s'avoua sans réelle volonté.

— *Non... je ne suis pas comme vous, murmura-t-elle dans un souffle.*

— *Peut être que vous l'êtes mais que vous ne le savez pas encore, voilà tout... répondit la Reine de Sang, tout aussi faiblement.*

Elle s'approcha une nouvelle fois des lèvres de sa compagne et les caressa des siennes.

— *Non... je ne veux pas m'offrir à vous... je suis hétéro...*

— *On ne dirait pas...*

— *Je suis hétéro...*

— *Touchez-moi...*

Méphala saisit la main de sa compagne et la posa sur sa cuisse avec fermeté et autorité. Eugénie d'abord gênée s'exécuta alors, comme ensorcelée, envoûtée par le pouvoir de la Reine Rouge. Elle cramponna la cuisse de sa consœur et la caressa tout en se faisant embrasser dans le cou... Prude, hétérosexuelle, elle ne monta pas plus haut qu'aux trois quarts de la cuisse, mais cela fit déjà grandement effet chez Méphala. Elle la massa, passa ses doigts sous le bas, sur le côté intérieur des cuisses, enfonça ses ongles... Méphala, plus insistante, en manque, lui demanda de presser sa chair avec force, et Eugénie s'exécutant, elle poussa de petits cris d'intense satisfaction. Quelques membres, gênés dans leurs lectures par les bruits tournèrent la tête, deux ou trois Reines les regardèrent de loin avec curiosité, mais personne ne vint les déranger. Tout ce beau monde fit comme si de rien n'était, faisant comme s'il n'entendait pas. Méphala le savait bien et savoura donc avec plaisir de prendre son pied en public. C'était malicieux, coquin, obscène... tellement bon. Elle mordit la peau de son amie avec une frénésie sexuelle et lui fit un suçon dans le cou. Envieuse de son corps de déesse qu'elle avait envie de violer avec bestialité, elle porta ensuite une main sur ses seins pour les caresser avec force, les cramponnements d'Eugénie se faisant plus intense, sa jouissance se faisant plus proche... La Reine, timide, gênée, n'eut pas le temps de retirer la main baladeuse de la jeune femme qu'elle fut déjà sur sa cuisse pour la cramponner de la même façon qu'elle. Eugénie était subjuguée, dépassée sous ces oppressions, elle n'arrivait pas à se contrôler. Les attaques de cette femme la faisaient défaillir, elle n'arrivait pas à s'empêcher de prendre du plaisir et de jouir... alors que c'était une femme ! Méphala la caressa de la mi-cuisse jusqu'à l'aine, et glissa même un doigt sur ses parties, humides, dans un acte délibéré de viol. Eugénie, euphorisée jouit alors, telle une précoce, suivit de près par Méphala qui plutôt que de crier son accomplissement lui mordit l'épaule dans un acte de bestialité sexuelle...

La quiétude revint dans la salle des sens. La respiration haletante des deux femmes troubla encore un peu la valse, mais c'était tout. Les membres, gênés de ce que leurs oreilles avaient entendu, ne bougèrent plus. Ils étaient figés, rouges ou en sueur, n'osant plus respirer. Mais à part cela tout était revenu à la normale. Méphala avait abusé d'une de ses consœurs qui n'était pas si hétérosexuelle que ça tout compte fait.

Histoires coquines de filles

Largement stimulée par sa construction onirique, Adélaïde, incapable de travailler, laissa le temps d'un instant place à son double. Méphala, jeune femme obscure des plus machiavéliques, était donc installée dans un des fauteuils d'un salon aménagé, insouciante du travail à abattre.

L'endroit était accessible par le couloir faisant la jonction entre la salle des sens et la bibliothèque. Les murs étaient dans les tons jaune et or, l'architecture semblable aux innombrables autres pièces du club, et la cheminée, comme celle de la salle des sens, crépitait. La jeune femme buvait un café bien au chaud, calme, en discutant avec sa consœur la Reine d'Or.

Chloé était sa meilleure amie. Elle avait toujours été là pour elle. Il n'y avait personne qui comptait autant pour Méphala. Les cheveux d'un blond caramel, un corps de rêve, elle avait parfois été sa partenaire de jeu, mais était avant tout sa confidente et sa meilleure amie, comme la sœur qu'elle n'avait jamais eue…

Méphala savoura une gorgée de café tout en se reposant un peu. Elle venait juste de raconter son dernier fantasme avec une femme à son amie.

— Et avec Wanda ? Ça va ? demanda alors la Reine d'Or en avalant une gorgée de son thé, assise sur le canapé à côté.

Wanda était la fille de Phileas. Après des heures à se prendre la tête et à se disputer, Méphala et elle étaient finalement devenues amies suite à un événement intime. Méphala repensa à elle en avalant une autre gorgée de café. Elle avait tenu à rester en France pour assister à son accouchement... Les deux femmes s'entendaient merveilleusement bien depuis quelques semaines et au Nouvel An, elles s'étaient même chaleureusement embrassées sous le bouquet de gui et de houx. C'était d'ailleurs surprenant, et elles en avaient souri, car c'était leur premier baiser jamais échangé malgré ce qu'elles avaient déjà fait ensemble. Ce fut donc bizarre et agréable, chargé en souvenirs, et cela leur avait confirmé qu'elles étaient dorénavant de très bonnes amies. Bien sûr, même si Phileas avait vu leur baiser, très « *hot* » selon ses propres termes, et qu'il n'y voyait rien de mal vu les circonstances, elles avaient baragouiné une excuse de telle sorte qu'il ne se pose pas de question et qu'il ne lui vienne jamais à l'esprit l'idée de leur nuit ensemble. Mais en y repensant, Méphala ne put s'empêcher de revoir la scène dont elle gardait un merveilleux souvenir. Elle se souvenait avec exactitude que Wanda portait un haut rouge, une jupe verte assez sombre, et un bandeau noir autour du cou, en toute coïncidence avec les Reines. Elle, elle était habillée ce soir-là d'un pull en laine, d'un gilet assez large et d'un pantalon de toile. Son ventre était gros et arrondi et Wanda le caressait lorsqu'elles avaient remarqué le bouquet au-dessus de leurs têtes... Complices, elles s'étaient alors chaleureusement embrassées et Méphala lui avait passé la main sur la joue...

Et de la simple tradition, elles étaient passées à un moment presque passionnel, ne se gênant pas pour se caresser la langue…

— On est très proches, fit Méphala, en réponse à sa question.

— Proches comment ?

— Pas comme ça… enfin, je ne sais pas… Phileas a fait les tests de paternité au final, mais il ne nous a pas dit la réponse. Et c'est particulier entre nous trois.

— Raconte, fit Chloé, intriguée.

Méphala souffla… Ou plutôt Adélaïde souffla, farceuse.

— Ben déjà, elle a tenu à faire un peu plus partie de notre vie et est donc restée presque tout ce temps avec nous, fit Méphala en posant sa tasse et sa soucoupe sur la petite table. Et on a passé elle et moi des heures à discuter sur la terrasse après les repas du soir lorsqu'on était en Italie. On est devenues très bonnes amies, on a fait des emplettes ensemble, on est allé au cinéma, on s'est promené, on a rigolé… Comme elle a fini ses études, elle a beaucoup de temps libre pour chercher une nouvelle voie, et à côté de ça elle se forme au combat et à la tactique pour pouvoir être en mesure de se défendre. Mais elle sait déjà pas mal de truc et est très agile... Enfin bref, elle était donc sur le terrain avec Phileas une fois alors qu'on était encore là-bas. Il y a eu un incendie pas loin de là où on était sorti manger des glaces, et ils y sont allés tous les deux, pour secourir les victimes potentielles, et elle portait un tee-shirt.

— Et ? Je ne vois pas ce que tu veux dire, s'étonna Chloé.

— Attends, je te raconte ! Comme il y avait beaucoup de fumée, instinctivement, elle a attrapé le bas de son tee-shirt pour le mettre devant sa bouche et son nez et filtrer l'air. Et

Phileas m'a dit qu'alors qu'ils couraient dans la maison en flamme, il a aperçu plusieurs fois ses seins…

— Et cela lui a fait quoi ? demanda Chloé, curieuse.

— Il m'a raconté qu'il les avait trouvés très beaux… enfin bref, on a parlé d'elle et de tout un tas de trucs le soir au lit… et il se trouve que quelques jours plus tard… Je t'ai dit que c'était il y a une semaine ?

— Non. Tu n'as rien dit, répondit Chloé, les yeux ronds, avalant son histoire, captivée.

— Ben voilà, c'était il y a une dizaine de jours et donc il y a une semaine, je faisais mon repassage et j'avais une petite jupe et un haut avec un décolleté généreux…

— Et ? commença à s'impatienter Chloé, la curiosité piquée au vif.

— Phileas est arrivé derrière moi et a relevé ma jupe sur mes fesses et s'est frotté à moi… C'était très chaud… j'ai tout de suite bouilli de désir. Il était déjà en érection tu comprends… Puis sans me ménager, il a baissé mon string, il a passé une main sous mon ventre pour me soutenir, et il m'a pénétrée… et Wanda nous a surpris alors qu'il me prenait contre la table à repasser.

— Sérieux ? fit Chloé. Et elle a fait quoi ?

— Oh, elle est restée discrète au début, on ne l'avait pas vue. Puis à force d'être électrisée par mes halètements, elle est entrée dans la pièce et s'est mise devant moi… et tu me connais, je n'ai pas pu résister… On s'est embrassées.

— Quoi ? Tu étais en train de te faire prendre par Phileas et tu as embrassé sa fille ? s'indigna presque Chloé, abasourdie.

— On était porté par l'adrénaline et l'endorphine tu comprends… tenta de se justifier Méphala, tout de même un peu gênée de raconter ça.

— Mouais… et alors ? Phileas a dit quoi ?

— Il n'a rien dit. Il a continué à faire des va-et-vient en me caressant et comme il ne protestait pas, on a continué Wanda et moi.

— Vous avez fait quoi ? demanda Chloé, désirant des détails.

— On s'est embrassée, elle m'a caressé le pubis, je crois même qu'elle a effleuré et caressé un peu son père pendant qu'il était en moi, et moi j'ai relevé son haut pour embrasser et lécher ses seins… C'était très hot. J'étais prise entre Phileas et collée contre elle… J'ai failli partir des milliers de fois tellement c'était intense.

— Ouah…

— Puis quand Phileas a joui, Wanda et moi on a continué en s'embrassant et en se caressant entre les jambes mutuellement jusqu'à ce qu'on ait nos orgasmes. Elle avait même son sperme sur les doigts et a été tentée de le goûter. Et Phileas m'a dit le soir quand on était seul qu'il a adoré voir ses seins et nous regarder nous embrasser et nous toucher, et me voir la lécher et la faire jouir…

— Mais c'est sa fille !

— Il ne l'a pas touché ni rien, il a juste regardé et cela en est resté là. En gros, pour lui c'était simple, il me prenait pendant que j'avais un rapport homosexuel avec elle. Il m'a regardé l'embrasser, la lécher, passer ma main sous son jeans pour la masturber… Comme je te l'ai dit, c'était très étrange, on était enivré par le sexe et donc ce petit trio s'est fait. Mais cela ne s'est jamais reproduit.

— Je ne sais pas comment tu dois prendre ça… comment vous devez prendre ça. C'est bizarre...

— Tu m'étonnes… Enfin, c'était plus un jeu qu'autre chose au final… et comme il les avait vus, Wanda ne se gêne plus pour faire du topless en bronzant dans son monokini rouge et je dois dire que cela me convient bien… Elle a de magnifiques petits seins. Mais ne le dis surtout pas à Alfred, je ne sais pas comment il le prendrait ! s'amusa la Reine.

— Tu m'étonnes… enfin, en même temps vous êtes grands et si cela se trouve ce n'est pas son père.

— Oui… Mais en tout cas, il y a une tension assez érotique chez nous depuis… On est très complice et eux, ils s'adorent. Et comme je te l'ai dit, je pense que Phileas doit être content de pouvoir parler avec sa fille et plaisanter avec elle en sachant qu'elle est ouverte et qu'ils sont parfois amis, homme et femme, et non père et fille. C'est bien de pouvoir parler avec un membre de sa famille sans aucune restriction, annonça enjouée Méphala.

— Tout de même, cela doit être bizarre pour elle et lui. Je veux dire, l'idée de flirter un peu. Ce n'est pas très sain.

— Boaf. C'est clair que je me verrais mal faire une fellation à mon père, et rien que de dire ça me dégoute, mais eux ils ont une relation différente. Il l'a presque toujours élevée à distance, et ils ont beaucoup de points communs niveau caractère. Ils sont assez complices et ont une relation fusionnelle. Une complicité que je n'avais pas avec mon père par exemple. Ils sont comme deux amis, ils délirent, ils font des farces… Ils discutent beaucoup de ce qu'ils aiment. Ils ne se considèrent pas comme père et fille. Alors que nous on a grandis dans un cocon familial et dès l'enfance tu considères ton père comme ton géniteur et tous et toutes. Eux non… Ils sont amis avant tout maintenant. Wanda voulait un père quand elle a pété sa durite, c'est pour cela qu'elle faisait des conneries avant, mais maintenant qu'ils vivent sous le même toit, elle le voit plus comme le meilleur ami qu'elle a jamais eu, l'ami de ses parents morts qui a pris la charge de veiller sur elle… Et donc, vu qu'elle et moi on est assez coquines… enfin voilà.

— Et tu es sûre qu'il ne se passe rien entre eux ? la titilla avec amusement Chloé.

— Bah… Une fois alors qu'on déconnait là-dessus dans la semaine, en plaisantant il lui a peloté un sein, mais elle avait un tee-shirt. Je sais plus quelle connerie on disait et pour rentrer dans le jeu il l'a taquinée. Mais il garde la tête froide, bien plus que nous d'ailleurs… mais…

— Mais ? s'émerveilla Chloé.

— Ben elle m'a dit qu'elle devait me raconter un truc… et je pense qu'en fait, à force de jouer, jouer, jouer, vendredi dans la cuisine il a dû soulever son tee-shirt pour lui lécher les seins.

— Nan sérieux ? Tu crois ?

— Je ne sais pas… je pense oui, mais si ça se trouve, elle me racontera avoir vu un truc, l'avoir surpris dans sa douche, ou je ne sais pas quoi. Peut-être même que ce ne sera pas en rapport avec son père mais qu'elle préfère me dire à moi plutôt qu'à lui.

— Okay… En tout cas ça m'excite moi ce que tu dis, t'imagines, nous deux avec elle et Phileas ? lança Chloé, toujours partante pour imaginer des scénarii.

— Mmh, ce qu'on devrait faire, c'est une super soirée avec Camilla, Caroline, Sublime, Corinne, et quelques autres.

— Attends, t'es malade ? fit soudain la moue Chloé, gênée.

— Quoi ? tâcha de la convaincre Méphala. On a déjà fait ça avec les filles à cinq, non ?

— Oui mais il n'y avait que nous, et on s'excuse toujours à dire que c'était porté par les romances de Camilla et

Caroline, ou alors par l'instant… On n'a jamais planifié ça, et surtout Phileas n'y a jamais participé !

— On n'a qu'une vie non ? Et puis personne n'aurait rien à dire là-dessus, il n'y a qu'une morale de coincés pour penser que s'amuser en prenant de plaisir sexuel à plus de deux c'est mal.

— Oui, je suis d'accord, mais là… enfin, on verra. En tout cas je te trouve de plus en plus changée, fit émerveillée Chloé.

— Et j'en suis contente ! fit Méphala en reprenant sa tasse pour boire un coup. Cela a amélioré mon couple le fait que je ne sois plus jalouse pour un rien. Enfin, je le suis toujours pour certains trucs, mais moins qu'avant. J'ai cessé d'être possessive avec lui… Et d'ailleurs je crois que je n'aurais pas réussi à le garder si j'étais restée comme ça.

— Tu penses ?

— Oui… Phileas n'aime pas être enchaîné. Je veux dire, on en a discuté, ce n'est pas d'être autorisé à aller voir ailleurs qui le soulage, et je le sais il s'en fout, mais le fait que je ne sois plus H24 sur son dos.

— Oui, il avait besoin de respirer.

— C'est cela, sans pour autant être infidèle. Il avait juste besoin que je lui fasse confiance et que j'arrête d'être jalouse et possessive.

— Oui, d'ailleurs, je l'ai remarqué.

Chloé se renfonça dans son fauteuil et repensa avec humour au cadeau de Noël qu'Adélaïde avait offert à Phileas. Alors que ses parents étaient à leur maison lors du réveillon avec eux, de même que Wanda et Alfred, Adélaïde avait soufflé à l'oreille de Phileas que son cadeau était une fellation de la part de Chloé. Prétextant une excuse, insistante auprès de Phileas pour qu'il la suive, elle avait alors annoncé à tous

44

que Chloé avait un truc à lui montrer, et la Reine d'Or était montée en haut dans la chambre en tenant son Directeur par la main pour s'exécuter avec malice. Elle l'avait assis sur le lit et le fit avec dévotion, avalant tout ce qui en était sorti. Phileas bien sûr s'était bien gardé de refuser. Un cadeau ne se refuse pas, surtout quand c'est votre compagne qui vous l'offre. D'après ce qu'elle lui avait dit, repensa Chloé, Adélaïde avait discuté avec Wanda durant de longues heures sur le fait qu'il n'y avait rien à offrir à un multimilliardaire qui pouvait tout se payer… Elle avait alors décidé que cette gâterie serait parfaite, et Chloé accepta. Les deux femmes savaient que Phileas ne refuserait pas… Si elles décidaient de lui offrir ce présent, il n'avait pas le droit de refuser. C'était hallucinant, ce n'était même pas le plaisir de la fellation par une autre qui l'avait motivé… enfin, jusqu'au moment bien sûr où elle avait posé ses lèvres sur sa verge. Mais non, ce type avait juste accepté parce qu'un cadeau ne se refuse pas… Puis Chloé lui avait offert son propre cadeau. Elle avait enlevé son haut, dégrafé son soutien-gorge, et l'avait masturbé en lui offrant sa poitrine à caresser et à embrasser, avant de le terminer dessus. Les seins couverts de son sperme, elle s'était alors rhabillée et ils étaient redescendus comme si de rien n'était… C'était leur échange de présent. Phileas, lui, avait simplement offert les boucles d'oreilles et les manteaux dont elles rêvaient tant…

Chloé revint à la réalité et regarda Méphala, qui la taquinait du regard.

— Quoi ? demanda-t-elle.

— Or et Sang…

— Hein ?

Méphala s'avança vers elle et l'embrassa avec espièglerie. Chloé se laissa faire, s'émerveillant un peu de sentir cette langue dans sa bouche, puis la prit dans ses bras pour apprécier sa chaleur, savourant une étreinte presque amoureuse. Mais Méphala s'écarta cependant au bout de quelques instants, son baiser fini, pour retourner dans son fauteuil presque comme si de rien n'était, ce qui distilla un léger malaise. Méphala avait envie de se jeter dans ses bras, elle avait des pulsions sexuelles qu'elle avait du mal à contrôler... mais Adélaïde se refusait du mieux qu'elle le pouvait à les assouvir... et embrasser de la sorte Chloé était une faiblesse, mais de ne pas y donner suite et changer radicalement de comportement était encore plus gênant...

— Non mais sérieusement... Tu te fous de moi n'est-ce pas ? fit alors Chloé en repensant à cette incroyable histoire pour éviter un silence embarrassant. Vous n'avez pas fait ça alors qu'il y avait Wanda ?

— Ouiiiii ! ne put alors s'empêcher de ricaner d'un coup Méphala redevenue Adélaïde.

— Quoi ? écarquilla des yeux la jeune femme.

— Je me fous de toi ! C'était des conneries ! s'exclama-t-elle enjouée de sa farce.

Chloé ouvrit la bouche, scandalisée et amusée à la fois.

— Espèce de sale chipie ! s'écria-t-elle alors en lui sautant au cou pour la chamailler.

Adélaïde rigola de plus belle, fière de sa taquinerie, et la frappa avec un coussin, contente d'elle.

— Tu m'as crue hein ? Tu aurais dû voir ta tête !

— Je te déteste !

— Héhé, haha... rigola Adélaïde alors que son amie la chatouillait. Non ! Stop, arrête ! Hahahaha ! Arrête !

Adélaïde et Chloé se chahutèrent gentiment comme deux enfants, l'une fière de son mauvais tour, l'autre outrée mais suspicieuse de son mensonge. Elles se pincèrent même au lieu de se chatouiller, prenant bien entendu un malin plaisir à se presser parfois la poitrine, les cuisses ou les parties charnues et intimes… Puis elles eurent le sang glacé. Elles entendirent un horrible cri féminin aigu et strident qui déchira le silence environnant. Adélaïde et Chloé se relevèrent, alarmées, effrayées, et cessèrent leurs enfantillages. Elles sortirent en trombe du petit salon pour regagner le couloir et constatèrent que les Cavaliers, Reines et autres membres se pressaient affolés pour entrer dans la bibliothèque, également alertés par le hurlement. Les deux amies se frayèrent un chemin pour en faire de même, lorsque la voix d'un Cavalier déjà présent dans la pièce s'éleva alors par-dessus le chaos, effarée et désemparée.

— CODE ZÉRO ! hurla-t-il. CODE ZÉRO !

Personne ne comprit vraiment ce que cela voulait dire, mais les autres Cavaliers eux savaient et s'alarmèrent. Cinq d'entre eux partirent en courant en sens inverse et retournèrent vers la salle des sens pour disparaître derrière ses portes.

L'heure du crime

La bibliothèque faisait toute la hauteur du chœur et de l'abside de la cathédrale et était parcourue de passerelles reliant les tours entre elles. Des milliers de livres, des millions de pages, des pléiades d'histoires… Les tours en étaient recouvertes et remplies, les murs en étaient tapissés et les paliers suspendus en étaient peuplés, les rayonnages au sol en étaient débordants… cet endroit était l'un des plus somptueux qu'il eut été donné de voir. Il aurait pu figurer comme la huitième merveille du monde tellement il était incroyable. Plongée dans le noir, éclairée par les petites flammes des bougies ne révélant jamais rien de plus qu'une infime parcelle de sa majesté, ou les rideaux tirés, la lumière illuminant à travers les vitraux son savoir, la bibliothèque était un lieu intemporel et irréel comme on en voyait peu et où séjourner pour y feuilleter un livre était un instant de régal succulent.

Et depuis quelques minutes, une mare de sang maculait la pierre du sol.

Les Reines, les Cavaliers, et les membres se réunirent en cercle autour du corps tombé, fracturé et sans vie. Adélaïde arriva jusqu'au centre de l'attention, figée dans une incompréhension générale, comme si tous avaient été soumis à un mauvais sort immobilisant, et constatant avec horreur la source du cri, entendit ses consœurs commencer à pleurer l'une d'entre elles. Adélaïde avait le sang glacé, le cœur retourné… Une jeune femme aux cheveux blonds et à la robe en soie gisait au sol, le sang coulant des lèvres, les membres comme s'il s'était agi d'une marionnette désarticulée. Méphala s'effaça définitivement sans faire d'histoire pour laisser venir *Méphala*.

— Elle a fait une chute de trente mètres. Une chute mortelle… Ses os doivent être en bouillie, annonça le Cavalier Basile dubitatif en regardant le corps.

La mare de sang s'étendit un peu plus et gagna du terrain, s'immisçant entre les pavés pour couler tel un fleuve vers la cheminée éteinte. À cette vue et à ces paroles, nombre de Reines tournèrent la tête, certaines s'en allant même en espérant atteindre les toilettes assez vite avant de vomir. Le poids de son propre corps et la vitesse… la jeune fille était écrasée sur le sol, il est vrai que cela retournait l'estomac… Alfred arriva cependant à point nommé et dans le quasi-silence environnant, étendit un drap sur le corps pour la couvrir d'une dernière dignité.

— Mon Dieu ! C'était qui ? fit Adélaïde, effarée, pour parler au nom de tous.

— La Reine Prunelle… constata le Cavalier Lucius.

— Bon Dieu…

Adélaïde ferma les yeux et serra les dents, horrifiée. Bon sang, non, pas ça… Elle regarda les gens autour d'elle pour lire sur leurs visages. Les membres, au début curieux, étaient à présent en deuil, par respect pour la jeune fille. Il n'y avait pratiquement que des gens âgés, hommes ou femmes, et ils étaient de ceux qui savaient encore respecter une jeune femme et la mort. Ils étaient de la vieille école… N'étant que membres, ils se contentèrent donc d'attendre que la tragédie ait trouvé justice, ne pouvant rien faire. Certains prononcèrent juste quelques prières en bons chrétiens... Les Reines présentes autour, elles, pleurèrent les unes avec les autres. On pouvait lire sur leurs visages la frayeur et l'incompréhension. Elles n'avaient jamais vu de cadavre... mais Adélaïde, si, et elle savait que...

— Serait-elle simplement tombée ? demanda le Cavalier Tibérius en regardant la passerelle en haut.

— Non, fit Alfred. J'en doute... Il y a forcément eu une poussée initiale qui l'a écartée d'une chute rectiligne. Elle est beaucoup trop loin du bord pour avoir simplement basculé.

Alfred regarda en haut, et indiqua la passerelle d'où elle était tombée. Il y avait deux ou trois mètres d'écart. Ce qui était trop si la Reine avait simplement glissé ou avait perdu l'équilibre.

— Donc on l'a poussée... résuma Étienne.

— C'est vraisemblable, approuva Alfred.

— Merde...

Adélaïde ferma de nouveau les yeux alors que des murmures parcoururent l'assemblée incrédule.

— Quoi ? apparut sur des lèvres.

— C'est impossible... murmura une autre bouche. Qui aurait pu faire ça ?

Bon Dieu, ce qu'Adélaïde craignait une seconde plus tôt était confirmé... Il venait d'y avoir un meurtre à la Cathédrale. Un crime avait été commis au sein même du Club des Damnés.

— Bien, lança-t-elle calmement mais avec autorité. Cavaliers, faites sortir tout le monde de la pièce.

— Bien madame, acquiesça Lucius.

Les Cavaliers s'exécutèrent et sans ménagement pressèrent immédiatement les Reines et les membres à regagner les accès à la salle des sens. La foule toutefois pour la majorité avait déjà obtempéré sans discuter dès que la Reine avait pris parole et n'eut nul besoin d'être poussée. La plupart des Reines étaient en effet trop abattues et désirèrent avec hâte partir pleurer leur chagrin dans leur coin. Quant aux membres, eux, ils n'avaient tout simplement pas à discuter un ordre.

— Mais… protesta tout de même l'un d'eux.

— S'il te plait Alfred…, s'exclama une Reine en larmes. C'était mon amie…

— Non Helena, aucune d'entre vous ne reste à part Méphala. Sortez tous… répondit fermement le Cavalier.

Christian et Eugène ouvrirent les portes et dirigèrent le flux dans le couloir. Tout d'un coup, tout le monde se sentit très petit au Club, quel que soit son statut à l'intérieur ou son rang à l'extérieur. Les Reines n'étaient plus que des jeunes filles reconduites à la porte de leur chambre sans possibilité de s'exprimer et les membres n'étaient plus que des invités tolérés dans la demeure…

Lorsque le dernier d'entre eux et la dernière des Reines furent sortis, les deux Cavaliers refermèrent les portes et revinrent vers leurs confrères autour du corps. L'enquête commença.

Il restait moins de treize heures.

L'enquête démarre

Le Cavalier Christian monta sur la passerelle d'où Prunelle avait été poussée pour aller voir la scène du meurtre d'en haut et inspecta les lieux.

— Il y a vingt-trois Reines présentes, quatorze Cavaliers et quarante-sept membres, commença sur-le-champ Alfred pour citer les suspects. Dont vous Adélaïde.

— Il faut…

— C'est déjà fait, la coupa Hector en arrivant, les mains dans les poches, la tête baissée vers le corps, encore incrédule. On a fermé tous les accès de la cathédrale. On est enfermés.

— Bien… Si tueur il y a, il ne peut pas nous échapper.

— Sauf s'il connaît les passages secrets menant à l'extérieur, supposa toutefois Alfred. Il ne faut rien négliger.

— Il faut trouver le mobile. Qui serait assez fou pour commettre un meurtre ici ? demanda Eugène.

— Il faut qu'on agisse posément. Était-elle une Grande Reine ? demanda Adélaïde aux Cavaliers.

Hector regarda Alfred, Christophe eut un air gêné.

— Non, elle n'en était pas une, lui répondit Eugène.

Alfred s'agenouilla et prit les mains de la défunte entre les siennes et les inspecta du regard.

— Elle n'a pas de blessures défensives. Rien sous les ongles… On peut donc supposer qu'elle connaissait son assassin ou qu'elle ne l'a pas vu ou entendu arriver. Elle ne s'est pas débattue.

— En effet, fit Hector en regardant également d'un rapide coup d'œil.

— Voyez quels membres étaient ses habitués, qui elle fréquentait, il va falloir interroger tout le monde, ordonna Adélaïde aux Cavaliers, qui acquiescèrent de la tête.

— On n'a aucun matériel alors il va falloir faire ça à l'ancienne méthode, en enquêtant, déclara Alfred en parallèle. Pas moyen de vérifier les empreintes, on n'a pas de caméra… s'exclama-t-il ensuite en se relevant. Cela va être difficile de réunir des preuves.

— Okay tous, on va interroger les Reines et les membres, tous séparément. Et surveillez leur comportement. Tu avais raison Alfred, l'assassin avait peut-être prévu de s'échapper par les passages secrets, donc vérifiez s'il n'y en a pas un qui manque à l'appel ou qui cherche à fouiner.

— Tu nous fais confiance à tous ? fit Alfred en parlant de ses confrères et lui, tout de même surpris.

— Ce n'est pas très malin je sais en effet, mais pour l'instant oui, je vous fais confiance, et j'ai aussi confiance dans les Reines, mais j'ai besoin de savoir ce qu'elles savent… Si jamais on ne trouve rien, là je me tournerai vers vous…

— Bien, acquiesça Basile.

Eugène, Tibérius, Charles et lui sortirent pour aller surveiller les Reines et les membres et leur annoncer qu'ils seraient interrogés.

— Quel âge avait-elle ? interrogea Adélaïde en regardant les derniers Cavaliers présents.

— Dix-sept ans, répondit Timothy.

— C'est une blague ? vociféra la cheffe du *Service,* s'emportant nerveusement.

— Non, elle était sans famille et s'est présentée à Phileas il y a quelque temps. C'était notre dernière Reine en date, la 71e. Phileas a accepté parce qu'elle était mûre pour son âge, qu'elle avait besoin d'argent pour financer ses études et qu'elle…

— Mon mari a validé la prostitution d'une mineure ? Je vais le tuer, le coupa Adélaïde.

— Les Reines ne sont pas des prostituées, déclara Hector.

— Celle-ci oui, si ce que vous dites est vrai.

— Non. Ne réduisez pas une vie, une réflexion, une personne, à quelques mots prononcés et une vague idée de ce qu'elle est. Cette fille était loin d'être une fille de joie, et sans vous offenser, *Méphala*, elle a couché avec moins d'hommes que vous.

— Mouais… On reparlera de tout ça, répondit Adélaïde qui ne souhaitait pas pour l'instant continuer cette conversation.

— En tout cas, cela va porter un coup au Club, fit Eugène, dépité, en regardant le drap qui commençait à être taché de sang.

— Non, s'empressa de répondre Alfred. Les membres et les Reines vont tenir autant que nous à attraper celui qui a fait ça, c'est tout. Ils ont le respect du Club… Ils voudront stopper le type qui a osé toucher à notre petit monde et tuer une Reine mais ce n'est pas pour autant qu'ils ne voudront plus revenir, crois-moi.

Adélaïde s'installa avec un peu de difficulté dans un fauteuil non loin et commença à réfléchir. Cette affaire tombait au plus mal. Elle n'y était pas du tout préparée.

Bien évidemment, on est rarement préparé à un meurtre, mais enquêter dessus sans passif et enceinte…

— Quel pourrait être le mobile ? Une affaire extérieure ? De la jalousie ? Le refus de Mélina d'accéder à une requête ? s'interrogea-t-elle, elle-même.

— Il va falloir inspecter sa loge, et ses coins préférés. Elle se retirait souvent au salon de la tour Sud-est, elle aimait y lire et y recevait ses clients habituels, fit Timothy.

— Dressez-moi la liste de ses clients réguliers et croisez-la avec celle de ceux présents, leur demanda Adélaïde finalement. Voyez avec les Reines si elles étaient en bon terme avec elle. On va les interroger tout de suite, installez-les dans les loges. On fait des équipes de deux Cavaliers par interrogatoire, six interrogatoires en même temps et les trois cavaliers qui restent confinent les Reines et les membres dans la salle des sens. Alfred, on interroge ensemble.

Adélaïde tendit la main pour que le Cavalier l'aide à se relever et se dirigea ensuite vers l'escalier de la façade pour monter à l'étage des loges.

— Et pour le corps on fait quoi ? demanda Hector.

— Quand on aura fini les interrogatoires, vous irez dehors creuser une tombe à côté de celle de nos amis. Elle n'avait pas de famille, elle ne manquera à personne d'autre qu'à nous.

Adélaïde prononça cela avec une froideur attristante. C'était la stricte vérité, mais sortant de sa bouche à elle, une jeune femme du monde, Reine et bientôt mère, cela sonnait terriblement monstrueux de condescendance. Mais c'était pourtant bien l'horrible cruauté de la réalité…

— Avant cela je te suggère de pratiquer un examen du corps plus approfondi, fit Alfred, lui rappelant la logique de base de toute enquête.

Adélaïde s'arrêta net dans sa montée de l'escalier et se retourna, quelque peu gênée de cette remarque.

— Je… oui, il vaudrait mieux le faire tout de suite, avoua-t-elle, humiliée dans son rôle de cheffe. Commencez les interrogatoires sans nous, ordonna-t-elle alors aux autres Cavaliers en redescendant les marches. Timothy, donne-moi tes gants.

Le Cavalier interpelé s'avança vers elle, retira ses gants et les lui passa. Sans un mot, il rejoignit ensuite ses confrères et sortit pour exécuter sa tâche. Enfermés à double tour, Alfred et Adélaïde se retrouvèrent alors seuls avec le corps inerte de la Reine Prunelle.

— Je ne voulais pas te mettre en situation délicate, mais il f…

— C'est oublié Alfred, le coupa-t-elle.

— Bien.

Le Cavalier s'avança vers le corps sans rien ajouter, trouvant que la situation était déjà assez tendue comme ça pour l'envenimer. Car pour lui, elle l'était bel et bien. En plus du meurtre et de cette faute de procédure, savoir que ses futurs petits enfants étaient enfermés ici avec un assassin n'était pas pour le rassurer. Et il avait toujours été contre l'idée qu'Adélaïde travaille depuis la cathédrale, préférant qu'elle soit ailleurs pour ne pas mélanger *Service* et Club des Damnés, et surtout estimant que la propre compagne de son fils n'avait plus rien à faire là. Alfred était donc énervé et toujours passablement scandalisé, et ce, même s'il préféra ne rien rajouter. Il n'en reparlerait d'ailleurs même pas à Phileas et garderait ça uniquement pour lui. Ils avaient déjà évoqué ensemble ce genre de comportement qu'il trouvait irrespectueux et inqualifiable, Adélaïde étant sujette aux tentations des autres Reines ou des autres membres elle n'avait pas à traîner au Club, mais il lui avait simplement répondu qu'elle était encore jeune, âgée de 24 ans, et qu'elle en avait la mentalité, l'inexpérience et une certaine immaturité. Il faisait donc avec jusqu'à ce qu'elle mûrisse et devienne pleinement une femme... Alfred haussa les sourcils, dépité en repensant à cette réponse... Après tout, ces deux-là étaient assez grands pour gérer leur vie seuls, se répondit-il à lui-même pour clore le débat, et il n'avait pas à s'en mêler. S'il acceptait l'idée qu'elle passe son temps dans un lieu plein d'hommes qui fantasment sur elle et où elle s'offrait, c'était son affaire.

— On aurait quand même dû appeler Darignac ou faire venir une équipe du *Service*, lança-t-il en soulevant le drap de sur le corps, revenant au crime.

— On ne peut pas mêler la police à ça, quant au *Service*, je ne préfère pas... Cela nous ferait perdre trop de temps et l'assassin aurait le temps de disparaître. De toute façon, je ne vois pas l'utilité de les contacter, cela ne nous regarde que nous, répondit fermement Adélaïde en s'agenouillant à terre pour commencer à inspecter le cadavre.

Alfred la regarda sans rien dire pendant quelques secondes, agacé, puis répliqua alors sur un ton loin d'être mielleux.

— J'espère que tu ne veux pas profiter de cette mort pour faire tes preuves ?

Adélaïde leva les yeux vers son ami et lui jeta un regard noir, celui d'une femme outrée par une parole déplacée.

— Ils ne nous seraient d'aucune utilité, et nous sommes parfaitement capables de réussir sans eux, lâcha-t-elle, condescendante, en enfilant les gants du Cavalier, un peu trop grands pour elle. Le tueur n'était pas sur les lieux du crime, il s'est échappé immédiatement. Ce n'était donc pas un accident, mais un acte prémédité, et je doute donc qu'il ait agi sans gants, même pour un meurtre commis ici. Quelle est l'utilité d'une technologie de pointe alors ? Relever de la salive pour le cas où il lui aurait postillonné dessus ? Des cellules épithéliales ?

— Entre autres…

— On connaît le lieu du crime, on a nos suspects, on n'a pas à trouver d'arme du crime… Nous avons juste à enquêter pour confondre notre meurtrier. Et de toute façon, le temps d'avoir les résultats, le tueur nous aura échappé… On ne peut pas garder tout le monde ici indéfiniment, il faudra les libérer ce soir à minuit au plus tard. Et nos agents ont mieux à faire… Et ne discute pas mes ordres, s'il te plait.

Alfred regarda sa belle-fille, quelque peu irrité du tempérament bien trempé que pouvait avoir une femme quand elle voulait avoir raison, et passa ses propres gants de cavalier pour commencer à défaire la robe grecque de la victime et la déshabiller.

— Elle a eu la nuque brisée en tombant au sol, annonça-t-il d'une première estimation. C'est sûrement la cause de la mort. Mon Dieu, son crâne ne ressemble plus à rien.

Adélaïde regarda les pieds de feu sa consœur, constata qu'elle était bien manucurée et s'était rasé les jambes.

— Tu as des ciseaux dans le coin ? demanda-t-elle ensuite. Il faut qu'on coupe le tissu pour enlever la robe.

— Oui.

Alfred se leva et se dirigea vers une armoire à livres dans un rayonnage. Il ouvrit alors un tiroir et en sortit une paire de ciseaux avant de le refermer. Revenant ensuite vers la scène de crime, il découpa le tissu avec soin, suivant le contour du corps, les coutures de la taille, de la nuque, des aisselles…

Lorsque ce fut entièrement fait et que la Reine fut complètement nue, Adélaïde et lui la retournèrent pour la mettre sur le dos. Son ventre, sa poitrine et tout un côté du visage étaient tachés de son sang. Quoi de plus normal, le corps étant resté dans la marre de sa propre hémoglobine durant plus d'une dizaine de minutes, mais la vision avait tout de même de quoi soulever le cœur, et Adélaïde que ses hormones sensibilisaient mit la main devant la bouche pour refréner une légère envie de renvoi. Ce fut fort heureusement passager, et en se reconcentrant sur leur enquête après cette petite perturbation, les deux amis constatèrent une série de difformités sur le corps sûrement due aux os brisés durant la chute.

— Je perçois une variation de teinte sur la peau dans le cou, fit Alfred. Le tueur a dû l'attraper et légèrement l'étrangler plutôt que de simplement la pousser. Le sang a fait des points. Un hématome se serait sûrement formé avec le temps. Le pouce est sur le côté gauche du cou de la victime.

Adélaïde écarta les cuisses de Mélina et inspecta son intimité et la partie basse de son corps du regard.

— Tu crois qu'elle a eu un rapport sexuel avant de mourir ? demanda Alfred en la regardant faire.

— Plausible, le meurtre passionnel est la raison la plus vraisemblable. Elle a un léger duvet entretenu… Il y a… Il y a toutefois un ou deux poils qui ne sont pas à elle.

Adélaïde aplatit la toison de la jeune femme du bout des doigts et saisit les deux poils plus sombres coincés dedans. Elle les sortit alors et les posa sur le sol, non loin.

— Il faudra prendre de quoi contenir les indices, parla-t-elle tout haut, comme à un mémo.

— Elle a du sang dans la bouche… la pauvre fille, c'est une mort horrible, fit Alfred, quelque peu déboussolé en regardant son visage, ailleurs.

— Tu n'as jamais vu de mort ? lui demanda Adélaïde, intriguée.

— Si… j'ai participé à beaucoup de commandos et j'étais en Algérie… Mais une balle dans la tête est moins douloureuse que ça… Elle a dû se voir mourir…

— Il faudra qu'on regarde la toison pubienne des membres masculins pour trouver une correspondance pour ces poils, je m'en chargerai.

— Masculin ou féminin… Sait-on jamais… Adélaïde, sens.

— Quoi ?

— Sens son pubis… on sera fixé si elle a eu un rapport ce matin.

Adélaïde regarda Alfred, un peu prise au dépourvu et approcha son nez de la toison de la jeune fille.

— Je ne sens rien de… elle ne sent pas le sexe, elle sent plutôt la vanille… elle doit avoir un savon de douche à la vanille.

— Elle n'a donc eu aucun rapport depuis sa douche…

Adélaïde rentra assez honteusement dans son rôle de médecin médico-légale et enfonça un doigt dans le vagin de la défunte et trifouilla assez maladroitement avant de le ressortir.

— Elle a eu un rapport sexuel non protégé dernièrement.

Elle montra son doigt dont la dernière phalange était couverte d'un peu de sperme.

— Cela, il faudra le garder pour analyse au cas où.

— Oui…

Adélaïde reprit l'inspection du corps après avoir retiré le gant tâché et fut interpelée par une marque qu'elle n'avait pas vue jusque-là.

— Elle a un début d'ecchymose sur le périnée… Il a dû la saisir là aussi quand il l'a poussée.

— L'assassin en a profité ?

— Il semblerait… Cela pourrait être un index ou un majeur, peut-être un annulaire… L'impact est trop prononcé pour être l'auriculaire… Et le pouce me semblerait illogique.

Alfred enleva ses lunettes et spécula.

— Notre inconnu aurait donc poussé Mélina en l'attrapant par le cou et entre les jambes ? Pourquoi donc ne se serait-elle pas défendue ?

— Moi je serais offusquée si on me choppait à cet endroit et au cou… Et j'aurais essayé de retirer les deux mains, confirma Adélaïde.

— Peut-être qu'elle n'a pas eu le temps ?

— Ou bien elle le connaissait… Monsieur sperme ?

— Possible… les bras et les poignets sont cassés, constata Alfred en regardant les membres supérieurs brisés. Mais aucune fracture ouverte, nulle part. Le corps est une bouillie à l'intérieur mais presque aucun os n'a percé la peau.

— Quand tu tombes, par réflexe tu mets les mains devant toi, lui rappela Adélaïde. Elle a dû tomber dessus et se les casser net.

— Mais elle a la nuque brisée.

— Elle est peut-être tombée la tête la première ?

Alfred remit ses lunettes et inspecta le crâne sous le cuir chevelu pour trouver une trace d'impact ou une blessure significative…

— Il n'y a rien… Elle a été poussée avec une certaine force. Donc en tombant, en toute logique si elle voyait son assassin, elle aurait dû tomber en arrière.

— Oui, vu qu'il l'avait attrapée au cou et en bas, confirma Adélaïde.

— Mais on l'a retrouvée sur le ventre… s'interrogea de nouveau le Cavalier, intrigué.

— Elle a dû se retourner durant la chute, je pense… supposa la Reine. Et elle a crié, donc elle était consciente.

Adélaïde porta ses mains sur le ventre de la défunte et pressa ses côtes du bout des doigts.

— Elle a les côtes brisées… elle a atterri presque à plat et s'est brisé la nuque avec le rebond de la tête je dirais…

Adélaïde et Alfred inspectèrent les genoux et la mâchoire.

— Oui, tu as raison, fit Alfred… sa mâchoire inférieure gauche est cassée, je le sens bien… Le sang et les cheveux cachaient l'afflux sous-cutané dû à l'impact. Il y aura d'ailleurs bientôt également une belle trace sur sa poitrine et son ventre.

— Ses genoux ont pris un coup aussi… regarde ses épaules.

Alfred regarda Adélaïde, surpris de sa demande, et inspecta les épaules.

— Elle a mis les bras devant elle, mais les coudes ont tapé, le choc aura fait remonter brusquement les os et aura cassé les acromions et les clavicules…

— C'est une mort violente, c'est loin d'être accidentel…

— Ouais. Tu te souviens de qui était en salle des sens quand elle a crié ? demanda la Reine au Cavalier.

— Pas vraiment, j'ai quelques visages et quelques noms de Reines en tête mais sinon…

— Ce n'est pas grave, cela fait déjà des suspects en moins. Chloé était avec moi au moment des faits, elle est donc innocente.

— Viens, fit Alfred en recouvrant le corps, on ne trouvera rien de plus ici.

Les deux enquêteurs se relevèrent et le Cavalier se saisit alors d'un verre propre dans un buffet pour y mettre le gant. Prenant ensuite un gros livre, il y enferma les deux poils pubiens entre deux pages, et leurs pauvres indices en mains, ils montèrent voir s'il y avait quelque chose de probant sur la passerelle d'où Mélina avait été poussée.

— Je ne vois rien au sol, annonça toutefois Adélaïde une fois sur place en regardant les pierres du rebord dans la zone d'où elle était tombée.

— Moi non plus… Pas de trace de terre que le tueur aurait transportée jusqu'ici, pas de résidu de gomme… Rien.

Comme mélancolique d'avant le drame, Adélaïde regarda quelques instants dans le vide le drap ensanglanté étendu plus bas puis formula la suite, résolue.

— Bien, allons interroger nos suspects.

Alfred acquiesça, et ils se rendirent dans le passage menant à l'étage des loges, le Cavalier coupant en partant l'éclairage général pour plonger la pièce dans le noir.

Il reste un peu plus de douze heures et demie.

11h23

Les interrogatoires

— Voici la liste des personnes présentes et de celles qui n'ont pas besoin d'être interrogées, s'exclama Richard en s'avançant vers Alfred et Adélaïde lorsqu'il les vit arriver.
Le Cavalier avait une feuille de papier à la main et leur tendit. Adélaïde le regarda, reconnaissante de son entreprise puis prit la feuille et commença à la lire, Alfred regardant par-dessus son épaule.

Reines présentes ; Méphala, Chloé, Sublime, Eugénie, Mélisande, Aurore, Camilla, Caroline, Carmen, Catherine, Nathalie, Sarah, Marina, Kira, Alessandra, Lubelle, Camille, Helena, Nadège, Églantine, Délice, Alice et Sacrilège.

Cavaliers présents ; Alfred, Eugène, Christian, Timothy, Hector, Ezéchiel, Lucius, Francis, Richard, Étienne, Tibérius, Basile, Charles, Jacques.

Membres présents ; Marie Lagarde, Philippe Vynd, James Mallick, Sarah Michelle, Cameron Carter, Suzanne Taylor, Bob Stolk, Stella Gray, Malory Stain, Tibérius Bladowski, Christian Issler, Nicholas Whiteman, Paul Davis, Camilla Arnold, Mitch Gish, Annabeth Walker, Louis Bazin,

Armando Tachini, Jean Payet, Christophe Rosenberg, Claude Eveno, Alexandra Miele, Lucas Kaluta, Michael Adams, Thomas Egler, Olivier Benson, Glenn Hembeck, Frank Humos, Ed Taylor, Sasha Blum, Yumi Mizuki, John Memphis, Todd Gellar, Marie Carter, Théodore Flint, Henry Backer, Sean Mack, Alberto Dilizio, Antoni Larroca, Emilio Zaccagnino, Ahmed Bensouza, Fulgor Tadijk, Mohammed Bennani, John McDowell, Jean-Michel Fisher et Florian Bettencourt.

Personnes qui n'ont pas été vues par plus de deux personnes au moment du meurtre :

James Mallick, Sarah Michelle, Suzanne Taylor, Stella Gray, Malory Stain, Tibérius Bladowski, Mitch Gish, Louis Bazin, Thomas Egler, Glenn Hembeck, Frank Humos, Ed Taylor, John Memphis, Marie Carter, Henry Backer, Alberto Dilizio, Antoni Larroca, Ahmed Bensouza, John McDowell, et Florian Bettencourt.

Mélisande, Caroline, Nadège, Sacrilège, Délice et Sarah.

Adélaïde releva la tête.

— Je connais bien Sarah et Caroline, ce n'est pas leur genre, les quatre autres je ne saurais dire, annonça-t-elle à l'attention de Richard.

— Ce sont des Reines plus anciennes, elles sont ici depuis des années, elles sont fiables…

— On va quand même les interroger, fit Alfred en prenant la feuille pour la relire. On interroge tous ceux qui n'ont pas d'alibi, et s'il le faut, tout le monde.

— Non, cela nous perdrait c'est inutile. Laissons en paix ceux dont on est sûr de l'innocence, c'est négliger des voies, mais on n'a pas le temps de se disperser. On joue contre la montre, n'oublie pas, s'exclama Adélaïde.

— Comme tu préfères.

— Tenez, voici des feuilles et des crayons de papiers pour vos notes, leur annonça Richard en leur tendant quelques feuilles A4 et des petits crayons.

— Merci, fit Adélaïde en prenant son nécessaire. On commence par qui ?

— On vous a laissé la loge dix, celle avec la table, ajouta Richard à titre d'information.

— Pourquoi aller si loin ? s'étonna la Reine.

— La quatre était préparée par on ne sait qui avec des pétales de roses et des bougies, et la sept et la huit sont inadaptées à un interrogatoire.

— Bien, envoyez-nous quelqu'un alors, fit Adélaïde.

— Certainement.

La jeune femme se rendit vers la loge dix, suivie d'Alfred, qui prit au passage son crayon et sa feuille.

— On aurait dû tous les interroger nous-mêmes, rechigna-t-il faiblement.

— Quoi ? demanda Adélaïde.

— Comment veux-tu réussir à confondre un suspect si on est autant à les interroger ? Aucun d'entre nous n'aura tous les éléments.

— Nous sommes une équipe, travaillons comme tel. Les Cavaliers sont une unité soudée non ?

— Si nous sommes une équipe, ne joue pas au chef.

Alfred et Adélaïde entrèrent dans la loge dix sans s'échanger un autre mot. La tension entre eux commençait de plus en plus à monter, cela se ressentait. Fort heureusement Richard leur envoya une des Reines de la liste pour qu'ils l'interrogent, ils n'eurent donc pas le temps de s'énerver plus. Fidèlement à la tradition, le Cavalier alluma ensuite la bougie du lampadaire suspendue pour signifier que la pièce était occupée. Vu par un tiers, cela aurait semblé un jour comme un autre aux Damnés. La pénombre environnante du couloir rendait l'atmosphère magique et intemporelle, les lampadaires indiquaient quelles pièces étaient libres… mais l'enquête sur un meurtre se déroulait derrière les portes, et pour les personnes invitées à y entrer, cela laissait un goût amer dans la bouche et une incroyable sensation de malaise. Même quand on est innocent, on se sent mal d'être interrogé par l'autorité…

Adélaïde et Alfred étaient installés à la table, du même côté, quand on toqua à la porte. Autorisée à entrer, la Reine Sarah apparut alors dans la pièce pour venir s'asseoir en face d'eux. Elle semblait, comme il était facile de le prévoir, très mal à l'aise et gênée.

— Bonjour Sarah, fit Adélaïde.

— Salut, répondit sobrement la jeune fille.

— Tu vas bien ?

— Oui… je tiens le coup.

— Ne t'inquiète pas, ce ne sont que des formalités, la rassura Adélaïde, on a juste besoin d'informations sur l'endroit où tu étais.

— Ouais…

Adélaïde connaissait surtout Sarah depuis la nuit du Printemps de 2011. La jeune femme et elle avaient pris une douche avec d'autres Reines aux Rodiers le lendemain d'une soirée arrosée. Elles ne se connaissaient pas vraiment mais faisaient partie du même cercle d'amies avec Chloé, Camilla, Caroline, Sublime et d'autres. Sarah était une femme réservée. Elle semblait avoir des problèmes personnels, mais elle n'avait pas le profil d'une tueuse.

— Sarah… tu es l'une des dernières arrivées dans la bibliothèque. Tu étais où au moment du meurtre ? demanda sans détour la directrice du *Service* pour la ménager.

— J'étais aux toilettes… comme je n'ai vu personne en revenant dans la salle des sens, je suis allée à la bibliothèque. J'avais entendu le cri et j'ai supposé qu'il venait de là. Tout le monde était réuni autour de son corps… vous connaissez la suite.

— Bien, annonça Alfred en notant quelque chose sur sa feuille.

— Je suis suspecte ?

— Non, ajouta-t-il, mais comme Méphala te l'a dit, nous devons savoir où tous étaient.

La jeune femme déglutit, mal à l'aise, sentiment amplifié par sa tenue. Même si Alfred et Adélaïde étaient des proches, elle se faisait interroger alors qu'elle portait un corset mettant bien en valeur sa poitrine et une culotte de soie assortie. C'était terriblement gênant, d'autant que le froid n'arrangeait rien.

— Est-ce que tu as vu ou entendu quelque chose de suspect ? demanda le Cavalier.

— Non, rien.

— Bien, tu peux y aller merci, termina alors Alfred en lui faisant un signe de tête rassurant.

— Bien, annonça quelque peu soulagée Sarah en se levant.

— Une dernière chose, rajouta toutefois Adélaïde en la rattrapant au bras quand elle passa à côté d'elle.

— Oui ?

— Est-ce que tu as vu quelqu'un d'autre qui n'était pas à la bibliothèque à ce moment-là ?

Sarah marqua une pause, réfléchissant à qui elle aurait pu voir en sortant des toilettes, puis répondit.

— Non, désolée.

— Bien, merci, conclut Adélaïde.

Sarah sortit et Adélaïde écrivit quelques notes sur sa feuille, estimant que son amie était innocente.

*

En second lieu, Alfred et Adélaïde interrogèrent Caroline. 44e Reine du Club, Caroline était une jeune fille émancipée à peu près du même âge qu'Adélaïde. Blonde, elle sortait avec Camilla, la Reine arrivée juste avant elle au club, une femme d'affaires aux longs cheveux châtains clairs de deux ans son aînée. Cela faisait quelques années maintenant qu'elles étaient ensemble. Aussi belle que Camilla, Caroline vivait toutefois plus en profitant de la vie, espiègle et bohème, que sa compagne plus réfléchie et responsable. Malgré cet écart de maturité volontaire, les deux femmes s'aimaient cependant d'un amour profond, et bien que parfois une dispute éclatait dans leur appartement, elles feraient tout l'une pour l'autre. Malheureusement, l'une comme l'autre, il fallait se le dire, faisaient face au problème de l'infidélité. Elles étaient toutes deux joueuses et cela avait causé bien des crises de larmes.

— Alfred, est-ce que je peux parler uniquement à Adélaïde, demanda Caroline, gênée.

Les deux enquêteurs se regardèrent, surpris de sa requête.

— Euh, oui… si tu veux, répondit le Cavalier.

Sans rien dire d'autre, Alfred se leva et sortit de la pièce, laissant les deux Reines entre elles. L'alibi de la jeune femme devait sûrement être quelque chose d'assez personnel, pensa-t-il, embarrassé. Il était normal qu'elle ne veuille parler qu'à une femme. Adélaïde regarda la porte se refermer et porta les yeux sur sa consœur, interrogative.

— Tu étais où ? demanda-t-elle alors.

— J'étais dans la pièce du clocher.

— Seule ?

— Oui… J'avais envie d'un petit plaisir solitaire, annonça la jeune femme en se mordillant la lèvre. Je suis assez honteuse de dire ça…

— C'est naturel non ? Tu n'as pas à t'en vouloir, déclara Adélaïde.

— Bon sang, une Reine tuée au Club… c'est horrible. Déjà Jean, ensuite Mélina… Il y a vraiment que des pourris sur terre, tu ne trouves pas ?

Adélaïde regarda son amie, surprise. Le ton de sa voix avait changé et lui semblait plus faux. Et sa façon de la regarder…

— Tu ne serais pas en train d'essayer de… ? demanda-t-elle.

— Je crois que j'ai besoin d'un petit câlin… ajoute la Reine en se levant.

— Je le sav…

Adélaïde n'eut pas le temps de finir sa phrase que Caroline l'embrassa vigoureusement.

— Bon sang, Caro… tu es avec Camilla, fit la Reine en se dégageant. Et tu oublies qu'on vient de tuer l'une d'entre nous ? Tu devrais avoir honte !

— C'est avec toi que je me réconforte, elle c'est avec Sublime… Je ne suis pas la Reine coquine pour rien… Je profite de chaque opportunité pour profiter de la vie… On est au Club des Damnés non ? sourit Caroline.

Caroline embrassa de nouveau Adélaïde mais cette fois glissa sa langue dans sa bouche et passant ses mains autour de son cou et de sa tête pour y mettre plus encore de sexualité. Adélaïde la laissa faire quelques instants, se doutant que sous son air insouciant, elle devait être beaucoup plus bouleversée que ça, et patienta jusqu'à ce qu'elle se calme.

— Donc tu es aussi une grande Reine, lâcha-t-elle. Et je suppose que Camilla aussi en est devenue secrètement une ?

Caroline acquiesça de la tête avec malice tout en lui léchant l'oreille. Adélaïde se laissa faire, espérant qu'elle se laisserait aller au chagrin.

— En tout cas, je vais d'abord m'occuper de résoudre ce crime… s'exclama-t-elle au bout de quelques secondes en retirant les bras de sa compagne de sur son corps, redevenue enquêtrice, constatant qu'elle ne songeait qu'au sexe. Ensuite, on verra peut-être.

Caroline accepta d'attendre, estimant que ce n'était que partie remise et se dirigea vers la porte.

— Et si un soir tu as envie d'un cunni, n'hésite pas à m'appeler.

— En sortant, tu pourras dire à Alfred de revenir et à Richard de nous envoyer quelqu'un d'autre ? Merci, lança Adélaïde en écrivant sur sa feuille que Caroline était toujours aussi chaude.

*

Le membre dénommé Sarah Michelle entra dans la pièce. Quadragénaire, femme d'un PDG des télécoms français, la dame vint s'asseoir à la table, prête à répondre aux questions de la Reine et du Cavalier. Elle était assez frêle, maigre, mais elle avait une certaine candeur, et bien qu'effacée elle semblait être d'une agréable compagnie. De ce que les Cavaliers savaient, elle avait pris l'habitude de venir au club depuis quelques mois, sur les conseils d'une amie elle aussi familière des lieux.

— J'ai eu une aventure avec elle, annonça-t-elle en parlant de Mélina. J'aime les jeunes filles, elles sont délicates et prudes. La Reine Prunelle m'a accordé son corps le temps d'une nuit, elle était si douce et si juvénile… Son corps était somptueux…

— Excusez-moi, la coupa Alfred, mais nous ne sommes pas là pour parler de ça.

— Oui, pardon, veuillez me pardonner, s'excusa Mme Michelle en reprenant ses esprits.

— Où étiez-vous madame ? demanda Adélaïde en notant sur sa feuille que la dame était très attachée à Mélina.

— J'étais dans la loge quatre.

— Seule ?

— Oui, j'avais préparé des bougies et des pétales de roses…

— Pour une Reine ? demanda Adélaïde.

— Oui… Vous comprenez, mon mari me délaisse, et la première fois que j'ai touché une fille, à la piscine, cela a été une révélation… Prunelle n'était pas de mon bord, mais elle était si agréable, si amicale… Elle m'avait laissée lui faire l'amour avec passion.

— Nous ne vous demandons pas de vous justifier, vous êtes libre de vos orientations.

— Était-elle réceptive ? l'interrogea Alfred.

— Elle ne m'embrassait pas, elle ne me touchait pas, que ce soit avec ses mains ou sa bouche, mais j'avais le droit de la caresser et de la faire jouir, de la façon qu'il me plaisait… c'était très romantique.

— Je n'en doute pas madame, annonça le Cavalier, toutefois ferme dans son ton. La loge quatre était-elle pour elle ?

— Non, répondit madame Michelle. Deux de vos Reines sont homosexuelles et je voulais avoir un rapport avec une femme qui s'y connaisse plus que moi et qui soit plus affirmée et mûre, qui pourrait me guider. J'allais inviter la Reine Camilla. Je suis sortie pour voir où elle était quand les gens se sont précipités dans la bibliothèque… Pauvre fille, Prunelle était si belle et si jeune…

Alfred nota quelque chose sur sa feuille et Adélaïde n'ayant plus de question non plus à lui poser, l'invita à sortir.

— Oh, une dernière chose, madame, demanda-t-elle.

— Oui ?

— Puis-je regarder votre duvet pubien ?

En entendant ces mots, madame Michelle se braqua sans répondre, embarrassée.

— Nous avons trouvé des poils pubiens sur le corps de Prunelle. Nous aimerions définitivement vous disculper, reprit Adélaïde pour la conforter.

— Euh… oui, bien sûr, annonça la quadragénaire, gênée.

Alfred tourna la tête par respect et Adélaïde déboutonna le pantalon de la dame puis descendit sa culotte pour vérifier son duvet. Il était touffu mais ses poils étaient plus longs et moins frisés que ceux trouvés dans la toison de Mélina. Certaine qu'ils ne lui appartenaient pas, elle invita alors la femme, horriblement honteuse, à se rhabiller et lui fit signe d'un sourire qu'elle pouvait s'en aller. Se recouvrant, madame Michelle se dirigea donc vers la porte, soulagée d'être libre.

— J'espère que vous retrouverez celui qui a fait ça, lança-t-elle toutefois en se retournant.

— On y travaille, répondit Adélaïde.

La dame acquiesça de la tête, triste, et sortit. Alfred et Adélaïde se regardèrent alors, échangeant leurs notes.

— Elle n'a pas le profil d'une tueuse, elle est chamboulée, s'exclama Adélaïde.

— Et honnête… Sans compter qu'elle est plutôt frêle et n'a certainement pas la force d'éjecter une Reine d'une passerelle.

— Qui est le suivant ? demanda Adélaïde, approbative, en survolant la liste des suspects.

*

Adélaïde et Alfred interrogèrent en dernier Antoni Larroca, un géant italien de l'automobile. Le personnage, arrogant et grossier, était toléré de justesse au sein des Damnés. Il avait cependant tellement envie d'adhérer au club que sans remords les Cavaliers lui faisaient payer le double du tarif normal pour entrer. Bien qu'elle soit enceinte, Adélaïde fut la proie de ses regards envieux et malsains, ce qui lui déplut assez et l'excéda. Sa poitrine surtout, des plus généreuses, fut l'objet de ses harcèlements visuels, ce qui ne fut pas non plus sans agacer Alfred, trouvant impoli qu'un membre lorgne ainsi sa belle-fille, même s'il ne le sait pas. Les deux enquêteurs déjà irrités d'entrée de jeu se montrèrent donc acariâtres et froids, désireux de le renvoyer le plus rapidement possible.

Larroca répondit par des banalités à leurs questions, affirmant qu'il était au moment du meurtre en train de savourer une gâterie faite par la Reine Mélisande, comme si c'était monnaie courante pour lui. C'était incroyable, il était si pompeux et hautain et lui hérissait tellement le poil qu'Adélaïde ne put réellement le croire. Pareille couille molle et mal pensant avait le chic pour se mettre en grippe des gens comme eux, et même si elle ne connaissait pas vraiment ladite Reine, Adélaïde ne pouvait imaginer un instant qu'elle ait pu le toucher…

Une fois les questions d'usage posées, n'y tenant plus, impatiente et désireuse de s'en débarrasser, elle ne chercha donc pas à creuser plus loin et lui demanda si elle pouvait vérifier ses poils pubiens pour pouvoir en finir avec lui une fois pour toutes. L'homme s'exécuta, bien entendu, en lui annonçant en plus qu'elle pouvait faire ce qu'elle voulait de lui. Adélaïde en fut une nouvelle fois irritée et lui jeta un regard noir qui ne sembla malheureusement pas faire effet. Écœurée, elle eut même alors l'horreur de voir son sexe se dresser dès qu'elle eut posé les yeux dessus. L'italien, vil et déplaisant semblait excité de s'exhiber et y prenait un plaisir pervers… Dégouté, Adélaïde de son pouce et son index saisit la verge pour la déplacer et regarda avec attention les poils autour. Inspectant des yeux, elle ne reconnut pas les caractéristiques de ceux qu'ils avaient trouvés et lâcha prise, heureuse d'en avoir terminé. L'homme, fier de sa malice, rangea alors son outil le sourire aux lèvres et sortit.

Sans plus attendre, Alfred dégaina alors rapidement une lotion alcoolisée de sa poche pour qu'elle se désinfecte les mains.

— Vil client, annonça-t-il.

— Oui, très, confirma Adélaïde en se frottant bien les mains. Tu aurais pu m'aider.

— Pas envie…

Les deux enquêteurs notèrent des impressions sur leurs feuilles, contents que cela soit fini, et s'apprêtèrent à quitter la pièce.

— Tu n'as pas regardé le duvet de Sarah et Caroline, murmura Alfred en souriant en se penchant vers elle.

— Elles n'en ont pas… je le sais.

Il reste moins de douze heures.

Échange d'informations

Adélaïde et les Cavaliers se réunirent dans un salon secret des souterrains de la cathédrale. Les interrogatoires finis, le visage maussade et l'esprit triste, ils voulaient faire un premier échange d'informations et s'étaient donc rejoints dans un endroit à l'abri des regards. Adélaïde ne connaissait pas ce lieu qui était du domaine des Cavaliers, mais elle fut charmée par son excentricité, loin du côté gentillet et serviable dont ils faisaient preuve en haut. Des dizaines de fauteuils dans le style Louis XIV étaient installés ici et là dans la pièce tapissée de bordeaux et de bois noble, et servant de lieu de réunion comme s'il s'était agi de conspirateurs. Et les Cavaliers étaient assis là, chacun dans son fauteuil, discutant entre eux et avec Adélaïde, dans leur fief, semblable à d'arrogants décideurs.

— Les membres qu'on a interrogés prétendent tous être dans des endroits où on ne pouvait pas les voir, lança Christian, une jambe sur l'autre, installé dans son fauteuil, les mains croisées.

— Qui était-ce ? demanda Adélaïde.

— Je recopie toutes les informations sur une même feuille Adélaïde, je te donne tout dans la minute, annonça Ezéchiel.

— Mitch Gish, Glenn Hembeck, Frank Humos, Ed Taylor et Marie Carter, répondit Christian.

— Merci Ezéchiel, le remercia Adélaïde, accoudé au fauteuil d'Alfred.

— Mélisande dit avoir vu Florian Bettencourt en train de se toucher dans les toilettes hommes avant de remonter dans sa loge, l'a-t-il confirmé ? interrogea Timothy.

— Non, fit Tibérius, qui l'avait interrogé avec Jacques.

— Mais Egler l'a confirmé, lança Francis.

— Comment Mélisande a pu le voir ? s'étonna Ezéchiel.

— Elle a l'habitude d'aller aux w.c. hommes quand ceux des femmes sont occupés.

— Sarah était aux toilettes, cela se tient, fit Alfred.

— Bien, une bonne chose de faite, annonça Christian en souriant. Nos Reines semblent innocentes.

— Oui, comme toutes celles qui ont un alibi. Et elles n'ont rien entendu ni rien vu avant le meurtre. Pareil pour les membres.

Adélaïde acquiesça.

— Caroline était dans la salle du clocher, elle nous l'a dit, prononça-t-elle. Et Sara Michelle n'a rien d'une meurtrière. Larroca est un pervers mais cela ne semble pas être un assassin. D'ailleurs Mélisande a confirmé lui avoir fait une fellation ?

— Quoi ? demanda Étienne à ses collègues. Elle lisait dans sa loge !

— Bon sang, s'écria Alfred.

— Oh l'enfoiré ! lança Lucius.

— Pourquoi nous mentir, il se doute bien qu'elle démentirait ? s'étonna Adélaïde, trouvant cela stupide.

— Ce pervers était en train de mater deux Reines en train de se changer dans une loge, révéla Richard pour les éclairer sur ce mensonge. C'est Églantine et Sublime qui me l'ont dit. Elles l'ont vu dans le couloir regardant par la serrure quelques minutes avant les cris.

— Il est temps qu'on prenne des mesures contre lui, conclut Hector, agacé de ce comportement. Destituons-le de son droit de membre.

— Il faudra en référer à Phileas, mais il acquiescera, dit Jacques. Les Reines ne sont pas là pour satisfaire ses désirs de la sorte.

— Bien, mais revenons-en à notre affaire messieurs, fit Basile.

— Ce qui me gêne c'est l'affaire elle-même, lança alors Adélaïde, dubitative.

— Comment cela ? fut surpris le Cavalier.

— Pourquoi tuer une Reine au sein du club ? Cela cache quelque chose. Le tueur doit se douter qu'on peut le démasquer non ? annonça-t-elle.

— C'était prémédité, il avait donc un plan d'évasion. Ou bien cela fait partie de son contrat ? C'était peut-être une exécution.

— Allons, ne soyez pas stupides mes amis, vous savez bien que non, prononça Lucius en réponse à l'interrogation d'Adélaïde.

— Quoi ? s'étonna celle-ci.

— La réponse à ta question est encore plus simple que toutes nos théories… et nous la connaissons tous, annonça-t-il tristement assis dans son coin, la tête baissée. Le tueur sait pertinemment que si on ne le trouve pas avant ce soir, il sera libre. On ne peut pas garder indéfiniment tous ces gens ici sans soulever des questions à l'extérieur, vous le savez bien. Et son meurtre ne sera pas reconnu car Mélina n'a personne au-dehors. C'est le crime idéal… Il a juste à attendre calmement et ce soir il disparaîtra… le coup de génie.

L'ensemble des Cavaliers et Adélaïde se turent, admettant la possible victoire du tueur à cause du Club lui-même. Lucius avait raison… Pour ne pas éveiller les soupçons sur eux, ils se devraient effectivement de rouvrir les portes pour tous à un moment ou un autre… et à ce moment-là, l'assassin gagnerait.

— Ce soir à minuit… Nous ne pourrons pas les garder plus longtemps, s'effraya Eugène, car certains auront cumulé plus de 16 heures de présence.

— Il faut impérativement qu'on le trouve, murmura Christian.

— Nous avons interrogé la Reine Helena, qui la connaissait assez bien, et Mélina n'avait pas d'ennemis chez les Reines ou les membres. Elle en avait un de plus régulier que les autres mais elle ne sait de qui il s'agit… L'affaire est donc extérieure. Quelqu'un a dû payer un membre pour l'exécuter ou alors il s'agit du membre lui-même. Et comme malheureusement, aucun de ses habitués n'est là aujourd'hui… aucun moyen de savoir de ce côté-là.

— Ben oui, ce serait trop simple.

— La tuer ici isole sa mort effectivement, reprit Alfred en d'autres mots, perdu dans ses pensées. C'est logique… Si elle meurt ici on est obligé de tenir l'affaire secrète pour ne pas nous trahir. Et c'est un risque calculé car en la tuant ici le tueur prend le risque de se faire prendre, mais il est certain que Mélina disparaîtra quand même sans laisser de trace… Elle n'existe plus, qu'on l'attrape ou non, et ce sur tous les plans. Elle n'est donc plus un problème, ni même gênante car on effacera nous-mêmes les traces… Cela change tout. Cela en dit long car cela nous indique que la mort de Mélina comptait plus que tout... pour un commanditaire s'il y en a un. Ce qui semble d'ailleurs certain, cela profiterait encore mieux à un tiers qui ne risque rien. Il nous faut donc le mobile, et on aura notre homme...

Alfred annonça cela avec une déduction effarante que jalousa Adélaïde... Il avait raison. C'était logique, évident, et certainement le cas. La future mère se sentit affreusement petite et se mordit la lèvre, exaspérée de sa propre bêtise et de son manque de clairvoyance. Elle n'était qu'une stupide écolière, une débutante face à des maîtres, et elle jouait à être la cheffe du *Service*... Bon sang, c'est elle qui aurait dû trouver ça...

— Cela se tient, corrobora Tibérius en se réinstallant un peu plus confortablement dans son siège, ne se préoccupant guère de tourments de femme blessée en son égo. L'assassin pouvait tout aussi bien se faire capturer au-dehors. Ici cependant, tu as raison Alfred, elle disparaît corps et âme, ce qui fait la différence...

— Aucun des suspects n'a de poils correspondants à ceux trouvés dans le duvet de Mélina, fit Adélaïde pour apporter une pierre à la construction et ne pas paraître inutile. Ça rejoint ton idée. Je les ai tous vus... Ils appartiennent donc à quelqu'un qui n'est pas là, le commanditaire.

— Oui. Et le plus vraisemblable serait que ce soit l'un des clients réguliers de Mélina, qui aurait payé un autre membre pour la tuer.

— Pourquoi le commanditaire serait-il un membre ? s'étonna Eugène.

— Parce que seul un membre sait que le club existe. Il y a déjà eu des échappements et des débâcles, mais c'était il y a bien longtemps. Et quand bien même, on a étouffé les voix indésirables.

— Exact, tu as raison.

— Meurtre ? demanda Adélaïde.

— Allons, bien sûr que non, nous ne sommes pas des monstres, prononça Alfred les bras croisés en se retournant vers elle. On les a fait chanter. Les hommes puissants n'aiment pas que circulent des photos ou des films d'eux avec de la drogue quand ils prétendent être contre ou avec des prostituées alors qu'ils sont mariés… Et on est doués pour ce genre de choses. Qui plus est le *Service* n'hésite pas à donner un coup de main à son petit frère de temps en temps.

— Dites, Larroca a été vu avant le meurtre en train d'observer par une serrure ? Mais qui l'a vu pendant le meurtre ? Parce que c'est le suspect le plus probant pour l'instant, s'exclama Tibérius, fronçant les sourcils.

Les autres Cavaliers et Adélaïde se regardèrent tour à tour. Ils haussèrent tous les épaules, n'ayant aucune réponse à fournir provenant de leurs interrogatoires. Aucun n'avait la réponse…

— Merde, lâcha un Cavalier.

— Il faudra l'interroger une seconde fois, pesta Alfred, les trouvant tous stupides, lui compris. J'ai horreur de ce type.

— L'un d'eux ment, mais il y a une autre possibilité, annonça Ezéchiel en tendant sa feuille à Adélaïde.

— Laquelle ? demanda la jeune femme en la prenant. Merci.

— On sait qui est entré… du moins on le prend pour acquis. Mais si ça se trouve, quelqu'un, un Cavalier, une Reine ou un membre est entré sans qu'on le sache, annonça-t-il en allant s'asseoir dans son fauteuil.

— On vérifie chaque soir que toute personne qui rentre est bien ressortie. Personne n'est resté Ezéchiel, lança Eugène.

— Exact, mais il y a les passages secrets. Nombre de Reines les explorent.

— Une Reine ? Allons, elles sont dignes de confiance. Tout comme nos confrères, même les nouveaux.

— On a pu les suivre ou les forcer à indiquer un chemin ! Et je vous rappelle tout simplement que les membres ont le droit d'explorer à leur guise.

— De ce que je sais, aucune Reine n'a jusqu'à présent trouvé les passages menant à l'extérieur. Ni qui que ce soit d'autre...

— Cela reste toutefois, messieurs, une possibilité, envisagea Adélaïde. Et encore une fois, c'est le parfait crime. Quoi de mieux que de ne même pas être sur les lieux du meurtre ?

— C'est exact, renchérit Jacques. Les passages de la bibliothèque, car uniquement ceux-là peuvent avoir été utilisés pour commettre le meurtre, ont-ils déjà été découverts ?

— Je ne sais pas, avoua Ezéchiel.

— Caroline et moi on a trouvé celui du rayon menant jusqu'à la structure.

— Ah ? fit Alfred, content. Un secret de moins à garder.

— Combien y en a-t-il dans la bibliothèque ? demanda Adélaïde.

— Nous ne te le dirons pas, annonça Étienne, têtu.

— Non, renchérit Eugène catégorique.

— Laissez tomber Adélaïde, s'exclama Richard.

— Allons, messieurs, on enquête sur un meurtre.

— Tu ne sauras pas où ils sont ni combien il y en a, conclut Alfred.

— Tu restes une Reine, annonça un dernier, têtu du haut de sa cinquantaine d'années.

— Enfin, je suis la cheffe du *Service* messieurs !

— Ici, le *Service* c'est Phileas et il n'est pas là.

— Bon sang, vous êtes pires que des gosses.

— Tourne ta langue sept fois avant de parler ! lâcha Alfred, amusé, se rangeant à l'avis de ses pères. Tu es encore pire.

— Bon, alors quoi ? commença Adélaïde en lisant la feuille récapitulant les mobiles.

— Je ne sais pas… lança un des Cavaliers.

Liste des Alibis.

James Mallick : Discutait avec Suzanne Taylor de politique dans un coin de la salle des sens. Personne ne les a vus.

Sarah Michelle : Préparait la loge Quatre pour Camilla.

Ed Taylor : Trompait sa femme avec Stella Gray dans un renfoncement de l'escalier labyrinthe de la salle de bal.

Suzanne Taylor : (Cocue !). Discutait avec James Mallick de politique.

Stella Gray : Avec Ed Taylor.

Malory Stain : Descendait l'escalier d'une tourelle pour rejoindre la salle des sens.

Tibérius Bladowski : Montait vers l'étage des Reines par l'escalier d'une tourelle. Reconnaît sa faute. (Sera probablement banni).

Mitch Gish : Était dans la salle de bal avec Marie Carter, sa maîtresse.

Louis Bazin : Dans une des tourelles, regardant l'extérieur par une meurtrière.

Thomas Egler : Dans un coin de la bibliothèque. (N'a vu personne ni avant ni après le cri). Bouleversé.

Glenn Hembeck : Était dans la loge dix-sept, seul. Il avait, paraît-il, envie de dormir. (La lumière était encore allumée quand on est monté après le meurtre).

Frank Humos : Était dans le labyrinthe, il s'était perdu.

John Memphis : Fumait sa pipe dans le fumoir (tour sud est, tout en haut).

Marie Carter : Était avec Mitch Gish.

Henry Backer : Lisait un livre seul dans un des salons du couloir menant à la salle de bal.

Alberto Dilizio : Fumait une cigarette dans le fumoir (tour sud est, tout en haut). (Corrobore l'alibi de Memphis et vice-versa).

Antoni Larroca : Voyeurisme devant la loge sept. (A menti → prétendait avoir eu une gâterie de la part de Mélisande). Avant le Meurtre ! Doit se justifier pour l'heure exacte de l'assassinat.

Ahmed Bensouza : Rapport sexuel avec la Reine Nadège dans la loge neuf.

John McDowell : Buvait son whisky en montant l'escalier de la tour du clocher pour aller en haut admirer la vue.

Florian Bettencourt : Aux toilettes de la salle des sens en train de se toucher.

Mélisande : À vu quelques minutes avant le meurtre Florian Bettencourt se toucher aux toilettes. Était dans sa loge au moment du meurtre. Elle lisait "Tragiques histoires d'amours du XIXe Siècle".

Caroline : Était dans la pièce du clocher.

Nadège : Avec Ahmed Bensouza.

Sacrilège : Mangeait une glace pêche melba dans sa loge (préparée par Christian, confirmé).

Délice : S'habillait dans sa loge.

Adélaïde leva les yeux de la feuille, lut de nouveau
quelques passages, puis se tourna vers les Cavaliers.

— Qui a interrogé Egler ?

— Nous, répondirent Tibérius et Jacques.

— Il était dans la bibliothèque au moment du meurtre ?

— Oui, au fond de la salle. Il lisait H.G. Wells, il n'a rien
vu.

— Vous le croyez ?

— L'angle de vision ne correspond pas, de là où il était,
annonça Tibérius.

— Vous êtes sûrs ?

— Pratiquement.

— Certain, fit Jacques.

— Aurait-il pu mentir ? interrogea Adélaïde.

— Il a soixante-quatre ans… Je le vois mal pousser Mélina
d'une passerelle, descendre pour revenir à sa place et faire
mine de n'avoir rien vu, le tout sans verser une goutte de
sueur.

— Pourquoi n'y avait-il personne d'autre dans la
bibliothèque ? Tous ceux qui n'avaient pas besoin d'être
interrogés étaient dans la salle des sens ? s'étonna Adélaïde.

— Oui, confirma Christian.

— C'est bizarre qu'il n'y ait eu personne… annonça-t-elle
pour elle-même.

— Non, c'est juste que le tueur est assez intelligent pour
attendre le moment où il pense ne pas être vu.

— Oui, c'est certain, mais c'est beaucoup trop gros.

— Il s'agissait d'un battement t. Toi-même tu aurais pu y être Adélaïde, lança Étienne, assis plus loin dans son fauteuil.

— Mouais…

— Et si Mélina avait une liaison à l'extérieur avec un des membres ? suggéra Lucius.

— Quel serait le mobile ?

— Jalousie ? Dispute, que sais-je ?

— Concevable, mais on ne peut pas vérifier…

Adélaïde ne termina pas sa phrase. Plus personne ne parla en réalité. Cette situation les avait pris au dépourvu. Il y a à peine quelques heures, tout allait bien... Adélaïde allait mettre ses enfants au monde, elle était à la fois apeurée et excitée de cela mais quoi de plus normal, et les Cavaliers craignaient de ne pas réussir à garder secret la surprise et les cadeaux qu'ils avaient faits pour les enfants et les deux parents. La bonne humeur régnait dans la cathédrale, ils étaient tous insouciants et impatients d'être au moment J, comme si les fêtes de Noël avaient été prolongées et qu'ils allaient vivre le matin du 25 une seconde fois. Puis ce cri avait déchiré la bibliothèque. Et ils étaient maintenant là, à spéculer sur un assassin. Ils avaient beau être doués, vouloir épingler le meurtrier d'une Reine, d'un membre de la famille, ils étaient déçus de la tournure que prenait la journée et en étaient las et démotivés. Plus que de vouloir résoudre cette affaire par justice, ils voulaient s'empresser de la classer parce qu'elle les embêtait.

— En attendant de trouver l'assassin, je ne veux plus qu'une seule Reine soit seule. Alors vous les faites toutes réunir au même endroit, annonça Adélaïde, en bilan.

— Bien.

— Tout ça, c'est une gigantesque partie de bluff. L'un d'eux ment... fit Tibérius.

— Un jour Phileas a participé à une partie de Poker pour le *Service*, commença Alfred pour expliquer quelque chose à ses confrères.

— Et ? demanda Adélaïde en se tournant vers lui.

— Il m'a raconté qu'il a gagné de justesse parce qu'il a vu au dernier moment que son adversaire bluffait. Alors il a tout misé et joué.

— Qu'est-ce que son adversaire a fait qui l'a trahi ? demanda Adélaïde, curieuse.

— Phileas a vu ses yeux cligner une demi-seconde de plus que d'ordinaire.

— C'est une blague ?

— Non... l'homme pendant une demi-seconde a réalisé qu'il perdrait... C'est ce qui l'a trahi.

— Et donc ?

— Et donc on trouvera notre homme. Il s'est trahi ou se trahira... On a simplement raté un élément ou on n'a pas posé la bonne question. Il faut continuer à chercher, je ne peux pas croire qu'il soit assez brillant pour nous échapper. À qui profite le crime ? Mélina n'avait personne d'autre que nous, donc on doit pouvoir trouver... Ou alors c'est contre nous ? C'est aussi envisageable.

— Tout à fait.

— Bien, votre priorité est d'inspecter la loge de Mélina et ses lieux préférés, annonça Christian. Vous trouverez peut-être la solution dans ses affaires.

— Oui tu as raison, confirma Alfred de la tête.

— Il faut aussi retracer les historiques bancaires des membres, peut-être que l'un d'eux a été payé pour ce crime… Passez par l'ordinateur de Phileas, suggéra Adélaïde.

— Bien, madame.

Les Cavaliers se levèrent et la Reine se redressa un peu. Ils allaient dans le calme regagner leurs devoirs lorsque des paroles les bloquèrent de mélancolie.

— C'est horrible, annonça un Cavalier dans son coin.

— Quoi Charles ?

— Tout ça… Une Reine est morte il y a à peine quelques heures et regardez-nous… On n'est même pas vraiment triste. On enquête pour retrouver son meurtrier mais on n'est pas abattus par sa mort.

— Nous ne la connaissions pas assez… ajouta Jacques.

— C'est horrible. Simplement horrible.

L'assemblée d'enquêteurs se tut, comme s'ils se résignaient enfin à faire une minute de silence pour marquer le deuil. C'était vrai, c'était horrible à dire mais l'ambiance n'était pas assez tragique, comme s'il s'était agi d'une affaire de moindre importance. Pourtant l'une des Reines était morte, c'était tout aussi grave que la mort d'une autre qu'ils eurent plus connue, comme Jean, ou comme rien d'autre que ce que c'était, une mort. Comment peut-on ne pas être un minimum triste, affligé et affecté par la mort d'une personne, même si on ne la connaissait pas énormément ? C'était une honte à sa mémoire, et ils le reconnurent. Ils voyaient la mort de la Reine comme une contrariété et non pas comme un crime odieux…

— Oh Bon Dieu ! s'écria tout d'un coup Adélaïde, rompant le silence.

— Qu'y a-t-il ? s'alarma Alfred.

Adélaïde se tint le ventre et s'appuya contre un meuble, serrant les dents pour encaisser la douleur.

— Je viens de recevoir un coup dans la vessie qui m'a fait mal… Bon Dieu, tes petits-enfants se chamaillent déjà…

— Ça va, demanda Alfred en la soutenant, surprotecteur. Tu veux t'asseoir ? demanda-t-il ensuite en tirant le fauteuil.

— Non, non ça ira… c'est juste que c'est pour bientôt…

Adélaïde s'installa malgré tout sur le fauteuil et souffla en se tenant le bas du ventre. Elle sentait l'un des bébés donner de petits coups de pieds. Elle se doutait que c'était un garçon celui-là… C'était celui de gauche et il était terrible.

— Du repos, Adélaïde, nous te relevons de tes obligations, annonça Christian.

— Quoi ? J'ai juste reçu un coup dans la vessie, ce n'est rien, s'exclama la jeune femme en tournant la tête vers le Cavalier.

— Du repos, c'est un ordre, rajouta Francis depuis sa place.

— Je suis la directrice du service secret qui vous chapeaute, je suis la compagne de Phileas et je suis la Reine Rouge, grande Reine de Sang, vous n'avez aucun pouvoir sur moi, se défendit Adélaïde, qui ne voulait pas être mise à l'écart et relevée de ses fonctions.

— Tu es ici en notre domaine, tout cela ne compte pas, prends du repos, reprit Christian. Alfred et toi vous inspecterez la loge de Mélina et son salon préféré plus tard.

— Mais enfin messieurs, il y a eu un meurtre…

— Prends une heure et demie ! rajouta Étienne en la coupant en s'avançant jusqu'au fauteuil de Christian pour soutenir sa position. Ce que vous avez à faire peut attendre. De toute façon on a tous besoin de prendre un peu du recul par rapport à tout ça.

— Mais… ? reprit Adélaïde, qui désirait expliquer son point de vue.

— C'est un ordre ! la coupa de nouveau le Cavalier.

Le Cavalier Eugène s'avança jusqu'à elle et lui tendit la main pour l'emmener ailleurs.

— Vous êtes enceinte, occupez-vous une petite heure et demie des futurs vivants plutôt que des morts, dit-il d'une manière douce.

Adélaïde le regarda dans les yeux. Elle se mit en quête d'une lueur de faiblesse qu'elle pourrait utiliser pour défendre son point de vue. Malheureusement, elle vit qu'il n'y en avait pas, et accepta sa défaite. Elle n'avait pas trop le choix en fait. Elle se leva donc, incapable de protester dans son état, et suivit le Cavalier jusqu'à la porte pour partir se reposer. Au moins pourra-t-elle manger, se dit-elle. Il était temps de la nourrir elle et les petits.

Il reste moins de dix heures et demie avant la libération de l'assassin.

13h41

Adélaïde doit se reposer

Il pleuvait sur la ville et ses alentours. On était en plein hiver, et la neige disparut pour laisser la place à une pluie verglaçante qui tuerait certainement plus de gens en quelques heures que l'alcool en une nuit. Tout du moins, c'était le constat affligeant des statistiques de la précédente année qu'on rappelait par prévention. Et à côté de ça, la magie de Noël avait été annihilée. Elle était déjà morte depuis des années, la convivialité, la surprise, l'attente… tout cela avait déjà bel et bien disparu à cause d'une commercialisation excessive, mais là, cela atteignait des sommets. Certes c'était passé depuis un mois pile, on était fin janvier, mais toute l'essence même d'une fête heureuse avait quitté les rues et les cœurs de façon définitive. Les illuminations retirées des boulevards, les poubelles encombrant les trottoirs, et l'oubli conscient et volontaire de l'homme quant à la pauvreté et la misère. C'était simple, maintenant que les fêtes étaient passées, on ne faisait plus rien pour aider ses semblables les plus nécessiteux. C'était scandaleux, inhumain, horrible… Noël avait été remplacé par un événement annuel parmi d'autres pour se donner bonne conscience. C'était sur 365 jours, l'un de la dizaine, voire vingtaine en voyant large, de moments où on aidait les autres, et c'est tout. Le reste du temps, on passait à côté des clochards sans leur donner de pièce, on crachait sur les mendiants, on nourrissait les riches. Le groupe Philanthropie lui, partenaire de l'Organisation mondiale d'Entraide, tentait toutefois d'aider ses prochains pour pallier cette mascarade qu'on voyait chaque jour plus importante. Ce groupe, réunissant des fonds de bénévoles et de mécènes privés, agissait avec altruisme en envoyant des secours, des vivres et des médicaments dans les endroits où on en avait vraiment besoin. Secrètement, certains de ses membres engageaient cependant les clochards, les pauvres, et les mendiants pour leur offrir une alternative. En disparaissant des rues, ils trouvaient un toit, de quoi se nourrir, de quoi surmonter leurs problèmes, et surtout un but… Quelques-uns, beaucoup même, partaient ainsi aider dans le tiers monde, d'autres encore… rejoignaient le *Service*. Le fameux *Service*, plaie de bon nombre de bouchers et de despotes foulant le monde sans aucun rempart.

Ce groupuscule, car c'en était bien un même s'il était bon et juste, avait un petit frère, une sorte de fraternité… Son but à lui était de développer des moyens de pression sur les hommes riches, et de récolter des informations, par l'intermédiaire de femmes, toutes plus belles les unes que les autres.

Car n'est-il de plus belle création en ce monde et les autres que la femme ? Ce sexe dit faible, ce beau sexe, ce sexe vainqueur… Une rose est belle. Mais à côté de la femme ? Oh non, elle est fade et laide comparée à la femme. Une femme est ce qu'il y a de plus beau… mais aussi ce qu'il y a de plus dangereux. Des gouvernements, des dieux, des armées, des pays, des esprits… ses charmes en abattirent plus d'un millier. Telle la morale de l'homme, la vengeance de l'Humanité, l'instrument de sa propre perte et de celle de l'homme, la femme était un délicieux et doux supplice… qu'un homme utilisait dans ce but, sciemment, comme un joueur d'échecs désirant mettre mat tout l'équipage humain. Il en était un qui utilisait les femmes pour faire payer ceux qui oubliaient d'aider leurs prochains et leur faisaient du tort.

Mais revenons-en à Adélaïde Sureau épouse Queneau, à la fois main et arme de cette instrumentalisation. Ses préoccupations actuelles étaient des plus variées. Bisexuelle, épouse, future mère, enquêtrice, femme offerte corps et âme à son amour, la jeune femme n'était encore que l'ombre de ce qu'elle devait être et en était désorientée. Elle était faible et fragile, de par sa grossesse, de par son manque d'expérience et son manque de confiance en elle. Adélaïde était une fille belle et intelligente, mais encore une enfant dans un sens, même si elle avait beaucoup grandi ces derniers mois. Il faudra du temps, mais elle deviendra pourtant une femme courageuse et parmi les plus déterminées du monde. Pour cela, il lui faudra toutefois vivre encore bien des épreuves. Et en cette journée du 24 janvier, cela consistait à accepter qu'elle fût encore une novice comparée à certains de ses amis, qu'elle admette qu'elle avait des faiblesses… et qu'elle se repose un peu. Porter ses enfants la fragilisait… Et même la femme la plus forte a besoin de tranquillité et de solitude pour se régénérer.

Adélaïde mangea seule dans un petit salon aménagé elle ne savait où. Les Cavaliers l'avaient amenée là par l'escalier-labyrinthe de la salle de bal pour l'isoler et qu'elle se repose ainsi sans stress. Elle se retrouvait donc dans un endroit parfaitement inconnu, coupée de tout et au calme plat... La pièce était plus grande que son ancien appartement. Les murs étaient tapissés de grandes bibliothèques de bois montant jusqu'au plafond, les rares endroits où il n'y avait pas d'étagères pleines de livres, le mur doré était décoré de tableaux, d'objets médiévaux ou de la Renaissance et de bustes, et... l'endroit était comme partout ici, irréel. C'était un cadre superbe, riche, mélangé entre le londonien victorien et le français Louis XIV. Le lustre de diamants, qu'Adélaïde observa avec envie, éclairait presque comme en plein jour, les tapis et les meubles étaient somptueux et fort onéreux, les lampes posées sur les petites tables à côté des fauteuils invitaient à venir s'asseoir pour y lire... Adélaïde voulut un salon comme celui-ci pour sa future maison elle en était dorénavant certaine, il était si beau. Elle était aux anges, savourant du regard ce délice qu'on ne pouvait manger ou emporter... Ce fut une coupure qui la rafraichit instantanément. Car effectivement, émerveillée, elle prit le temps de s'asseoir ou de tout toucher, s'éloignant ainsi de cette sordide affaire pour se reposer, l'esprit uniquement occupé par une incroyable fascination pour le lieu, ce qui fut des plus bénéfique. Le club et ses merveilles pouvaient faire oublier les aléas et les méfaits de la vie, c'était indéniable, et ce, même après des années d'acclimatation. Le plaisir des yeux effaçait toute tristesse des esprits... Après avoir rapidement mangé des sandwichs de pain complet faits de tranches de tomates, de poivron, de salade, de poulet et de sauce vinaigrette, Adélaïde s'installa dans un large canapé style louis XIV pour feuilleter l'un des livres posés sur une petite table. En extase devant la beauté de la pièce, elle avait envie de se plonger à l'intérieur...

Quoi de mieux alors que de lire un livre contant les aventures de gens au sein du club ?

Regardant le titre de tous, elle décida de prendre un petit recueil, *les Légendes érotiques du Club des Damnés*, certaine que cela lui changerait les idées, et l'ouvrit pour le lire.

« I — Marc et Antoine étaient deux amis proches comme des frères. Riches, parfois arrogants, ils étaient de cette caste de gens qui n'avaient pas besoin de travailler pour vivre. Leur entrée au Club des Damnés était héritée de leurs pères, autrefois fidèles clients, et ils étaient deux bourgeois types, quoique plus sympas et ouverts que la moyenne, n'ayant rien à faire de leurs journées, et qui s'occupaient donc à venir apprécier les Damnés et ses Reines quand ils n'étaient pas de sortie.

Un soir, alors qu'ils parcouraient le club, coupe de champagne à la main, poussant éméchés une chansonnette dans les couloirs, ils furent intrigués par des bruits provenant d'une des loges. Amusé, Antoine entrouvrit la porte, regardant avec malice ce qui pouvait être à l'origine de ces plaintes, mais bon au fond de lui-même il fut tout de suite gêné de croire distinguer deux femmes faisant l'amour dans le noir. Refermant la porte par respect, dégrisé, il expliqua la situation à son ami et tenta de le dissuader de regarder à son tour. Force était alors de constater que malgré l'alcool et le côté tout permis dont le garçon faisait parfois preuve, il avait le respect de la femme et que cela était tout à son honneur. Bien entendu, cela était certainement dû au fait qu'il était dans un lieu où il n'était pas roi et risquerait d'être éjecté sans ménagement à la moindre faute, mais ce n'était pas cela qui se dégageait de son regard... Marc, jaloux de ne pas avoir vu la scène fut quelque peu déçu mais étant de la même trempe que son ami, un bouffon chanteur à l'extérieur mais au fond un gentleman déférent, il respecta l'intimité des deux jeunes filles ou dames qu'il avait sûrement déjà croisées plus tôt dans la soirée. Les deux amis refroidis n'ayant plus du tout envie de jouer de leurs cordes vocales, stoppés net dans leur élan, furent alors pris d'ennui et s'isolèrent dans une autre pièce pour boire et tenter de bien finir leur soirée. Les bulles du champagne caressant leurs papilles, les petits fours apportés par un Cavalier rassasiant leur faim, le temps passa... Aucun des deux ne se souvint qui fit le premier pas, qui se leva le premier, mais toujours est-il qu'inévitablement après un temps, ils se retrouvèrent de nouveau devant cette fameuse loge où les deux supposées Reines se faisaient l'amour. Les cris à la fois plaintifs et jouissifs des demoiselles se faisaient entendre à travers le bois, les stimulant de leurs chants. Leur pénis se dressa avec ardeur, leur cœur s'emballa... Ce fut Antoine qui souffla sur les bougies des lampes du couloir pour plonger les alentours dans l'obscurité. Marc, lui, sans être trop abruti par l'alcool, écoutait encore leurs plaintes comme une douce mélodie. Mais dès le noir fait, certains que leur entrée ne se ferait pas remarquer, ils se glissèrent dans la pièce, honteux de leurs actes et effrayés de la sentence. Mais leurs petits cris étaient si doux à l'oreille... Marc et Antoine se sentaient décoller du sol tant leur voix était envoutante... Ils ne tinrent plus en place.

La Reine Crystal était sur sa consœur Julie et l'embrassait avec passion. Elles étaient toutes deux nues l'une sur l'autre et se caressaient la poitrine, endiablées, enivrées par le sexe, lorsqu'elle sentit quelque chose écarter ses chairs, s'introduire dans son vagin et faire rapidement des va-et-vient. Elle poussa des cris, acceptant la pénétration sans pour autant comprendre ce qui se passait et embrassa farouchement son amie pour évacuer sa douleur. Elle se doutait bien que ce n'était pas le fait de Julie qui se serait servie d'un quelconque artifice, mais leur étreinte était si passionnelle, si envoutante, qu'elle accepta l'exploration de son sexe... et alors qu'elle poussait des cris en pelotant farouchement sa maîtresse, elle sentit le bout d'un sexe masculin caresser ses joues... Devinant deux bourses et un long phallus en érection, elle le mit alors immédiatement en bouche et commença à le sucer avec duplicité. Julie, à ses cris et ses mouvements frénétiques, se douta de quelque chose et sentant finalement les deux bourses contre son visage, euphorisée par les bruits de succion de sa conjointe, les cajola alors avec sa langue. Elle passa ses mains derrière la paire de jambes derrière elle et les embrassa avec malice, lorsqu'elle sentit que des doigts forts et froids passèrent sur son aine puis son pubis pour la caresser sans ménagement. Et quand trois doigts entrèrent sans avertissement dans sa cavité, elle poussa alors un cri et s'offrit complètement... Les quatre personnes eurent ce rapport durant de longues minutes avant que les filles ne se relèvent, Cristal se dégageant du phallus sur lequel elle s'était faite empalée, et n'allument une lumière diffuse qui révéla les deux étrangers en smoking, le sexe à l'air. Julie s'allongea alors sur le lit, offrant son sexe à la pénétration de Marc, et Cristal vint se placer au-dessus de son visage, pour qu'elle lui fasse un cunnilingus alors qu'elle embrassait et masturbait Antoine. Certains disent que même une lesbienne ne dirait pas non devant le grand méchant loup... Et c'est vrai... Tout du moins ce fut le cas ce soir-là. Deux Reines homosexuelles qui s'étaient retrouvées par envie un soir furent motivées pour un ménage à quatre avec deux hommes et offrirent leurs corps et leurs goûts au spectacle... Les deux hommes purent ainsi admirer en se touchant les deux filles se faire l'amour, frottant leurs sexes l'un contre l'autre pour se donner du plaisir, ils eurent le droit de les prendre par derrière l'une contre l'autre ou simplement contre le lit, explorant à leur guise leur intimité ou leurs fesses en leur pinçant les seins... Les deux Reines leur accordèrent tout. Si ce n'était une chose... Elles n'avalèrent pas et ne voulurent pas en avoir en bouche ni dans aucun autre orifice... Et lorsque Marc atteint son apothéose sur les fesses de Cristal alors qu'elle jouissait de concert, les deux hommes ne regrettèrent nullement leur audace à la vue de leur superbe présent... Antoine regarda son partenaire, affalé, heureux et épanoui sur le dos de sa Reine, et regarda Julie en l'embrassant avant de jouir à son tour... Leur soirée se termina merveilleusement bien, nul doute, et elle resta d'ailleurs définitivement gravée en leurs mémoires comme la plus belle nuit de leur vie... Après un temps à savourer le contact de ces peaux douces et chaudes les garçons furent toutefois ramenés à la réalité. Les deux dames au ruban noir autour du cou leur demandèrent de se retirer et sortirent alors nues de la loge en rigolant, complices, malicieuses, de leur aventure extraordinaire. La soirée était finie, tout comme cette première histoire. »

Adélaïde décida de ne pas continuer à lire ce livre. Elle ne pouvait s'empêcher d'avoir des envies de sexe à la lecture de cette nouvelle et ce n'était pas réellement le moment. Par gourmandise, elle passa quelques instants une main sous sa jupe, sur le tissu de son sous-vêtement et regretta que Phileas ne soit pas là pour la satisfaire, mais c'était mieux ainsi.… Car cela lui était insupportable, elle avait besoin de sexe, c'était sa drogue… et ses hormones n'arrangeaient rien. Comment pouvait-on autant avoir envie de sexe ? se demanda-t-elle, dubitative. C'était maladif ! Elle avait pourtant fréquemment des rapports, où elle prenait à chaque fois du plaisir… Alors pourquoi en avait-elle toujours autant envie ? N'y tenant plus, elle passa ses doigts sous le tissu, regrettant cette faiblesse. Peut-être pourrait-elle appeler une de ses amies ? Bon Dieu, non, se força-t-elle à réagir. Il fallait qu'elle se reconcentre sur l'instant présent, ce n'était pas le moment… Elle était déjà naturellement accro au sexe, mais elle ne se laisserait pas contrôler par ses hormones aujourd'hui ! Adélaïde retira sa main d'entre ses jambes, posa le recueil sur la petite table et en prit un autre pour calmer ses ardeurs. L'histoire semblait moins stimulante au titre, et ce serait mieux une lecture saine qu'une lecture endiablée... Quoiqu'Adélaïde se doutait bien que les histoires écrites au club ne puissent exister sans comporter un peu de sexe, surtout quand elles commençaient d'une façon familière.

« Je vais vous conter une histoire... une histoire se déroulant avant que le monde ne soit monde, avant l'ère des Incas ou des Grecs, avant le temps de l'Égypte ou de la Mésopotamie... une histoire s'étant déroulée dans le monde précédent le vôtre. Car telle que vous la connaissez, l'histoire civilisée remonte au plus loin à l'Empire sumérien, mais le caillou céleste sur lequel nous errons, pour certains d'entre nous depuis la nuit des temps, est beaucoup plus vieux. Et depuis ses milliers de millions de

cycles d'existence, la Terre fut le théâtre de nombreuses guerres, territoire de nombreuses et puissantes civilisations, patrie de millions de créatures... Mais tout cela aujourd'hui est oublié._

Les 7 fables du monde sans nom.

Cela faisait déjà quatre générations que le soleil brillait d'une couleur rouge comme au coucher. Les gens s'y étaient habitués alors que c'était autrefois signe de fin des temps et ne s'en souciaient guère plus, préférant s'occuper de leurs champs, du percepteur d'impôt et d'avoir assez de récolte pour tenir l'hiver suivant. D'ailleurs, pour beaucoup, le soleil jaune n'était plus qu'une légende maintenant, le délire pathétique du dernier des vieux fous du village. Mais cela restait tout de même ancré dans les esprits, tout comme la magie faisait partie intégrante de ce monde. Car il faut le savoir, le peuple connaissait l'existence des sorcières et des magiciens, croisait parfois un troll ou un nain que les hommes du village poursuivaient fourche à la main s'ils s'approchaient trop près du bourg, voyait passer un elfe ou une fée dans la forêt qui leur indiquaient volontiers un bon coin à champignons, ou parfois même trouvait remède auprès d'un enchanteur. Mais à part rencontres fortuites et cas exceptionnels, chacun restait chez lui dans son petit univers sans se soucier des autres races, spécialement chez les humains. C'était la seule espèce qui se renfermait vraiment sur elle alors que parfois des gnomes vendaient tonneaux *de bière sans fond aux trolls ou encore que les elfes achetaient aux fées quelques plantes. Et même, d'après ce qui se disait, des elfes, des fées, des nains, des gnomes et encore d'autres créatures fantaisistes se réunissaient quelques fois le soir autour d'un vieux tronc de chêne coupé pour jouer aux cartes déshabilleuses dans la forêt profonde. Quoiqu'en y repensant bien, il soit inutile de jouer aux cartes déshabilleuses pour voir une fée nue, mais paraît-il qu'elles aimaient regarder avec malice, et qu'il était très malavisé de voir certaines créatures mal lavées enlever leur pagne... Mais revenons-en aux humains. Ils labouraient leurs champs, ils souffraient de leurs propres règles immorales, et ils chantaient et s'amusaient autour du feu sur la place du village la nuit tombée. En somme, ils vivaient leur vie comme avant le soleil rouge, en contant à leurs enfants que le ciel était bleu au tout début, et que la lumière était jaune. Ils étaient heureux, parfois même niais, illettrés et non instruits. Mais lorsque les mers devinrent noires et que les oiseaux ne chantèrent plus, même eux commencèrent à s'apeurer.*

Puis un matin, le soleil se leva pour se recoucher moins d'une heure plus tard et du même côté, comme fatigué. La population, immédiatement paniquée, effrayée de ce signe d'obscurité éternelle, fut désespérée... et le mal s'empara alors d'elle comme la tentation noircit un cœur pur. Mais qu'on se le dise bien, ce n'était pas la folie, c'était le mal, la tentation, l'armée du diable, ou quelque autre nom qu'on lui donne... Les parents tuèrent leurs enfants, les fermiers s'attaquèrent à leurs bêtes pris de frénésie, les brins d'herbe grandirent pour étouffer leurs jardiniers que les roses lacérèrent, les animaux dévorèrent leurs maîtres... Le monde sombra dans le chaos. Tout devenait mauvais, même l'inerte. Les flammes des bougies hurlèrent des cris de terreur, les pavés des chemins s'élevèrent pour écraser les pieds, les poissons sortirent de l'eau affamés, les marmites engloutirent les cuisiniers ou même se mangèrent entre elles... Absolument tout de par le monde fut touché, que ce soit les fées incapables de regagner l'air libre, prisonnières sous la surface des eaux jusqu'à la noyade, les nains dont les haches se retournèrent contre eux pour les frapper à la tête, comme si leurs mains ne leurs appartenaient plus, les elfes engloutis par les arbres de la forêt, les troll dont l'alcool des bières perfora l'estomac tel un acide, leur arrachant des hurlements de souffrance, les mages dont les miroirs renvoyèrent les conjurations à l'envoyeur... Toute la création, magique ou sans pouvoir, bonne ou mauvaise, animée ou inanimée, fut touchée. Puis, sans que l'histoire ne raconte comment, 7 imaginales apparurent et s'associèrent pour affronter le mal sous une pleine lune rougeoyante. Ils avaient pour noms le Chevalier Courageux, dont le nom était équivoque, Iris la Rousse, une élicienne encapuchée, Dalah la fée, Hictor le mort-vivant, Gallath le sage, la jeune Hymel, garçonne d'écurie, et enfin Gnitth le nain-troll. Certains de ces êtres étaient d'ordinaire rejetés et crachés par les gens mais ils se mirent en avant sans peur pour affronter le mal... L'herbe meurtrière s'apaisait à leur passage, les milliers de tourbillons d'oiseaux mangeurs d'hommes ne purent atteindre leur tête, les eaux regagnèrent leur tranquillité et leur pureté... Habités d'une obscure force divine, ces 7 repoussaient le mal de leur simple présence, se rendant au plus profond des tavernes, dans les plus sombres ruelles, dans les plus lugubres chaumières, dans les plus denses des forêts afin de détruire les multitudes de démons habitant le monde... La bataille des 7 au sang d'or contre les êtres au sang d'araignée et de scorpions, de serpents et de démons, de malin et de malice... Les 7, réunis pour contrer les premiers arrivés du monde sans nom, démons venus fouler la création afin de préparer le terrain pour leurs maîtres.

Le Chevalier Courageux et sa grande épée.

Le courageux chevalier nommé le Chevalier Courageux, armé de sa grande épée à la lame d'argent encadrée d'or, était l'un des derniers êtres nobles et robustes encore sur ses pieds. Il ne vivait que de foi, de quête et de courage, mais quoi que son apparence et sa qualité laissassent croire, il était lorsqu'il enlevait son casque un magnifique blond aux cheveux mi-longs et bouclés féru de lecture et de savoir. Il était un guerrier mais il était loin de n'avoir que des muscles, il savait que la connaissance était tout aussi utile que la puissance physique voire plus et cherchait donc à s'emparer de cette force que les épées et la magie ne pouvaient égaler : le savoir.
Lorsque le monde est devenu noir, lorsque la pluie de sang tomba sur les plaines et les mers sombres, le chevalier revêtit son armure, mit son heaume et monta son cheval en criant : « Sus à l'ennemi, le mal perdra ! »

Iris la Rousse.

Iris la Rousse était vêtue d'une cape capuche, habillée comme une paysanne, mais tous ses vêtements avaient pris la couleur du sang, comme si elle avait baigné dedans

104

durant un millier d'années. Pourtant Iris était belle et ses yeux trahissait une pureté que rares ici-bas égalaient. Iris la Rousse aurait pu s'appeler Iris la Belle ou Iris la pure... Toujours la capuche remontée sur la tête, elle marchait, marchait, sans jamais s'arrêter, comme si elle ne faisait que passer à travers le temps... Mais quand le soleil s'est recouché devant elle, elle se figea de stupeur et dans la nuit noire, quand les gens ont commencé à changer, à voler et à violer, à tuer et à traiter, elle a alors décidé de marcher pour la victoire des hommes. Elle n'était pas sorcière ou fée, ni même élémentaire ou femelle dragon, elle était Iris la Rousse, marchant vers le mal dans un défi, comme descendant du ciel pour dire stop la dague à la main.

Gallath le sage.

Gallath le sage était un magicien alchimiste âgé de huit-cent-cinquante-six ans, et depuis déjà les trois derniers siècles de sa vie il s'était juré de combattre une fraternité nommée l'Ordre des Gallathines, qui s'était octroyé l'allégeance des démons majeurs et mineurs. Cette confrérie démoniaque avait été bâtie des siècles plus tôt par un homme malsain qui avait conclu un pacte avec le diable. Il avait ainsi obtenu la soumission et la docilité envers sa doctrine de tous les démons du monde en échange de l'âme de ses dix filles, qu'il sacrifia. Le sang et l'âme de dix vierges innocentes... pareil prix n'existe pas, tout comme pareille ordure n'existe plus... De ce pacte, le diable en personne et ses rejetons furent, dès lors que le présent fut offert, incapables de s'attaquer à cette confrérie. Et lorsqu'ils étaient invoqués, de nombreuses fois par cycle solaire, ils exécutaient les besognes pour le compte de la secte occulte ; sacrifice, ensorcellement, possession, ruse, duperie, magie noire, invocation... Mais Gallath savait que le diable n'aimait pas être commandé et comptait l'utiliser afin de détruire ses ennemis. Tout en déjouant donc peu à peu depuis plus de trois cents ans les plans de l'Ordre des Gallathines, le sage erra à travers le monde occulte pour libérer ces dix âmes tourmentées afin de rompre le pacte et rendre l'Ordre intouchable vulnérable. Mais la tâche était ardue et le monde occulte aussi vaste que le monde humain... Gallath savait pourtant que ce ne serait qu'à ce prix qu'il gagnerait, même si cela prenait une éternité, et fit donc le serment au ciel qu'il ne mourrait que lorsque les dix filles du pêcheur seraient libérées. Il n'en avait pour l'instant libéré que trois, mais il sentait avec espoir et conviction que le pacte s'amenuisait... et quand le soleil se recoucha, il crut avoir de nouveau à faire avec les Gallathins et partit donc tout naturellement en quête pour triompher de ses ennemis... espérant libérer au moins une autre des sœurs.

Dalah la fée.

Une fée vie toujours nue, que ce soit en courant espiègle dans la forêt, en chantonnant des airs joyeux en faisant de la musique avec des brins d'herbe, en indiquant leur chemin aux passants, ou encore en jouant à la ronde en toute innocence et le sourire aux lèvres avec les enfants humains venus les admirer dans la forêt...
... et en occupant les petits garçons un peu plus grands qui commencent à être en âge et qui viennent pour observer des

filles nues. Car il faut savoir que les fées peuvent garder leurs formes lilliputiennes ou bien prendre taille humaine à leur grès, ce qui attire les voyeurs et les curieux. Les fées n'étaient pourtant pas tentatrices, loin de là, elles étaient innocentes et vivaient sans penser à mal. Le genre des hommes était juste tout simplement profiteur, et les fées avaient pour elles un corps fin, de petits seins attrayants et un visage magnifique...

Dalah était une fée vivant dans une forêt non loin d'un village humain. Elle passait son temps à embêter les gnomes, à taquiner les nains et les farfadets, à chatouiller les grenouilles ou encore à croquer dans des pommes ou à battre des ailes en effleurant le cours des ruisseaux. Ses ailes étaient d'ailleurs, l'appendice évoqué, semblables à celles d'une libellule. Certaines de son espèce en avaient telles celles des papillons ou encore celles des dragons, mais Dalah elle était pourvue de petites semblables à celles d'une libellule colorée. Un matin, alors qu'elle chipait une pépite d'or à un nain colérique, elle fut effrayée de voir le soleil se recoucher. Tétanisée par la peur, elle rétrécit, paniquée, et se cacha sous un champignon. C'est alors que la pluie de sang frappa le sol de la forêt et changea le monde, la faisant pleurer d'effroi, repliée sur elle-même. Ses amis animaux devinrent mauvais, les gnomes se tapèrent dessus jusqu'à la mort, les insectes devinrent des ennemis et se dirigèrent vers les arbres pour les étouffer alors qu'eux même dévoraient les oiseaux... La faible lueur de Dalah allait s'éteindre lorsque la main d'un chevalier humain la saisit et la protégea... Voici comment Dalah la fée rejoignit les 7.

Hictor le mort-vivant.

Hictor ne se souvenait plus de qui il était quand il était vivant. Il s'était levé comme les autres morts lorsque la journée sombre avait commencé et n'avait rien fait d'autre. De tous, il était le seul à être resté devant sa tombe, attendant quelque chose sans savoir quoi. Peut-être que la mort le retouche une troisième fois pour le tuer encore ? Attendant sans savoir, curieux de sa nouvelle vie, il toucha son visage mais le trouva horrible, différent, balafré, plein de clous de plomb. De même, ses vêtements étaient en loques, son pied droit était cassé et il avait un trou béant à la place du cœur... Hictor voulut pleurer... il attendit, attendit... Puis les cris des gens encore bons dévorés par ses confrères le sortirent de sa torpeur. Ils avaient besoin d'aide. De tous les morts-vivants, il en était un qui n'avait pas faim d'Homme, qui n'avait pas une once de méchanceté, mais au contraire, une grande âme... C'était celui-là.

La jeune Hymel, garçonne d'écurie.

Hymel n'aspirait qu'à une chose, devenir chevalier. Mais malheureusement elle ne le serait jamais, car Hymel était une fille. Âgée de quinze ans, la fatalité ayant détruit ses rêves de gloire, elle était donc mélancolique d'une vie qui lui aurait été plus chanceuse et pour gagner de quoi se nourrir elle travaillait comme garçonne d'écurie et nettoyait les chevaux. Parfois quand elle finissait en avance, on l'autorisait alors à en monter un et cela la rendait la plus heureuse du monde...

Le jour où le soleil se recoucha dans sa bourgade, le monde devint mauvais et les chevaux tentèrent de la manger. Le chevalier qu'elle idolâtrait lui secourut alors la vie et tandis qu'elle vit des chiens de mendiant le dévorer, prit son vaillant cheval encore juste et s'enfouit en pleurant. C'est ainsi qu'une enfant de quinze ans encore innocente versa ses premières larmes... en fuyant le mal.

Gnitth, le nain-troll.

Un troll naît adulte, tout le monde le sait. Un troll naît adulte, bête, stupide et l'haleine aussi fétide qu'un chat crevé pourrissant dans la cheminée depuis le dernier repas... Mais par la force du destin, un jour, un troll fut ensorcelé par un mage croisé au détour d'un chemin et il rajeunit... Quelle force de sortilège que de ramener un troll, créature la plus vile, perverse et barbare qui soit, à une adolescence prépubère qu'il n'aurait jamais dû comprendre ou connaître... Résultant du sort, naquit un troll farfadet avec un soupçon de Korrigan. Une petite créature sournoise avec de longues oreilles, les pieds démesurés, totalement vicelarde et obsédée. Voilà ce que le troll devint, une immonde créature portant une masse deux fois plus lourde et haute que lui, à la fois satyre et puissante, mesquine mais juste... Bien qu'il ne fût dès lors plus du tout troll, régressé à cette période de la vie, il n'en restait pas moins un être rejeté, bien évidemment, mais surtout hors du commun et magique. Et il avait un plus par rapport à ses congénères ; il était intelligent... Du haut de son mètre quatre, conscient du danger, il accepta donc de se joindre à la cause des Sept lorsque le moment de défier la fausse nuit apparut. Bien sûr, ce ne fut que parce qu'Iris la Rousse concéda à ouvrir son corset qu'il accepta, mais en tout cas il avait eu l'intelligence de se joindre à eux et fut ainsi le septième maillon.

Le début de la marche, ou la première des Sept fables du monde sans nom.

On était le quatrième matin de la nuit éternelle quand le Chevalier Courageux, fendant l'air et les têtes de son épée or et argent, trouva Iris la Rousse dans une ruelle de la ville alors qu'elle était malmenée par des brigands... »

— Madame ? fit un Cavalier en entrant dans la pièce.
Adélaïde s'effraya d'entendre une voix alors qu'elle était absorbée dans ce conte. Elle releva la tête de son livre, le cœur battant, et regarda vers la porte d'entrée. Le Cavalier Ézéchiel se tenait debout, un peu gêné de l'avoir dérangée.
— Oui ? demanda la Reine arrachée à sa prenante lecture.
— C'est l'heure madame.
— Ah. Bien, merci, formula-t-elle, polie.
Adélaïde fut déçue de ne pas pouvoir finir son histoire, nettement plus passionnante que la précédente. Elle devait cependant revenir à la réalité. Elle se leva donc en posant son livre ouvert, renversé, et quitta le salon pour revenir à la cathédrale, son repos fini.

Il reste un peu plus de huit heures et demie avant la libération de l'assassin.

Retour à l'enquête

Adélaïde et Ézéchiel montèrent les marches de l'escalier labyrinthe. Ils regagnaient la cathédrale pour se rendre à l'étage des loges, où Alfred les attendait pour reprendre là où ils s'étaient arrêtés.

— J'ai manqué quelque chose ? demanda Adélaïde.

— Rien, si ce n'est que Camilla a fait une crise de jalousie à Caroline, répondit Ézéchiel, un peu fatigué. Ce qui prouve que la tension monte de plus en plus chez les Reines et les membres.

— Pourquoi a-t-elle fait ça ? se surprit Adélaïde.

— Allons vous le savez, Caroline est d'un tempérament bien plus volage que sa compagne, s'exclama le Cavalier.

— Camilla a pourtant elle aussi eu des relations en dehors de leur couple non ?

— Camilla est plus posée, elle n'a pas de rapports extraconjugaux sans Caroline, et si elle en a, ce n'est que pour son travail de Reine. Caroline, c'est plus par plaisir et envie, sans retenue.

— Et comment ça s'est fini ?

— En pleurs, toutes les deux effondrées, l'une aux toilettes, l'autre dans un coin de l'étage des Reines. Elles étaient parties s'expliquer dans leur loge, ce qui heureusement a empêché les membres d'assister à un spectacle qui ne les regarde pas, et cela a dérapé.

— Curieux… Caroline m'a pourtant dit que Camilla voyait souvent Sublime, s'exclama Adélaïde.

— Seulement en amie. Elles se sont peut-être échangé des baisers mais cela n'a jamais été plus loin.

— Je te trouve bien renseigné, sourit la jeune femme en regardant son camarade, étonnée.

— Tu te confies à Alfred, Camilla à moi.

— Ah, d'accord.

— D'ailleurs, toi et Caroline, vous vous voyez souvent non ? l'interrogea-t-il, pour éclairer le sujet.

Adélaïde suivit le Cavalier dans une bifurcation non éclairée pour monter d'un palier. Arrivés en haut, ils accédèrent alors à une autre série de marches, cette fois illuminée par des torches.

— Ben disons qu'elle me met quelques fois le grappin dessus j'avoue. Mais comme je les ai toujours vues ensemble et qu'on est assez proches, je pensais que Camilla n'y voyait rien de mal.

Ézéchiel acquiesça de la tête et continua à monter.

— Elle a atteint saturation et elles se sont violemment disputées en tout cas. Quelques Reines ont dû aller les consoler chacune de leur côté…

— À ce point ? Je ne pensais pas que cela en arriverait là.

— Bah, cela monte vite. Camilla est folle amoureuse de Caroline et lui reprochait d'aller à droite à gauche. Caroline l'aime aussi, mais elle n'arrive pas à s'empêcher de toucher d'autres filles. Le ton est monté et une gifle de la première a effrayé la seconde qui s'est mise à pleurer. Caroline lui a répondu qu'elle la détestait et qu'elle ne voulait plus la voir, Camilla s'est alors elle aussi effondrée… Que veux-tu… les aléas de l'amour. Enfin, d'ici demain ce sera oublié. Elles s'aiment beaucoup trop pour se séparer.

— Une belle histoire d'amour, déduisit Adélaïde.

— Oui. Mais revenons-en au meurtre. Alfred t'attend pour interroger Larroca, souffla le Cavalier. Il ne voulait pas le faire sans toi.

— D'accord.

Adélaïde et Ézéchiel arrivèrent à l'étage des loges, et voyant justement le Cavalier non loin, le rejoignirent.

— Où est-il ? demanda la jeune femme à son attention.

— Dans la loge trois, il n'y a pas de passage secret partant de celle-ci. Et je doute qu'il ait l'envie de s'enfuir par la cheminée, répondit Alfred, les feuilles d'alibis à la main en s'avançant vers elle avant de revenir, à ses côtés, vers ladite loge.

— Bien, acquiesça Adélaïde, qui se sentait de nouveau bouillir de fureur à cause du meurtre, du mensonge déplacé du membre, et plus encore de son écœurante érection.

— On l'y a mis depuis qu'on a fini la réunion. Je désirais t'attendre avant de commencer à l'interroger.

— Oui, je sais, Ézéchiel m'a dit, mais on joue contre la montre, tu aurais dû le faire sans moi. Quand on aura fini avec lui, on ira inspecter la loge de Mélina ainsi que le salon qu'elle avait l'habitude de fréquenter.

— Oui, confirma Alfred.

Adélaïde ouvrit la porte et ils entrèrent dans la pièce. Le membre Antoni Larroca faisait les quatre cents pas à l'intérieur. Il était énervé et impatient d'avoir une explication, et lorsqu'il les vit, il s'avança vers eux d'un air scandalisé.

— Non mais que signifie cela ? s'écria-t-il.

— Asseyez-vous, répondit Alfred, tout d'abord calme.

— C'est intolérable ! reprit toutefois l'italien.

— Assis ! reprit le Cavalier, sentant qu'il perdait son sang-froid.

— Je vous préviens…

— Asseyez-vous ! hurla cette fois Alfred.

Larroca se tut, effrayé, et s'assit à la table installée en se laissant tomber sur la chaise, le regard hébété. Il sembla tout d'un coup un simple sale con faible d'esprit, ce qui n'étonna pas vraiment Adélaïde.

— Pourquoi nous avoir menti, monsieur ? demanda-t-elle en s'installant en face de lui.

— Comment ça ? s'étonna le membre, offensé d'une telle diffamation, cherchant encore à jouer le rôle du bon petit membre.

— Arrêtez de nous prendre pour des cons. Mélisande ne vous offrait pas une gâterie.

— Comment... ?

— On sait que vous mentez ! s'écria Alfred, furieux en tapant des mains sur la table. Et en plus vous avez profité de deux Reines !

— Mais enfin, Alfred…

— Ne m'appelez pas ainsi ! Je ne suis pas votre ami ! Vous êtes un menteur et un obsédé, vous êtes banni du club !

Adélaïde leva la main pour calmer Alfred. Elle ne savait pas trop s'il jouait au méchant flic ou s'il avait réellement perdu son sang-froid devant une telle pourriture, mais elle tenait à calmer le jeu.

— Contrairement à mon ami, voyez-vous, je m'emporte moins facilement.

— Mais ma parole, vous avez perdu la tête ! lança le membre en direction du Cavalier.

Alfred se redressa, le visage dur et sévère, mais ne répondit pas. Il serra les poings et laissa Adélaïde faire comme elle l'entendait.

— Mais, et j'aimerais que vous arrêtiez de m'interrompre, pour ma part j'ai plutôt envie de vous étriper à mains nues. Alors si vous ne répondez pas dès la fin de cette phrase à ma question qui est je le rappelle « *Pourquoi nous avoir menti* », vous aurez l'horrible horreur de vous faire castrer et tabasser par une femme enceinte.

Larroca regarda Adélaïde et Alfred tour à tour, incrédule. Mais voyant la sincérité dans leurs yeux, il se garda bien de patienter.

— J'admirais une de vos Reines…

— Encore en train de mater ? annonça écœuré Alfred. Vous êtes répugnant.

— Oui, bon… Il y avait cette lesbienne dans la salle du clocher.

— Homosexuelle, le reprit Adélaïde.

— Oui, bon ! Bref, elle se masturbait sur un lit et je regardais par la serrure. Voilà, vous êtes contents ?

— Mais vous êtes vraiment répugnant, s'effara Alfred.

— Attendez, cette fille passe la moitié de son temps à se toucher ou à fricoter avec d'autres ! On est ici au Club des Damnés, on a bien le droit d'observer non ?

Alfred et Adélaïde se regardèrent, un peu gênés, n'ayant rien vraiment à rétorquer, mais Adélaïde reprit malgré tout vite le dessus sur leur adversaire.

— D'un, Caroline a le droit au respect quels que soient ses actes, même ici, et vous avez par vos actes violé sa vie privée.

— Allons, ne soyez pas si…

— Je n'ai pas fini ! s'exclama fortement Adélaïde.

— Excusez-moi, dit Larroca.

Adélaïde lui jeta un regard noir. Il recommençait…

— De deux, reprit-elle, quand bien même si elle est d'un tempérament libertin, vous n'avez pas, en aucun cas, à agir de la sorte !

Larroca ne répondit pas tout de suite. Il aurait beau avancer tous les arguments du monde, jamais ils n'accepteraient son point de vue… Il préféra donc s'avouer vaincu.

— Bien, qu'en est-il alors de moi ? Vous allez me castrer ? Vous allez me renvoyer ? demanda-t-il.

— Non, nous allons vous enfermer dans un salon, fit Alfred, ferme.

— Oh, merci, merci, recommença mielleusement Larroca, soufflant de soulagement, retrouvant son côté comédien et craintif. Merci mille fois !

Il saisit les mains d'Adélaïde pour la remercier, mais la jeune femme se dégagea, prise de dégout et sortit de la pièce, suivie de peu par Alfred. Ils en avaient fini.

— S'il rouvre sa bouche, je l'égorge comme un goret, s'exclama le Cavalier une fois la porte refermée à clé.

— On a les résultats de la banque ? demanda Adélaïde, ne voulant plus vraiment entendre parler du vicieux italien.

— Rien, on a contacté Thomas à l'extérieur, il a vérifié. Aucun des membres présents n'a reçu de virement important.

— D'accord. Larroca dit la vérité. Il n'aurait pas pu savoir pour Caroline s'il n'y était pas réellement, il est donc innocent.

— C'est ce que je pense aussi, ce n'est pas lui l'assassin…

On n'avance pas vraiment et il reste à peine huit heures et quart avant qu'on ne les libère, fit Alfred en regardant sa montre de veston.

116

— Prends des Cavaliers avec toi et isolez-le loin de tout, ordonna poliment Adélaïde. Qu'on se débarrasse au moins de lui durant cette période. Cela nous fera des vacances.

— D'accord.

— Rendez-vous dans la loge de Mélina.

— À tout à l'heure !

Alfred quitta Adélaïde pour descendre en salle des sens chercher deux Cavaliers et la Reine monta à l'étage au-dessus.

Prunelle était la Reine numéro 71, sa loge se trouvait donc vers le milieu du couloir. Phileas en avait construit cent sous le toit de la cathédrale. Les loges des Reines ressemblant plus à des cellules de repos qu'à des appartements, il y avait largement la place. Comme elles étaient disposées de part et d'autre du seul et unique couloir, on y accédait uniquement par celui-ci, qui faisait toute la longueur de la nef en partant des tours, jusqu'au bureau de Phileas, au-dessus de la bibliothèque. Mais le bureau n'était pas bien grand non plus, ce qui faisait qu'il restait de la place pour d'autres aménagements, comme un salon des Reines rempli de fauteuils et de sofas, des douches, des toilettes…

À dire vrai toutefois pour un œil calculateur, tous ces aménagements étaient faits au-dessus du transept et des croisillons, là où se trouvait la salle des sens. La bibliothèque étant assez grande, on pouvait se douter que sous le toit au-dessus du chœur, il y avait donc autre chose, un long mur isolant cette partie du reste de l'étage suggérant qu'il existe d'autres salles. On se perdait un peu dans ces repères, mais en dessinant les niveaux de la cathédrale maintes et maintes fois, Adélaïde en était arrivée à ces conclusions, il y avait des pièces secrètes à ce niveau, tout autour du bureau de son mari. Le constat était de toute façon évident, la cathédrale avait un immense toit classique, en mansardes en triangle, mais les pièces aménagées avaient toutes des angles droits aux coins supérieurs. Il y avait donc encore une partie du toit au-dessus et sur les côtés qu'ils ne voyaient pas, le plafond étant à trois mètres du sol. Adélaïde n'étant toutefois pas là pour explorer, elle se rendit dans le couloir en direction de la loge 71. Les deux chiffres en métal noir fixés à la porte lui apparurent à droite après qu'elle ait vu défiler tous les impairs précédents, comme dans une rue. Les loges ne se fermaient que de l'intérieur, la porte était donc ouverte, Adélaïde le savait. Elle entra, hésitante toutefois de pénétrer dans l'intimité d'une Reine, et surtout d'une défunte. Ce n'était pas réellement évident à accepter. Une mort, une perte… C'est pensé, vécu bon nombre de fois, mais à chaque fois, on ne réalise jamais vraiment au début. Une vie enlevée, perdue, une personne disparue. La nature humaine est paradoxale, car certains ôtent la vie sans remords, alors que d'autres le regrettent… Enfin, il y a autant de psychés que d'êtres humains, certains sont donc foncièrement bons, d'autres enclins à des actes arrogants, mauvais et monstrueux… C'est cela l'homme, on est confronté au meilleur comme au pire. Le seul animal capable de trébucher deux fois sur la même pierre, le seul animal qui tue pour le plaisir. Ce n'est pas évident d'assumer sa propre espèce parfois, mais il y a du bon en l'être humain, et c'est pour cela que le *Service* existait, pour qu'il ne reste que le bon… C'était assez réducteur, mais c'est ainsi qu'Adélaïde voyait les choses, et sortant de ses rêveries, elle décida de prouver que la bonté humaine triompherait sur sa noirceur, en arrêtant ce salaud.

Adélaïde referma légèrement la porte et alluma un chandelier à l'aide d'allumettes traînant non loin. Brandissant sa lumière, elle scruta alors la pièce. La loge de Mélina était quasiment identique à la sienne. Assez petite, meublée d'une couchette, d'un portant où étaient entreposées des tenues, de commodes, d'une armoire et d'une coiffeuse, elle était sobre mais chaleureuse, faite pour qu'on s'y sente bien. Mais c'était une simple loge, il n'y avait donc rien de bien important. Adélaïde s'avança dans la pièce. Elle regarda un tas de cours empilés sur une commode, mais ils lui indiquèrent juste que Mélina suivait assidument ses études. Son écriture était fluide et arrondie, son français presque sans fautes et ses notes étaient rédigées le plus clairement possible… Adélaïde reposa les feuilles et fouilla dans le reste de ses affaires à la recherche d'un indice. Elle trouva de la lingerie, des vêtements, du maquillage, des confiseries mais rien d'autre, tout du moins rien de bien extraordinaire. Il n'y avait même pas de journal intime, ce qui était assez embêtant. Adélaïde remit tout en ordre, par respect, et ayant fouillé tous les tiroirs de la commode, se dirigea vers l'armoire.

— Tu as trouvé quelque chose ? demanda Alfred en entrant dans la pièce.

— Non, répondit sobrement Adélaïde en le regardant. Il n'y a que de la lingerie, des fringues de rechange, et des produits de fille.

— Mélina était une fille intelligente. Ses parents sont morts il y a quatre ans, elle avait appris depuis à ne se satisfaire que du nécessaire et à ne pas laisser de traces.

— C'est elle qui a choisi de ne pas avoir son vrai nom au club ?

— Oui. Et on la rétribuait en liquide. Elle tenait à rester discrète.

— Pourquoi cette peur ? s'étonna Adélaïde en écartant les vestes, gilets et pulls un par un pour chercher dans les poches.

— Je ne sais pas. Je pense que la mort de ses parents l'a rendue méfiante et détachée de tout.

— Elle était ici depuis quand ? Pourquoi n'ai-je jamais entendu parler d'elle avant ?

Alfred décida de l'aider un peu au lieu de ne rien faire et dépouilla le portant de ses tenues pour les fouiller.

— Elle est venue voir Phileas il y a deux ans, mais il a refusé. Elle était vraiment trop jeune. Il l'a alors envoyée en pensionnat.

— Sérieux ?

— Oui. Et quand ses études furent finies, elle est revenue, il y a de cela trois mois, un peu avant la mort d'Agathin.

— Agathin ? Agathin James ? Double Zéro Deux ? Tu le connaissais ?

— Oui, juste avant que Phil n'aille te rejoindre aux Caraïbes. Je le connaissais un peu, il venait souvent boire un coup chez lui.

Alfred sortit les poches intérieures d'un pantalon de soie pour voir les tickets d'achats y vieillissant. Ils étaient cependant tous vieux d'au moins trois semaines, certainement pas en relation avec sa mort.

— Phileas a alors accepté de l'inscrire au registre des Reines et elle en est devenue une, continua-t-il.

— Mais il la connaissait d'où ?

— Les parents de Mélina étaient de ses amis.

— Merde… Cela va barder ce soir à la maison, fit la Reine en se grattant le cuir chevelu, embêtée à l'idée de lui apprendre la nouvelle.

— Si tu veux, je lui parlerai moi.

— Non, ça ira… Je sais me faire douce, annonça Adélaïde.

— Ça, je n'en doute pas.

Adélaïde sourit et regarda dans la dernière veste de l'armoire.

— Rien, il n'y a rien.

— Ici non plus, répondit le Cavalier.

— À l'époque des Rodiers, vous teniez un livre de compte des membres qui demandaient les Reines. Vous ne le tenez plus ?

— Si, fit Alfred. Mais Mélina n'y était pas inscrite. Elle ne voulait pas laisser de trace comme je te l'ai dit.

— Il doit bien y avoir quelque chose, non ? s'étonna Adélaïde.

Remarquant soudainement la corbeille à côté du lit, elle se dirigea dans cette direction et la prit en mains.

— Il y a là quelque chose… À part des mouchoirs usagés, des restes de tablettes de cachets et des papiers de bonbons, il y a une carte.

— Quel genre ? demanda Alfred en venant vers elle, intrigué et satisfait d'enfin avoir un début de piste.

— Les cartes qu'on met sur les fleurs…

Alfred regarda autour d'eux.

— Il n'y a pas de fleur ici pourtant, s'étonna-t-il.

— Elle a dû les emmener, *« Pour ma belle Mélina, J. »*.

— Nous voilà bien avancés, s'exclama le Cavalier dans l'esprit de qui la piste fut étiquetée comme erronée.

— On a un J dans nos membres ? demanda Adélaïde.

— Un seul tu veux dire ? Tu plaisantes… ?

— En tout cas il connaissait visiblement son vrai prénom.

— Donc il s'agirait bien d'un membre qu'elle connaîtrait intimement, conclut Alfred.

— Possible. À moins qu'elle ait ramené le bouquet de l'extérieur ? supposa Adélaïde.

— Non... Ce serait stupide, sauf si elle venait de le recevoir sur le chemin juste avant d'arriver au club et qu'elle n'avait pas eu le temps de retourner chez elle avant. Et si c'était pour en profiter, pour égayer, sa loge elle l'aurait laissé ici non ? Dans les autres cas, je la vois mal venir de l'extérieur avec un bouquet offert par quelqu'un qui la connaissait et repartir avec.

— Si elle l'avait jeté parce qu'il se fanait elle l'aurait fait ici tu as raison... On a un membre qui est venu avec des fleurs récemment ?

— Tu n'as jamais reçu de fleurs ? lui demanda Alfred, ironique, trouvant sa question absurde.

— Non pourquoi ?

— C'est plutôt monnaie courante, cela fait partie du jeu de séduction. Et puis il a pu être donné sans qu'on le voie...

— Bien, fit Adélaïde, qui accepta l'idée que cette carte ne les aiderait pas. Tu peux regarder sous le lit ? Avec mon ventre, je ne peux pas.

— Pas de problème.

Alfred se mit à terre, et soulevant les pans de couverture tombants, regarda sous le lit.

— Il n'y a rien à part un sac vide, répondit-il.

— Quel genre de sac ?

— Sac de voyage. C'est avec celui-là qu'elle a dû ramener son linge de rechange.

— Bon Dieu, avec du matos on pourrait passer la pièce au peigne fin et trouver des empreintes sur la carte par exemple.

— Mettons-la avec le sperme et les poils pubiens. Au pire cela servira après la libération des suspects.

— Exact, fit Adélaïde en claquant des doigts.

— Bon, fouillons le reste de la pièce, tout ce qu'on n'a pas encore regardé. Ensuite, passons au salon.

Adélaïde acquiesça et ils inspectèrent sur-le-champ la coiffeuse et la seconde commode. Mais il n'y avait rien de probant. Ils déplacèrent alors les meubles pour vérifier en dessous et derrière s'il n'y avait rien qui traînait, mais ce fut également une perte de temps. Il n'y avait absolument rien dans la loge, pas un seul morceau de papier, pas une note, rien. Ils faisaient chou blanc. La Reine Prunelle était méticuleuse et ordonnée, tout était rangé soigneusement à sa place et il n'y avait rien de vraiment personnel. Adélaïde constata même qu'elle n'amenait jamais son sac à main et son portable, qui étaient introuvables. Elle avait appris à être une ombre, ce qui servait malheureusement son assassin.

— Bon, passons au salon, annonça Adélaïde, déçue.

Alfred fut approbatif. Il lui ouvrit la porte, éteignit le chandelier et referma derrière lui. Dans un soupir en lâchant la poignée, il regarda une dernière fois le numéro, la mélancolie et la tristesse gagnant ses yeux. La loge 71 n'existerait plus. Les meubles de la Reine seraient vidés et le numéro changé pour accueillir une autre… L'histoire s'écrivait d'elle-même, une de plus sur la liste des perdues…

Il reste huit heures avant la libération de l'assassin.

***

On était le quatrième matin de la nuit éternelle quand le Chevalier Courageux, fendant l'air et les têtes de son épée or et argent, trouva Iris la Rousse dans une ruelle de la ville alors qu'elle était aux prises avec des brigands. Elle les maitrisait facilement, coupant nettement de sa dague les gorges dans un geste vif et précis, mais le Chevalier Courageux vint tout de même l'aider en brandissant sa grande épée, courageux et servant. Il embrocha un importun vil et désireux de goûter le corps de la jeune femme, décapita deux fermiers cannibales, et pourfendit un cheval avide de sang. Le boulot fait, il salua la dame, l'invita à regagner un lieu plus sûr et monta sur son cheval pour reprendre la route.

— Puis-je me joindre à vous ô chevalier ? demanda toutefois Iris la Rousse en s'approchant de lui.

— Cette quête n'est pas faite pour les dames, ma demoiselle, fit le Chevalier Courageux installé sur son fidèle destrier. Je m'en vais combattre le mal pur.

— Je ne sais pas si vous avez remarqué, mais il n'y a personne d'autre de juste autour de nous, nous devons rester soudés, s'exclama alors fermement Iris la Rousse. Et puis, vous ne laisseriez pas une dame seule dans une nuit de démon ? Si ?

Le Chevalier regarda Iris la Rousse, ne trouvant rien à dire pour détruire ses arguments et l'invita à monter avec lui. À califourchon sur le cheval blanc, les deux premiers compagnons s'en allèrent alors vers le destin...

Pauvre Egler

Le salon de la tour Sud-est était aménagé d'une superbe façon, ce n'était pas étonnant que Prunelle aimât s'y reposer et lire, on s'y sentait bien. Adélaïde posa les pieds sur le plancher et regarda tout autour d'elle, observatrice, à l'affut du moindre détail. Les quatre murs en pierre étaient parcourus d'immenses vitraux offrant, une fois ouverts, un merveilleux panorama sur le monde, il y avait de confortables fauteuils installés ici et là, et il y avait même des couvertures, entreposées dans un coin, pour réchauffer ou offrir un duvet pour une étreinte. Le lieu était charmant, convivial, douillet et son accès se faisait uniquement par un escalier surgissant du sol et montant jusqu'au toit, ce qui ajoutait encore plus à sa splendeur. Mais Adélaïde, tout comme Alfred, se demanda ce qu'ils faisaient ici. Lors du déroulement d'une enquête, il était important de se rendre dans les lieux où la victime allait le plus souvent, pour récolter des indices, mais la plupart du temps c'était en pure perte, comme c'était le cas ici, un déplacement inutile voué à une recherche infructueuse. Les deux enquêteurs vinrent malgré tout, au cas où et par conscience professionnelle, mais sans toutefois vraiment croire à une découverte intéressante. À moins que Prunelle et son amant n'aient gravé dans le plancher un cœur avec leurs noms, prénoms, dates de naissance et motifs de meurtre, ils ne trouveraient rien.

Prenant chacun une moitié de la pièce, ils inspectèrent avec minutie les sièges, les murs, et bien entendu, le plancher, ne sait-on jamais. Dépités, ils ne trouvèrent hélas rien comme ils le soupçonnaient. Ses fouilles sous les coussins terminées, et sentant un vent frais entre ses cuisses, Adélaïde se dirigea vers un des vitraux qui dissimulait une fenêtre. La fraîcheur de la pièce ne l'incommodait pas vraiment, mais elle était un peu sensible en ce moment à cause de sa grossesse… Adélaïde vérifia qu'elle était bien fermée, et se rendant compte qu'il s'agissait d'un défaut d'isolation dû au vitrail, ne chercha pas plus. Elle ouvrit même à l'inverse, quelques secondes, curieuse pour admirer le paysage. La forêt alentour était encore enneigée, recouverte d'un épais manteau blanc. Cela lui rappelait la maison de ses parents, en bordure d'une forêt elle aussi. Le bon temps où elle regardait les flocons tomber. Mais c'était révolu, elle préférait sa vie de maintenant à celle d'alors. Elle rentra la tête, referma, et se retourna vers Alfred.

— Rien, annonça-t-elle.

— Moi non plus… Bien, allons interroger ces messieurs.

Adélaïde et Alfred redescendirent l'escalier et se rendirent à l'étage des loges. Là, la Reine s'installa dans la loge trois et Alfred se rendit en salle des sens. Ils avaient convenu que s'ils n'avançaient pas, ils recuisineraient ceux dont l'alibi était maigre. Bien sûr, en cas d'homicide avec préméditation comme c'était le cas ici, le tueur se serait au contraire assuré d'avoir un alibi en béton, mais dans l'état actuel des choses à la cathédrale, cela signifiait avoir été vu par plus de deux personnes. À moins de posséder le don d'ubiquité, il était donc impossible que ce soit le cas du tueur…

Alfred revint quelques minutes plus tard avec le membre dénommé Frank Humos. L'homme, un peu chétif, avait été interrogé la première fois par Christian et Eugène. Adélaïde regarda les feuilles qu'ils avaient laissées là, et se remémorant à la lecture où était le membre au moment du meurtre, prit la parole.

— Bonjour monsieur Humos, commença-t-elle calmement en l'invitant à s'asseoir.

— Bonjour Reine Rouge, répondit l'homme.

Adélaïde et Alfred interrogeaient Humos car il était seul dans le labyrinthe au moment des faits. S'il connaissait l'existence des passages secrets partant de la bibliothèque, cela en ferait un suspect idéal. Le tout était de le deviner.

— Me connaissez-vous ? demanda alors Adélaïde.

— Non, je ne vous ai jamais sollicitée, ni ici ni aux Rodiers.

— C'est bien ce que je pensais.

— Je connaissais Jean cependant, votre précédente, qui était une bonne amie, bafouilla Humos.

— À moi aussi… comme le reste de mes consœurs.

— Je comprends, et je me doute bien que vous tenez à attraper celui qui a fait ça à la Reine Prunelle.

— Monsieur, que faisiez-vous dans le labyrinthe ? demanda alors Adélaïde, les politesses passées.

— Je…

— Allez-y, n'ayez pas peur, le rassura la Reine.

— Vous vous souvenez des Rodiers ?

— Oui, bien sûr.

— Je regrette cette période. C'était incroyable. Oh, ici aussi cela l'est, mais là-bas… Je me sentais chez moi.

— Je comprends, je ressens la même chose parfois, confia la Reine.

— À l'époque, j'adorais explorer la bâtisse, l'observatoire, les salons secrets… Parfois Phileas m'octroyait un peu de son temps et lui et moi nous nous installions près du feu et nous discutions. Il m'accordait une soirée à débattre de légendes et de contes, ou simplement des Damnés. Plus encore que les femmes, j'aimais les lieux. Le labyrinthe menait dans des dizaines de mondes magiques…

— Oui, je m'y perdais parfois, acquiesça Adélaïde, un sourire nostalgique aux lèvres.

— Vous savez donc ce que je faisais, j'explorais.

— Du côté de la bibliothèque ? demanda Alfred, discret depuis le début de l'entretien.

— Oui, répondit Humos, revenant à leur affaire, mais pas au moment où vous êtes venus me trouver. Je n'ai rien trouvé dans ce coin, j'étais plutôt en dessous de la salle de bal, je dirais.

— Avez-vous trouvé quelque chose ? interrogea Alfred curieux.

— La salle de garde, le salon inversé et la salle des trophées.

Adélaïde écarquilla les yeux, titillée par ces révélations.

— Que… ?

Alfred et Humos ne dirent rien. Il y avait une règle… et Adélaïde l'accepta en n'en demandant pas plus.

— Je vous crois, fit Alfred sobrement.

— Merci, annonça Humos, soulagé.

— Vous pouvez y aller, ajouta-t-il.

— Merci.

L'homme se releva et partit sans trop tarder. Adélaïde regarda alors Alfred, prête à l'interroger pour savoir pourquoi il était sûr de son innocence.

— Il faut du temps pour trouver ces trois salles. Crois-moi, répondit le Cavalier, sans qu'elle n'ait le temps de lui demander.

— Ne les aurait-il pas trouvées un autre jour et utilisées comme alibi ?

— La salle des trophées n'a été rouverte qu'il y a un mois, et Humos n'est pas venu depuis longtemps. Il aime beaucoup discuter avec Phileas ou nous, il est sympa. Je ne le vois pas tuer une Reine, quelle que soit la raison.

— D'accord.

Adélaïde ne posa pas la seconde question qui lui brûlait les lèvres, mais Alfred devinant ses démons consentit à l'éclairer encore une fois sans qu'elle n'ait besoin de l'interroger.

— La salle des trophées n'a pas été entièrement détruite lors de l'incendie, elle était trop à l'écart et trop en profondeur par rapport au club. La chaleur a fait fondre la structure en cire, mais les statues des Reines ont été épargnées. On les a retrouvées des mois plus tard en fouillant les décombres.

— Je ne le savais pas, je pensais que tout avait été détruit, fit Adélaïde, étonnée.

— On le pensait aussi. Et il nous a fallu du temps pour les restaurer…

— Et les… commença la Reine.

— Le salon inversé est un salon riche en mobilier et avec un lustre en perle, la coupa Alfred. Mais tout est à l'envers, le lustre est au sol, les meubles au plafond. C'est

magnifique, tu adorerais, dans les tons rouges et or
victoriens.

— Je veux bien le croire.

— Quant à la salle de garde, il s'agit d'une pièce où sont
exposées des dizaines d'armes blanches datant de l'antiquité
aux premières armes à feu.

— D'accord… Il me tarde de les découvrir… Qui
interrogeons-nous maintenant ?

— Tibérius Bladowski. Je vais aller le chercher.

Alfred se leva et sortit de la pièce. Adélaïde en profita pour
se relâcher et s'enfonça un peu dans son fauteuil. Elle était
fatiguée de tout ça…

Ressentant une certaine chaleur, elle ouvrit la veste de son
tailleur et la retira ne gardant que son haut bras nu. Phileas
adorerait la voir dans cette tenue, sourit-elle. Même si elle
était enceinte, il affectionnait toujours autant lui faire
l'amour ou simplement la regarder et, même si elle
l'avouait avec un peu de difficulté, elle aimait beaucoup son
attention, sa façon de s'intéresser à elle quelle que soit sa
tenue, sa fatigue, son état… Elle se sentait désirée et
fantasmée comme personne, comme si elle était le nombril
de son monde. Il la trouvait toujours belle, dans toutes les
situations, et elle savait qu'il l'aimait comme un fou… Elle
avait beaucoup de chance d'avoir un mari aussi attentionné.

Alfred rentra avec Bladowski et Adélaïde se redressa
immédiatement, gênée. Sa pose était un peu disgracieuse,
elle se rassit donc normalement et reprenant les feuilles en
main, elle les rangea dans le bon ordre, comme si de rien
n'était.

— Bonjour monsieur Bladowski, fit-elle avec
empressement.

— Bonjour Reine, répondit poliment le bonhomme.

— Vous ne me connaissez pas, mais je suis chargée de l'enquête pour mes compétences à l'extérieur.

— Oui, et ? demanda le membre en s'asseyant en face d'elle calmement.

— Voici pourquoi vous êtes ici, répondit Adélaïde.

Elle lui désigna les feuilles récapitulant les alibis, en sortit une, et la mit devant elle. Bladowski la fit alors glisser avec sa main gauche et l'amena à lui pour la feuilleter.

— Connaissiez-vous la victime ? demanda la Reine.

— Absolument pas. Je ne l'avais même probablement jamais vue avant de la voir étendue sur le sol, répondit Bladowski.

— Pourquoi montiez-vous à l'étage des Reines ? l'interrogea alors Alfred.

— J'avais envie de voir à quoi ressemblait leur loge…

— Vous n'étiez pas plutôt dans la bibliothèque ? tenta de le cuisiner Adélaïde pour voir sa réaction.

— Comme je l'ai dit aux autres Cavaliers, reprit l'homme qui ne changea pas de ton, je montais à l'étage des Reines. Okay, c'était stupide, mais ce n'est pas pour autant un crime.

— Si, dans un sens, répondit tristement Adélaïde.

— Êtes-vous allé à la bibliothèque ? demanda Alfred.

— Pas depuis des jours.

— Certain ?

— Oui, tout à fait, je ne suis pas un bon lecteur. Je préfère admirer les Reines. Et c'est pour ça que j'ai voulu les voir dans leur intimité…

— Soit, fit Alfred. Vous savez que c'est mal, n'est-ce pas ?

— Bien sûr. Mais c'était un peu un pari stupide avec moi-même, rigola l'homme. Je regrette toutefois que ma bêtise me coûte mon adhésion au Club. Je suis trop bête !

— Ce sera le cas, en effet, fit Alfred.

— Monsieur Bladowski, avez-vous connaissance des passages secrets ? l'interrogea Adélaïde.

— Hein ? Je vous demande pardon ? s'étonna le membre.

— Les passages secrets du Club des Damnés…

— Il y a des passages secrets au Club ? Je ne savais pas.

— Oui… fit Adélaïde déçue. Peut-être que si les femmes vous intéressaient moins, vous auriez remarqué les richesses des lieux.

Bladowski allait répondre, gêné et embarrassé, lorsque des pas particulièrement bruyants se firent entendre dans le couloir. Surprenant les deux enquêteurs et le médecin de son état, Lucius ouvrit alors la porte et les interrompit.

— Le vieux Egler est mort ! s'écria-t-il.

— Quoi ? s'étonna haut et fort Alfred.

— Quelqu'un a mis du cyanure dans son verre !

Il reste sept heures et quarante-cinq minutes avant la libération de l'assassin.

***

Gallath le Sage vivait dans une demeure de la forêt dont les murs n'étaient autres que des arbres croisés, des troncs imbriqués les uns dans les autres… Il vivait tel un élémental, en harmonie avec la nature, il mangeait des fruits et des légumes, de temps en temps la proie qu'un animal de la forêt lui ramenait, et lorsqu'il avait fini son assiette, il ouvrait son bocal de mangetouts et les petites créatures nettoyaient alors ses couverts et son assiette jusqu'à la dernière miette. Voilà à quoi il occupait ses journées quand il n'affrontait pas ses ennemis. Alors qu'Iris la Rousse et le Chevalier Courageux passaient par là le matin du sixième jour dans l'objectif de réussir leur quête, les hurlements de colère du vieux bourru résonnèrent. Alertés, ils arrivèrent devant la chaumière de bois et virent la lumière s'agiter à l'intérieur. Gallath se débattait pour récupérer son bâton à sa table. Possédée, l'aura des Sept n'habitant pas encore tout à fait le sage à la longue barbe et au visage creusé, celle-ci s'était retournée contre lui et voulait le dévorer. D'un de ses tiroirs elle avait alors attrapé le bâton magique pour l'engloutir... Jetant un sort à l'envers, Gallath, fou de rage et de colère, l'éjecta dehors et termina son combat dans la verdure et les champignons. Il coupa ses pieds, arracha ses tiroirs et la brûla d'une étincelle sacrée. Il se releva ensuite pour regarder les deux nouveaux arrivants bouche bée.

— Z'êtes qui vous ? demanda-t-il, fatigué et acariâtre.

— Nous sommes Iris la Rousse et le Chevalier Courageux, fit la dame tenant son compagnon autour de la taille pour ne pas tomber du cheval.

— Et ? Vous voulez quoi ? Le monde est fou.

— Justement, venez avec nous, vous semblez sain d'esprit !

— Nul n'est sain d'esprit.

— Vous êtes la première chose que nous voyons qui ait conservé sa raison ! lança le Chevalier Courageux, aboyant à l'aide pour le supplier de les accompagner.

— Chose ? fit Gallath d'un ton haut et colérique.

— Tout est touché, humains et fées, vivants et inertes. Même les paysages de Dieu ont pris folie.

— Dieu n'est qu'une image, il n'existe pas ou est parti en vacances, laissant le malin s'occuper de ses affaires. Croyez-moi, si vous croyez en lui, changez de doctrine ou bien portez plainte pour lâcheté, fit Gallath en rejoignant sa demeure devenue folle pour qu'elle s'apaise et lui ouvre de nouveau la porte.

Le Chevalier Courageux, loin de s'avouer vaincu, sauta de son cheval et rejoignit l'intérieur de la chaumière.

— Le monde a besoin de vos connaissances, vieil homme ! commença-t-il à s'écrier.

Ses plaintes furent toutefois veines car il n'eut même pas le temps de passer la porte que Gallath le Sage appartu alors devant lui, son bâton à la main, une besace magique à la taille, et une mie de pain dans la bouche.

— Marchons au nord, je sens une présence magique encore saine à deux jours de marche…

Tragiques histoires d'amour du XIXe siècle

Adélaïde, Alfred, Lucius et le membre Bladowski descendirent à toute allure l'escalier menant à la salle des sens. D'en haut, affolés, ils distinguèrent un attroupement avec au centre un corps gisant étendu au sol. Le médecin, plus rapide, dépassa en hâte les trois acolytes, très inquiété, et courut le plus vite possible jusqu'au corps. Mais cela semblait déjà trop tard, c'était bien Egler qui était à terre, dessinant le grand cercle vide autour de lui parmi la foule.

— Laissez passer, je suis médecin, s'écria Bladowski en jouant des coudes.

Bladowski se fraya un chemin parmi les membres, Reines et Cavaliers, et s'agenouilla avec hâte pour sentir son pouls avant de sentir sa bouche à bonne distance. Adélaïde et Alfred, plus lents à cause de la grossesse et de l'âge, arrivèrent ensuite à ses côtés et se penchèrent également sur le corps.

— Votre verdict ? demanda Alfred.

— Amande amère, il n'y a pas de doute, fit Bladowski en les regardant. Ses lèvres et ses ongles sont violacés et il a du sang dans la bouche. C'est bien du Cyanure.

— Comment cela a pu se produire ! s'exclama Alfred en se relevant vers Christian, furieux.

— Je ne sais pas, le tueur a dû profiter d'une minute d'inattention générale, sûrement quand le docteur est monté avec vous, se défendit le Cavalier, tremblant.

— Qui lui a donné ce verre d'eau ? demanda Adélaïde en désignant le récipient qui avait roulé au sol, déversant son contenu sur un tapis.

— Moi, répondit Jacques, et c'était de l'eau.

— Tu en es sûr ? fit un peu suspicieuse Adélaïde.

— Ma main au feu.

— Il y a combien de temps ?

— Une heure, tout au plus.

— Bon Dieu… Génial, un autre cadavre, par votre incompétence ! s'écria Alfred à ses compères.

— Calme-toi, fit Adélaïde en le retenant par le bras, nous réglerons cela plus tard.

Alfred fut prêt à s'emporter contre sa belle-fille, furieux et agacé, mais en se retournant vers elle il remarqua que les membres et les Reines étaient tout autour et le regardaient. Il se calma alors. Elle avait raison, ce n'était pas le moment de perdre son sang-froid.

— On est tous frustrés et énervés. Cela fait des heures qu'on est là, pratiquement personne n'a mangé, et on est enfermé avec un tueur, le calma Adélaïde. On désire tous en finir et rentrer chez nous…

— Oui, tu as raison, s'excusa Alfred. Désolé les gars.

Adélaïde lui adressa un sourire, puis Bladowski se releva et s'approcha d'eux, un peu gêné.

— Je crois qu'il y a quelque chose que vous devriez voir, fit-il en chuchotant.

Adélaïde et Alfred le regardèrent, surpris. C'était étonnant de continuer à être discret alors que tous autour les regardaient.

136

— Qu'est-ce que c'est ? demanda la Reine, supposant que le médecin devait avoir trouvé quelque chose pour être aussi étrange.

Le membre les invita du doigt à le suivre, et s'agenouillant tous les trois près du corps, il leur désigna quelque chose de coincé sous Egler. Les deux enquêteurs furent surpris. Un indice... On aurait dit qu'Egler était tombé sur quelque chose. Alfred et le médecin soulevèrent le vieil homme et Adélaïde saisit l'objet. Il s'agissait d'un flacon blanc de petite contenance.

— Vous permettez ? demanda Bladowski.

— Oui, bien sûr, s'exclama Adélaïde en lui tendant, se doutant que l'homme savait ce qu'il faisait.

Bladowski sentit l'odeur émanant du capuchon ouvert.

— C'est bien ce que je pensais, Cyanure d'Hydrogène à l'aspect. Il devait y avoir entre 100 et 200 mg. Une dose mortelle.

— Bordel, fit Chloé.

— Chloé, ton langage, fit Alfred en la regardant d'un œil noir.

— Pardon.

— Bon, lança Adélaïde qui tenait à rapidement retirer le corps de la vue de ses amies, un étonnement toutefois incertain sur lequel elle n'arrivait pas à mettre le doigt à l'annonce de l'arme du crime, Cavaliers, déplacez le corps ailleurs, les filles, circulez. Backer, venez avec nous.

— Hein ? s'étonna le membre nommé.

— Nous voulions vous interroger. Egler aussi, mais ce n'est plus la peine maintenant, il était innocent, s'exclama Adélaïde.

— Ah... se terrifia monsieur Backer.

— N'ayez crainte. Nous désirons juste de plus amples informations.

— Euh, entendu…

— Attendez, fit la Reine Catherine, prenant la parole pour elle et ses consœurs. Pourquoi aurait-on tué Egler ?

Il fallait savoir que l'ensemble des Reines avait adopté une certaine ligne de conduite depuis le début de cette affaire. Elles laissaient faire Adélaïde et les Cavaliers, experts, et attendaient calmement qu'ils résolvent le meurtre. C'était mieux ainsi, autant les laisser faire et ne pas les déranger plutôt que de les gêner… Toutefois, malgré cette attitude, elles étaient curieuses de savoir où cela en était et désiraient connaître le pourquoi du comment. Alors, autant dire que malgré l'horreur de cet assassinat, elles commençaient à être habituées aux cadavres et étaient titillées au point de devenir de petites fouineuses.

— Il était dans la bibliothèque au moment du meurtre, expliqua Adélaïde pour contenter la curiosité de son amie.

— Quoi ? firent plusieurs voix surprises dans l'assemblée.

— Mais… ?

— On ne l'a dit à personne, se rappela Eugène, étonné.

— Le tueur a dû le savoir.

— Ou bien, c'est l'un d'entre nous, fit Alfred en mettant les mains dans les poches, regardant le corps au sol.

— Cela devient une possibilité, oui, confirma Adélaïde. De plus en plus.

— Bon sang.

La jeune Reine se releva, déçue. Un autre mort… le tueur faisait ça sous leur nez maintenant, il les menait à la baguette. La future mère regarda le corps et l'ensemble des personnes autour d'elle.

— Bien, retournez tous à vos occupations, fit-elle. C'est un ordre.

Les Reines s'exécutèrent sans rien dire, quoique un peu déçues ou mal à l'aise pour certaines d'entre elles, et les membres suivirent aussi, tachant de jouer à faire comme si de rien n'était. L'ambiance au Club devenait vraiment bizarre, mêlée entre suspicion, méfiance et crainte. Si cela continuait, d'ici quelques heures l'atmosphère serait oppressante et invivable. Plus personne ne se ferait confiance. Alors tout serait perdu… jusqu'à la découverte de l'assassin, s'ils le découvraient.

Adélaïde suivit Alfred qui entraînait le membre Backer en haut. D'un dernier regard, elle fixa la salle de sens et ses occupants cloitrés. Ils ne tarderaient certainement pas à craquer. Ils comptaient trop sur eux pour clôturer tout ça... Adélaïde détourna la tête et monta à l'étage des loges pour continuer son travail. S'occuper du corps était du ressort des autres Cavaliers, pas de celui d'une femme enceinte… Elle se rendit à la loge trois et s'installa avec Alfred et Backer. C'était dommage pour Bladowski pensa-t-elle avant de s'abandonner à la reprise de l'enquête en s'asseyant. Il semblait bon, c'était stupide qu'il se fasse virer pour rien. Sa façon d'agir face à cette mort était honorable, altruiste… Il fallait du cran pour réagir ainsi. Mais il avait enfreint la règle, il méritait sa punition... Et ce, bien qu'Adélaïde savait au fond d'elle qu'elle n'aurait pas refusé à une certaine époque qu'un inconnu vienne la visiter dans sa loge. Mais ce n'était pas le cas de toutes, alors il fallait prendre une sanction pour que les membres sachent rester à leur place.

— Bien monsieur Backer, savez-vous qui je suis ? demanda-t-elle pour commencer.

— Vous êtes la nouvelle Reine de Sang, non ? fit Backer.

— Oui, c'est cela. Les nouvelles vont vite. Et savez-vous pourquoi vous êtes ici ?

— Je ne sais pas, non.

— Écoutez, vous êtes un des rares membres à ne pas avoir de solide alibi. Alors, pour clarifier la situation, nous avons voulu vous réinterroger.

— Je comprends, s'exclama Backer.

— Bien, que pouvez-vous me dire ?

— Rien d'autre que ce que je faisais, je lisais dans le salon du couloir menant à la salle de bal.

— Vous êtes sûr que personne ne vous a vu ? Personne qui pourrait vous disculper définitivement ? demanda Alfred.

— Bien évidemment non. Je n'ai pas réellement de chance. Adélaïde sourit. L'homme semblait déconfit d'une poisse qu'il semblait certaine. Elle tapa son tas de feuilles sur la table pour les ranger correctement et reprit son interrogatoire.

— Vous y êtes entré à quelle heure ?

— Je ne sais pas, le temps d'arriver à la page où j'en suis resté. J'ai trouvé un livre sur une commode et l'ai commencé presque tout de suite. J'en suis, je crois, à vingt ou vingt-cinq pages.

— Vous lisez vite ?

— Pas trop, je ne suis pas aussi jeune que vous. J'ai un problème de vue… bafouilla le membre.

— Un problème ? demanda Alfred, suspicieux et curieux à la fois.

— Je…

L'homme sembla mal à l'aise, confus, gêné de cette question. Il était rouge et en sueur, les yeux baissés. Adélaïde et Alfred se regardèrent du coin de l'œil et décidèrent sans se le dire de le pousser à s'expliquer pour en savoir plus.

— N'ayez pas peur… commença Alfred. Vous pouvez nous le dire, nous ne le répéterons pas.

— Je… je suis… bredouilla Backer.

— Prenez votre temps…

Adélaïde annonça cela de manière compatissante. Elle voulait le brusquer un peu tout en le laissant s'exprimer à son rythme. L'homme cachait visiblement un lourd secret qu'ils devaient savoir.

— Je… je suis débutant, répondit Backer, incroyablement mal à l'aise.

— Débutant ? s'étonna Alfred, de plus en plus curieux.

Honteusement, Backer commença à bafouiller son état. Il était effrayé des moqueries et aurait préféré ne rien dire, mais quand un Cavalier ou une Reine pose une question, on se doit de répondre… alors il prit son courage à deux mains et se lança en fermant les yeux.

— Je… je suis analphabète…

— Vous ne savez pas lire ? demanda Adélaïde sur le ton de la surprise.

Backer fut terriblement honteux qu'elle le prononce en ces mots et aussi fortement. Il avait les mains moites et tremblait, se sentant tout petit comme un insecte.

— Je… commença-t-il à dire.

— Mais vous savez, ce n'est…

Alfred retint Adélaïde par le bras pour qu'elle se taise.

— Désolé de vous avoir forcé à le dire, s'excusa-t-il empressement. Je suis vraiment désolé. Nous sommes allés trop loin.

Le membre les regarda, et esquissa un sourire nerveux en se repliant un peu sur lui-même.

— Ce n'est pas grave… Je dois apprendre à vivre avec…
Et le dire me soulage un peu d'après mon psychologue…
Enfin, quoi qu'il en soit j'ai commencé à apprendre à lire
récemment et j'ai donc voulu m'entraîner à l'écart des gens
pour éviter qu'on ne me surprenne.

— Écoutez, annonça gênée Adélaïde, je m'excuse…
enfin…

— Ce n'est rien.

Adélaïde se tordit un peu sur sa chaise, elle se sentait mal,
presque autant que le membre assis en face… Voilà où cela
la menait de s'immiscer dans la vie privée des gens…

— Je comprends que vous désiriez éviter que les autres le
sachent.

— Adélaïde, tais-toi, la coupa Alfred.

— Mais…

— N'en rajoute pas.

— Mais enfin…

— Adélaïde ? s'étonna Backer.

Adélaïde et Alfred regardèrent le membre. De Dieu… non.

— Je… commença la Reine.

Alfred leva les yeux au ciel… la belle boulette.

— Bon sang.

— Ne vous en faites pas, fit Backer en souriant, pour les
rassurer. Je garderai ce secret…

Alfred sourit, certain de ses dires, mais il se massa la tête,
désemparé. Il avait fait une sacrée bêtise.

— Ce n'est pas grave Alfred, le rassura également la Reine
en mettant la main sur son épaule.

— Mouais… tu parles, je viens de rompre un de tes secrets.

— On en a tous… parla Backer.

— Cela arrive, et puis mieux vaut celui-là qu'un autre… le
réconforta Adélaïde.

— Oui, mais cela ne m'aide pas trop ce genre de relativisation, ronchonna Alfred.

— En tout cas, monsieur Backer, reprit Adélaïde, je voulais vous dire que vous ne devez pas avoir honte. Vous ne devez pas avoir peur des préjugés des autres.

— Je sais, mais ce n'est pas évident, vous savez…

— Je me doute bien… consentit Adélaïde.

La jeune femme marqua une pause durant quelques secondes pour laisser le malaise se dissiper, puis reprit finalement la parole afin d'en finir.

— Maintenant si vous le permettez, pourrions-nous revenir à notre affaire ? demanda-t-elle.

— Oui, bien sûr, sourit Backer, plus décontracté qu'avant.

— Avez-vous des informations qui pourraient nous être utiles ? l'interrogea Adélaïde. Des choses à dire sur vos confrères présents ? Des remarques à faire…

— Je… Les ragots que vous ne connaissez pas ? suggéra Backer.

— Oui, pourquoi pas, ce serait utile, fit Alfred.

— Eh bien, que pourrais-je dire ? Une rumeur sous-entend qu'Ed Taylor sortirait avec une Reine à l'extérieur.

— Ah bon ? s'exclama Adélaïde.

— Oui, il aurait dit à Jenny Brinks qu'il voyait quelqu'un du club à l'extérieur.

— Quoi ? s'étonna une nouvelle fois la Reine de Sang.

— Monsieur, connaissez-vous Stella Gray ? demanda alors Alfred.

— Euh, oui… pourquoi ?

— Eh bien, nous savons que Taylor trompe sa femme avec elle.

— Ah ? s'exclama étonné Backer.

— Oui… Cela se pourrait donc que miss Brinks parlât d'elle.

— Je… oui, possible.

Adélaïde nota cette information sur ses feuilles et les deux enquêteurs continuèrent à écouter les ragots et bruits de couloirs contés par le membre. Les révélations qu'il fit furent intéressantes et ouvrirent de nouvelles portes vers des suspects potentiels. D'après ce qu'il se disait, Hembeck serait ainsi insomniaque, Memphis et Egler étaient en froid, Bazin était un menteur invétéré, Dilizio un mari infidèle et agressif, Malory Stain une cleptomane… Beaucoup de choses furent suggérées sur les membres présents, des choses des plus intéressantes... Adélaïde inscrivit calmement tout cela et regarda de nouveau la liste des alibis. Il faudrait qu'ils interrogent de nouveau tout le monde, indubitablement… C'était même inévitable pour leur entreprise. Remerciant Backer pour ses précieuses lumières, le Cavalier et la Reine le congédièrent avant de se retrouver seuls. Encore une fois, malgré ces nouvelles pistes, ils étaient désemparés.

— On n'y arrivera pas, fit Alfred, abattu.

— Je commence à le croire aussi. Sommes-nous de si mauvais enquêteurs ? demanda Adélaïde en regardant dans le vide en face d'elle, la tête posée sur sa main.

— Ou bien trop arrogants pour croire que nous en sommes. Sans technologie et avec une liste de suspects longue comme le bras, on est loin d'être des experts de la police. On a des soupçons sur tous, même nos amis, des alibis sensés, pas de mobile apparent… on n'y arrivera jamais.

— Il faudrait interroger de nouveau nos suspects, se résigna à admettre Adélaïde.

— Combien sont-ils ? demanda Alfred, démuni face à cette nouvelle.

— 14, en enlevant Backer, Bladowski, Egler bien évidemment, Humos, Larroca, et Michelle.

— Bon Dieu, 14. Et sans compter les Reines et les Cavaliers.

— Je persiste à croire que ce n'est pas l'un de nos amis.

— On piétine…

— Il ne faut pas nous avouer vaincus pour autant Alfred, ressaisis-toi ! s'exclama la Reine.

Alfred releva la tête et regarda son amie. Il affichait un visage déconfit qu'elle ne lui connaissait pas... et elle avait beau avoir raison de ne pas vouloir abandonner, il était à bout.

— Bon, faisons une pause, j'ai besoin de me changer les esprits, fit Alfred en se levant.

— Tu vas où ? s'étonna Adélaïde.

— Je vais aller m'allonger un peu.

— D'accord, accepta par défaut la jeune femme. Retrouvons-nous ici même dans une heure alors.

— Soit.

Lorsqu'Alfred fut sorti, Adélaïde relit une dernière fois ses feuilles et nota clairement ses suspects sur une page blanche. Elle ne céderait pas, elle.

Ed Taylor. Aurait une liaison avec une Reine. Prunelle ?
Stella Gray. Complice d'Ed Taylor ?
Suzanne Taylor. Crime passionnel ? Vengeance envers la maîtresse de son mari ?
James Mallick. Complice de Suzanne Taylor ?
Malory Stain. Cleptomane. Aurait volé les affaires de Prunelle et elles se seraient battues ?

Mitch Gish. Dans la salle de bal avec Marie Carter. Complices ?

Louis Bazin. Mythoman. Alibi très peu concluant. Doit-être interrogé.

Glenn Hembeck. Serait insomniaque. Dormait-il vraiment dans la loge Dix-sept ?

John Memphis. En froid avec Egler. L'aurait-il tué ? Pourquoi étaient-ils en froid ? Une fille ? Prunelle ? Il l'aurait tuée alors qu'elle rejoignait son amant ? Dilizio serait son complice ?

Marie Carter. Dans la salle de bal avec Mitch Gish. Complices ?

Alberto Dilizio. Infidèle et agressif. Si refus de la part de Prunelle de se laisser toucher, l'a tuée ? Les marques sur le corps pourraient le corroborer. Memphis le couvrirait ?

Ahmed Bensouza. Nadège a confirmé son alibi. Serait-elle de mèche ?

John McDowell. Ivrogne ? Serait violent sous l'alcool ?

Florian Bettencourt. Était-il vraiment aux toilettes à ce moment-là ?

Tous ces gens avaient un alibi, aucun mobile apparent, mais l'un d'eux mentait. Bensouza avait pour lui la meilleure excuse, Nadège avait corroboré ses dires et étant une Reine, elle était supposée de confiance, mais même si elle le retirait de la liste, il restait treize coupables potentiels. Les dires d'Hembeck ne correspondaient pas avec son état d'insomniaque, les rumeurs sur Taylor laissaient sous-entendre deux tueurs probables, lui et sa femme, qui auraient chacun un complice, Gray et Mallick, Louis Bazin avait un alibi invérifiable, et tous les autres… Bonté divine, c'était beaucoup trop, ils étaient trop de meurtriers possibles. Adélaïde relut les versions données par les suspects, les compara à ses notes, et les lut encore et encore… avant d'abandonner pour un temps elle aussi. Elle se leva pour aller prendre l'air, cela devenait étouffant. Justifiant intérieurement son abandon en pensant qu'elle ne voulait pas interroger quelqu'un sans Alfred, de peur pour sa vie et celle des enfants si le tueur s'en prenait à elle durant l'interrogatoire, elle était surtout en réalité défaite devant sa propre incompétence. Ce n'était pourtant pas si difficile de trouver un coupable, non ? Il ne fallait pas être un surhomme ? Et elle se devait de réussir, pour Prunelle, et maintenant Egler. Sacrebleu, deux morts au club en quelques heures… Il fallait qu'elle gagne, elle n'avait pas le droit à l'échec. Si Phileas était là, cela aurait été un massacre comparé à ses déboires. Adélaïde avait la conviction qu'il aurait trouvé tout de suite qui était l'assassin. Deux coups de cuillères à pot, emballé c'est pesé, il aurait déjà réglé l'affaire et ils seraient tous rentrés chez eux. Adélaïde était-elle bête à son inverse ? Ou pas assez vive ? Attristée par sa médiocrité, elle quitta la pièce et décida d'aller dans la bibliothèque. Elle se sentait rassurée parmi les livres, c'est l'endroit qui lui rappelait le plus les Rodiers, et surtout, elle y serait en paix. Le corps de Prunelle avait été déplacé, elle ne risquerait donc pas de tomber sur sa dépouille, ce qui l'aurait mise de nouveau face à son échec, et personne ne viendrait dans le lieu où avait été commis le crime, ce qui lui garantirait un silence salvateur... C'est tout ce dont avait besoin Adélaïde, un peu de repos au calme, juste avec elle-même, car cette journée deviendrait une légende pour beaucoup, mais pas pour elle… Elle connaissait un peu le genre des membres présents, ils étaient assez âgés pour la plupart, et ils ne trahiraient pas sa mémoire en s'en servant d'histoire à raconter. Non, ils l'honoreraient plutôt, Mélina passerait d'une certaine façon à la postérité, et figurerait même sûrement dans le Livre des légendes. Mais pour Adélaïde, dans l'état actuel des choses, ce jour resterait gravé comme un échec. Si seulement elle était allée dans la bibliothèque, elle ne serait certainement pas morte ! … Mais Phileas dirait que ce n'est pas elle qui l'a poussée, que ce n'est pas elle l'assassin. Elle n'avait pas à se sentir responsable. Pourquoi alors avait-elle ce goût étrange dans la gorge ? En tout cas, maintenant elle savait ce qu'il avait ressenti à la mort de Jean et de leurs autres amis… C'était horrible.

Adélaïde entra dans la bibliothèque, les yeux rouges. Elle était au bord des larmes de ne pas réussir à aider la jeune femme et le vieil homme à reposer en paix, et elle n'arrivait pas à s'empêcher de repenser à l'affaire. Elle ne pouvait se résigner à ne pas la retourner dans tous les sens. Plus elle interrogeait les suspects, plus la liste s'agrandissait. Il y avait plus de quatre-vingts personnes au club, et un tueur dans le tas… Adélaïde était désemparée. Et si elle n'était pas faite pour ça ? Qu'elle était simplement faite pour être prof d'histoire ou Reine ? Mais non, elle ne voulait pas, plus maintenant… elle était *Méphala*. Elle était déterminée… Adélaïde s'assit dans un fauteuil d'une des passerelles surélevées et se morfondit en triturant toutes les informations dans tous les sens. Ils n'avaient aucun moyen de trouver qui cela pouvait être, sauf s'il se trahissait. Ils étaient trop nombreux et le crime était trop froid et banal pour qu'il y ait une piste sérieuse. Même s'il fallait une certaine condition physique pour tuer Prunelle, n'importe qui aurait pu le faire en réalité. Aussi bien un homme habile que Caroline par exemple. Bon Dieu, Adélaïde se surprit à imaginer que son amie avait commis le meurtre. Elle était seule, elle était passe-partout, et qui imaginerait qu'elle eut fait ça ? Oui, Caroline pourrait être la meurtrière, comme Camilla, peut-être jalouse, ou bien une ancienne. Un Cavalier aurait pu craquer sur elle et être poussé à bout ? Voilà… Adélaïde devenait paranoïaque, elle n'avait plus confiance. Même Alfred pourrait être l'auteur du coup fatal. N'importe qui. Elle n'était sûre que d'elle et de Chloé. Et encore, il pourrait s'agir d'un complot où son amie serait impliquée. Mais non, Adélaïde se devait de rester concentrée et rationnelle… Elle ferma les yeux pour faire le vide. Elle avait besoin de repos…

Gardant les yeux clos quelques minutes, Adélaïde se calma. Sa respiration ralentit, son cœur battu moins vite… Elle se reposa intérieurement. Cela faisait du bien de ne plus penser à rien quelques instants, de faire le vide, de ne plus se soucier de rien. Ses larmes séchèrent, son stress s'envola… elle manqua même de s'endormir tellement la fatigue la prenait.
Relaxée, elle rouvrit cependant les yeux pour revenir à la réalité… et remarqua immédiatement ce à quoi elle n'avait pas fait attention en arrivant. Une lumière d'une des salles de tour était allumée. Intriguée, Adélaïde s'y rendit en montant et descendant les passages surélevés la séparant d'elle. C'était bizarre, cela ne devrait pas… Adélaïde rentra à l'intérieur. La pièce était standard, il y avait un fauteuil, une lampe, une table de chevet, et des livres à n'en plus finir. Suspicieuse, elle se demanda pourquoi diable cette lumière était allumée, puisque personne n'était venu dans la bibliothèque à part Prunelle, Egler et le tueur. S'illuminant

soudain, Adélaïde se demanda si le tueur ne les avait pas tout simplement tués parce qu'ils étaient là et avaient surpris quelque chose. Cela se pourrait bien… Adélaïde s'installa dans le siège et réfléchit. Pourquoi sentait-elle que tout cela était étrange ? Se remémorant la découverte du corps, le matin, elle ne se souvint plus si la lumière de cette petite salle était déjà allumée… Probablement que oui, la bibliothèque avait été condamnée juste après… Et lorsqu'ils en étaient sortis ? Oui, c'est cela, Alfred avait éteint la lumière générale, qui avait été allumée lorsque tous étaient arrivés. La pièce était donc utilisée… Adélaïde regarda autour d'elle. Elle se leva et regarda les rayonnages, le siège et les murs, à la recherche d'un indice quelconque… Elle le trouva alors, un simple détail qui serait passé passe-partout si elle n'avait pas relu et relu mille fois les alibis de tous. Il y avait un livre sur la table de chevet à côté du siège. Cela avait attiré son attention car il était ouvert et retourné comme elle l'avait fait elle-même avec les 7 Fables, mais la couverture indiquait « *Tragiques histoires d'amour du XIXe Siècle* ».

Adélaïde s'illumina, verte de rage. Mélisande leur avait menti. Descendant l'escalier de la tour en hâte, elle se rendit au sol pour passer jusqu'à dans la salle des sens. Bon Dieu, la salope !

Il reste six heures et cinquante-cinq minutes avant la libération de l'assassin.

***

Surpris, le Chevalier monta sur son cheval sans prononcer mot et le troisième compagnon trouvé, ils partirent alors vers le pays de la vallée. C'est là que plus d'un jour plus tard, sous un champignon, ils trouvèrent la fée Dalah, prostrée dans une terreur, aux portes de la mort. Le Chevalier Courageux descendit de cheval et s'avança vers sa lumière.

— N'ayez crainte fée, nous sommes comme vous, nous sommes bons, lança Iris la Rousse pour la rassurer.

Le Chevalier la prit dans ses mains et la tira de sous le bonnet du champignon pour la visualiser de plus près.

— Vous n'êtes pas féériques... pleura presque la fée, effrayée en se recroquevillant sur elle-même.

— Non, confirma le Chevalier Courageux, ému de voir une si petite créature douée de sentiments.

— Futée la petite, c'est parce qu'on est habillés qu'elle dit ça ? proclama Gallath.

Iris la Rousse et le Chevalier Courageux se tournèrent vers le Sage, irrités par ses propos. Mais celui-ci, loin d'être aussi acariâtre que ça, s'avança sans qu'on le lui demande, et sachant parfaitement ce qu'il faisait, il sortit une gourde de sa besace et ouvrit le capuchon au-dessus de la bouche de la fée.

La fée immédiatement revigorée par une goutte d'hydromel, la peau luisant comme la lune, les compagnons repartirent alors...

Mélisande

Adélaïde convoqua deux Cavaliers pour qu'ils amènent l'ancienne Reine dans la loge trois, à l'écart des autres, puis demanda à ce qu'on réveille Alfred. Ses ordres donnés, elle retourna ensuite chercher le livre pour faire une entrée fracassante.

Adélaïde entra dans la pièce et jeta le bouquin sur la table devant Mélisande, apparemment furieuse. La 13ᵉ Reine s'effraya du geste, sursauta, puis regarda morte de peur la couverture. Elle s'effondra alors en pleurs.

— Vous ne lisiez pas ce recueil dans votre loge, vous avez menti ! vociféra Adélaïde.

— Je… réussit seulement à répondre la Reine.

— Je l'ai trouvé dans une des salles de tour, dans la bibliothèque ! hurla de nouveau la cheffe du *Service*.

— Est-ce vraie Reine Mélisande ? s'écria Alfred en colère.

Mélisande ne répondit pas tout de suite, elle pleura. Elle n'en pouvait plus…

— Je… oui…

Adélaïde la regarda, satisfaite. Sa mise en scène finie et ayant fragilisé sa consœur, elle n'avait plus besoin de jouer les dures. Même si son mensonge l'avait agacée elle se radoucit donc et s'assit devant elle pour posément engager la discussion.

— Bien, maintenant, si tu nous disais où tu étais vraiment. Pourquoi nous avoir menti ? commença-t-elle.

— Je… j'étais dans un des salons d'une tour… confirma Mélisande. C'est là que je lisais.

— Est-ce que tu as vu quelque chose ? demanda alors Adélaïde.

— Quand j'ai entendu le cri, pleura Mélisande, j'ai regardé au-dehors en panique.

— Et ? fit Alfred, doux.

— Quand je suis sorti voir ce qui se passait, j'ai vu son corps en bas, à terre. Elle était morte. Il n'y avait personne sur les passerelles mais j'ai vu une ombre sortir en courant par le passage menant aux loges…

— Pourquoi ne pas l'avoir dit ? l'interrogea Alfred, déçu de son manque de confiance en eux.

— Parce qu'on m'aurait cru suspecte ! se défendit Mélisande.

— Mélisande, tu nous connais tous depuis tes débuts aux Rodiers… Tu sais qu'on t'aurait fait confiance enfin ! s'indigna un Alfred.

— Tout a tellement changé depuis, s'effondra la Reine. Les Rodiers, ici, les nouvelles Reines, comment je pouvais être sûre que vous n'aviez pas changé vous aussi ?

Alfred ne répondit pas, tout comme Adélaïde, qui la comprenait bien. Ce n'était pas évident en effet, le changement était rude.

— Toutes mes amies, toutes les Reines de mon époque, elles sont parties ! La seule qui restait c'était Jean, et elle aussi maintenant elle est partie... reprit la jeune femme.

Les deux enquêteurs se regardèrent en se mordant les lèvres. Pourquoi fallait-il qu'elle parle de Jean ?

— Écoute, fit Adélaïde en la prenant par les mains pour la consoler. Je me doute bien que ce ne doit pas être facile pour toi, mais tu connais Phileas, tu connais tes amies. Ils feront tout pour qu'elles reviennent, j'en suis sûr.

— Tu crois… ?

— Attends, qui aurait envie de définitivement partir d'ici ? plaisanta Adélaïde.

Mélisande esquissa un sourire en retour, légèrement amusée.

— Je… Oui, tu as raison…

— Tu n'as rien vu d'autre, tu es sûre ? les interrompit Alfred, mais sur un ton compatissant.

Adélaïde le regarda, légèrement énervée. Il aurait tout de même pu attendre un peu avant de revenir au meurtre. Il ne fallait pas la brusquer plus.

— Non, rien, se ressaisit Mélisande en essuyant ses larmes du revers de la main et en le regardant. Il m'a semblé que c'était rapide, mais je ne pourrais pas dire si c'était un homme ou une femme. J'ai même cru que c'était un fantôme tellement ce fut bref.

Alfred sourit à cette remarque et acquiesça de la tête, approbatif.

— Bon… fit-il.

Un silence s'installa durant quelques instants. Personne ne parla plus, tous les trois étant perdus dans leurs pensées. Mélisande cessa de pleurer et redevint maître d'elle-même, s'inquiétant un peu de son sort, Adélaïde et Alfred réfléchirent à cette révélation et à ces répercutions, édifiantes… Cela ouvrait-il de nouvelles voies de recherches ? Les loges ? Mélisande était-elle une bonne manipulatrice ou bien sincère ?

— Qu'est-ce qui va m'arriver ? demanda soudain la Reine, anxieuse, troublant la quiétude de la pièce.

— Rien... On a perdu un peu de temps mais il ne t'arrivera rien, n'est-ce pas Adélaïde ? demanda Alfred, attendant une confirmation de ses dires.

— Tu es une Reine, une des premières, il est dommage que tu ne nous aies pas fait confiance, mais je sais ce que c'est de se sentir seule ou dépassée par les événements. Ne t'inquiète pas, cela ne changera rien… Tu restes des nôtres.

— Je… merci.

— Mais de rien.

Adélaïde et Alfred regardèrent Lucius, Christian et Mélisande s'en aller. Les deux Cavaliers restés devant la porte durant l'interrogatoire escortaient la Reine dans sa loge pour qu'elle y soit isolée. C'était mieux ainsi… Les suivants dans le couloir, les deux parentés les regardèrent disparaître, satisfaits, avant d'enfin pouvoir discuter librement, seuls.

— Tu avais raison, misstinguette, fit Alfred en se penchant vers Adélaïde.

— Un jour, Phileas m'a dit *« Ce ne sont pas des rebondissements mais la réalité dans laquelle on vit »*, je ne suis pas surprise de cette découverte… C'était pour moi bizarre que personne d'autre ne soit dans la bibliothèque.

— Et bien en tout cas, je te félicite.

Adélaïde sourit, un peu fière.

— Ne prends pas la grosse tête pour autant ! s'amusa Alfred.

— Oh, ne t'inquiète pas, je ne la prendrai que lorsque j'aurai trouvé l'assassin, ou si je bats Phileas à quelque chose.

— Au fait, comment va mon fils ? l'interrogea le Cavalier qui ne l'avait pas vu depuis longtemps.

— Oh, il va bien, il se porte à merveille. Il devient asocial tellement il est écœuré par le monde humain.

— Ah ? Toujours obsédé par l'*Organisation* ?

— Entre autres. Mais c'est vrai que ce dossier est devenu pour lui une affaire personnelle. Cela devient même difficile à vivre parfois. Depuis la mort de *D* et de Jarod, il a fait une course-poursuite dans les Alpes pour tuer deux de leurs agents, il en a massacré trois autres en Argentine, et il a nettoyé une de leurs bases avec un bidon de kérosène en Albanie.

— Bon Dieu, s'effara Alfred.

— C'est un agent monstre, il est acharné et méticuleux… très doué. Je l'ai vu au travail, il suit ses proies, et quand elles s'y attendent le moins, quand elles se détendent, il passe à l'attaque. Tu sais, tu regardes un reportage sur une station de vacances à la télévision et tu vois des types faire du ski à l'arrière-plan du journaliste. C'est banal, anodin, mais soudain tu remarques un type en noir passer en fond. C'est ahurissant Alfred, les gens ne l'ont sûrement même pas remarqué, cela a duré moins de deux secondes... Mais toi tu sais que c'est ton mari qui vient de passer furtivement et qu'il a assassiné les deux types avant même qu'ils aient atteint le bout de la piste… Et quand tu vois ça, tu constates que c'est du différé et qu'il est tranquillement derrière toi assis dans son fauteuil à lire un livre.

— C'est un des plaisirs des services secrets, révéla Alfred.

— Je l'imagine le nez rouge dans le froid et la neige, descendant derrière eux pour planter son bâton dans leurs blousons avant de repartir sans avoir prononcé un seul mot. Il est si détaché… Tu as raison, c'est excitant. Mais ne l'est-ce pas trop ? Cela fait un peu peur d'avoir un tueur dans ton dos quand tu dors. De te dire qu'il est arrivé à la conclusion qu'ils devaient tous être tués méthodiquement sans même être écoutés ou quoi que ce soit pour éradiquer l'*Organisation*.

— Peut-être.

— En tout cas, ce qu'elle a dit disculpe définitivement Humos, revint sur l'affaire Adélaïde. Tout du moins si ce qu'il dit est vrai. Mélisande a vu le tueur passer par l'étage des loges. Lui était tout en bas.

— Il va falloir réinterroger ceux qu'on sait innocents et qui étaient à ce niveau, pour savoir s'ils n'ont pas vu passer quelqu'un.

— On ne le coincera jamais à temps s'ils n'ont rien vu, constata Adélaïde dubitative.

— Je le sais bien, soupira Alfred. On n'a aucun moyen de savoir lequel de nos suspects ment. On est dans la mouise. Et peut-être qu'effectivement, il s'agit de quelqu'un qui n'est pas censé être là, mais on doit essayer.

— Non, je suis sûr que c'est l'un d'eux. Alors pour réussir, on va se montrer plus intelligents…

— Qui interrogeons-nous alors ? sourit Alfred.

— On les prend tous, à commencer par Bazin, je veux la version de nos suspects avant de demander aux innocents de nous dire ce qu'il en est, s'exclama Adélaïde.

— Bien. Je suis content que tu aies retrouvé ta flamme toi aussi.

— Oui, on n'abandonnera pas ! Cela m'a redonné envie de continuer cette petite victoire.

— Bien, je vais chercher Bazin alors…

Alfred quitta la jeune femme le sourire aux lèvres et se rendit vers la salle des sens. Adélaïde, dorénavant seule dans le couloir, marcha un peu en réfléchissant. Aucune des personnes interrogées n'avait entendu quelqu'un dans le couloir. Le tueur avait donc été très discret. Il était méticuleux… Interroger ceux qui étaient à ce niveau serait inutile, ils n'avaient rien vu rien entendu, mais ils le feraient quand même, un détail pourrait leur revenir. Le tueur avait dû faire des repérages pour savoir… S'il avait eu une aussi bonne synchronisation pour ne pas se faire voir par tous, c'est qu'il avait choisi le bon moment… Donc, réfléchit tout d'un coup Adélaïde, il avait dû inviter Prunelle à le rejoindre à la bibliothèque. Riant de l'évidence qu'ils n'avaient pas envisagée, presque enjouée, l'enquêtrice réévalua ses questions et se prépara à aller interroger tout le monde dans la salle des sens. Il fallait demander à tous avec qui Prunelle avait été vue depuis son arrivée. C'était si évident… Personne n'avait rien déclaré à ce sujet mais l'un d'eux avait forcément vu quelqu'un lui parler… Ils s'étaient tellement focalisés sur qui était où à l'instant du meurtre qu'ils n'avaient pas pensé à utiliser les différents suspects les uns contre les autres pour savoir qui l'avait approchée. Adélaïde se rendit vers la porte de la loge trois pour coucher rapidement tout ça sur papier, certaine de perdre encore plus de temps si elle attendait pour le faire. Il fallait qu'ils demandent avec qui Prunelle avait été vue avant le meurtre... C'était le B. a.ba, d'une enquête bon sang, et ils ne l'avaient même pas demandé. Quels sots ! Adélaïde ouvrit la porte de la loge pour y entrer, lorsque Sublime arriva par l'autre côté du couloir.

— Bonjour Méphala, lança-t-elle.

Adélaïde s'arrêta sur place et referma la porte, alerte et surprise.

— Bonjour Sublime, répondit-elle, étonnée de sa présence ici.

— Ça va ? demanda alors la Reine.

— Euh… oui, fit Adélaïde suspicieuse. Et toi ?

— Oui, autant qu'on peut l'être dans ces moments-là. Cela avance votre enquête ?

— Bof. On avance comme on peut. Caroline et Camilla ça va mieux ? détourna Adélaïde du sujet.

La future mère entraîna la marche vers le bout du couloir pour éloigner Sublime de la loge trois. Que faisait-elle ici bon sang ?

— Ah… tu es au courant, soupira Sublime.

— C'est mon métier tu sais…

— Oui, ben disons que ça va…

— Tu as quelque chose à me dire ? suspecta Adélaïde en continuant à marcher.

— Euh, non, répondit Sublime.

— Sûre ?

— Bon d'accord… Camilla et moi on s'est encore embrassées, avoua la Reine.

Adélaïde regarda son amie… Elle était un peu rassurée. Ses inquiétudes quant à sa venue se dissipèrent à la vue de son regard. Elle semblait vraiment avoir besoin de parler. Mais Adélaïde resta tout de même méfiante…

— Pour une fille qui se plaint que sa copine… enfin bon, s'exclama-t-elle.

— C'était accidentel… Camilla n'est pas méchante.

— Caroline non plus ! s'écria Adélaïde, offusquée.

— Je sais… ce n'est pas ce que je voulais dire. Tu sais, Camilla est réservée de nature. Tu sais qu'elle n'a jamais été dépucelée ? Elle est encore vierge.

— Et ?

— Caroline non. Elle aussi a toujours été attirée par les femmes mais une fois en soirée il paraît qu'elle a bu et qu'elle a couché avec un homme... Enfin, ce que je voulais dire c'est qu'elle l'aime et qu'on n'aurait pas dû s'embrasser !

— Elles s'aiment. Cela ira, ne t'en fais pas.

— Oui, tu as sûrement raison, s'exclama un peu triste Sublime avant de soudain changer de sujet pour revenir à ce qui la préoccupait. Dis, est-ce que des membres vont être bannis ?

— Oui, entre autres.

— Parce qu'il se dit que Tibérius Bladowski essayait de venir à notre étage ? C'est vrai ?

— Oui, il l'a avoué.

— Et il va être banni lui aussi ?

— Certainement. Mais si tu veux un scoop, il y a un membre qui vient ici avec sa femme et qui la trompe.

— Ouais, il y en a plein qui font cocues leurs femmes ici. Et on les aide bien souvent. On est horrible parfois. Mais Bladowski lui il voulait venir à notre étage… C'est inadmissible.

— Ouaip, répondit Adélaïde, qui n'en avait pas grand-chose à faire.

— On a flirté ensemble un soir, je ne pensais pas ça de lui…

160

— Je ne le connais pas ce membre, annonça Adélaïde, ne sachant pas du tout quel était son caractère en dehors de leurs interrogatoires.

— Normal ! plaisanta Sublime.

— Comment ça normal ? s'étonna la Reine en s'arrêtant.

— Tu sais que tu es la seule Reine qui vient ici pour draguer les autres Reines et non les membres ? s'exclama Sublime. Sérieusement cela fait combien de temps que tu n'as pas accédé à la requête d'un membre masculin ?

— Je sais, je sais… mais je ne couche plus avec les hommes parce que je suis mariée, lâcha Adélaïde.

— Je me doute bien, mais je ne vous comprends pas tous les deux. Je veux dire, il te laisse bien rester Reine non ? Il t'autorise à venir ici, ce serait hypocrite de sa part de t'interdire d'être touchée s'il te laisse être Reine, tu as même dit toi-même qu'il ne t'en voulait pas d'être allée voir ailleurs quand il est parti !

— Phileas et moi on va être parents Sublime… On vit ensemble, on fait notre vie ensemble. Que je m'amuse avec vous ça passe, cela a même une part d'excitation, mais si je couche avec un homme, je sais ce qu'il fera.

— Il fera quoi ? demanda Sublime.

— Il me quittera, annonça tristement la jeune femme.

— Tu crois ?

Adélaïde se massa la tête, hésitante et reprit.

— Il se détachera de moi, il se sentira trahi et estimera que si j'ai des rapports avec d'autres hommes, c'est parce que je ne l'aime pas autant que ça. Sinon je ne pourrais pas accepter ou je ne ressentirais pas le besoin d'avoir une relation extraconjugale.

— Et tu n'en as pas envie parfois ? l'interrogea Sublime.

— Comment ça ?

— Je veux dire, tu n'as pas envie quand tu vois un beau garçon de… enfin tu vois.

— Si, parfois… Mais c'est juste une idée qui me passe par la tête sur le moment. Tu sais, quand j'ai une folle envie de sexe, je coucherais avec le premier venu… Je coucherais même avec mon assistant ! C'est horrible de dire ça, et pitié ne le dis pas à Phileas, mais je n'arrive pas à être inerte. Je n'y arrive pas. Je veux dire, je ne suis pas une de ces femmes qui quand elles ont un copain, ne pensent qu'à lui et n'ont aucune envie d'un autre. Moi je n'arrive pas à ne pas avoir envie… Et les rares moments où j'ai envie de faire l'amour et que j'imagine le premier venu en train de me rassasier sont difficiles à supporter. Mais je m'efforce de penser à Phileas, à chasser ces images de ma tête. Mais je t'en supplie, ne lui dit pas, il le prendrait horriblement mal !

— Je ne dirai rien je te le promets. Mais je crois que c'est comme ça pour tout le monde tu sais, personne n'est complètement hermétique. On a forcément des envies passagères, sur le moment ou parce qu'on a entraperçu un truc, ou qu'on a bu, ou je ne sais pas quoi d'autre ! C'est humain. Chez toi c'est peut-être juste plus prononcé. Et je connais assez Phileas pour dire qu'il doit le comprendre parfaitement.

— Énormément prononcé… enfin non, pas tant que ça, mais à chaque fois cela me fait mal. Je me sens infidèle.

— Peut-être que tu n'arrives pas à penser qu'à lui parce que ce n'est pas le bon ? suggéra honteusement Sublime en se mordant la lèvre inférieure.

Adélaïde se retourna vers son amie et la regarda dans le blanc des yeux.

— Peut-être… Mais je l'aime, je le sais. Je ferai tout pour lui, je me tuerai. Je n'arrive pas à me voir avec un autre, à concevoir ma vie sans lui, même si parfois j'ai envie d'autre chose…

— Alors c'est que tu l'aimes vraiment. Personne n'est parfait. Dans certaines situations, même deux personnes qui s'aiment profondément peuvent être sujettes à des envies interdites. Je ne peux pas croire que quelqu'un n'ait jamais ressenti une envie, ne serait-ce que d'un millième de seconde, pour une autre personne que son amour. Le tout est de se contenir. Et tu y arrives très bien de ce que tu m'as dit !

— Ouais, sauf que ce matin encore, j'ai eu envie de prendre mon pied avec fille ! Et sans remords, et j'ai embrassé Chloé, se morfondit Adélaïde.

— C'est peut-être parce que tu es homosexuelle au fond, et que malgré ce que tu crois, les hommes ce n'est pas ton truc ?

Adélaïde ne répondit pas. Elle se dit intérieurement que c'était faux, qu'elle ne pouvait être heureuse sans un homme. Et sans une verge… Mais un homme n'avait pas de seins ni de vagin… Et elle adorait ça. Et même si elle prenait son pied avec Phileas, à chaque fois et intensément, elle jouissait peut-être plus avec une femme…

— Je jouis comme une folle avec une femme, avoua-t-elle. Quand je suis avec Phileas, c'est parfois pareil mais en général, c'est plus intense au niveau relationnel. C'est sexuel et amoureux. Les femmes c'est juste du sexe et de l'envie…. Mais c'est aussi passionnel, et je grimpe mille fois plus… Enfin je ne sais pas, je suis perdue, avec Phileas c'est pareil, plusieurs fois c'était tellement intense que j'ai eu un orgasme durant plus d'une heure… Et ça par exemple je ne l'ai jamais connu avec une fille. Cela n'a jamais été aussi fort.

— Tu aimes les deux, c'est tout, conclut Sublime. Il n'y a pas de solution miracle, l'amour n'est pas facile ou simple à expliquer… Mais si tu as des doutes, parles-en avec lui ou avec les filles avec qui tu as le plus de relations.

— Phileas doit se douter de tout ça… Il sait que j'aime les femmes. Et le connaissant, il sait ce qui se passe dans ma tête.

— Et il ne te fait pas de reproche ?

— Non… Il me laisse faire… Parfois je lui en parle pour soulager ma conscience, mais il l'accepte.

— Et si lui aussi avait quelqu'un d'autre ?

— Non, Phileas n'a pas d'autre personne que moi. La seule fois où il a embrassé une autre fille ces dernières années c'est Chloé. Et ils me l'ont dit.

— Okay, je vois, fit Sublime. Et tu as eu beaucoup de relations en dehors de ton couple ?

— Je ne pourrais pas dire. Plus d'une, mais pas non plus des masses. Quand on s'est remis ensemble, c'était assez calme mais après… moins d'une dizaine je dirai, que des Reines tu le sais, t'étais même là mais… enfin, arrêtons de parler de moi.

— Oui, d'accord, accepta volontiers Sublime. Mais en tout cas, si jamais tu es de nouveau dans une situation de ce genre, souviens-toi de tes cours.

— Quoi ? fit Adélaïde surprise.

— Oui, souviens-toi de ce que tu sais être bon. Avoir des rapports avec d'autres, c'est mal, cela fait de toi une femme infidèle, alors fais comme ton boulot, agis en restant droite et intègre. Ou trouve de quoi te calmer….

Adélaïde en entendant ces paroles, s'arrêta sur place, illuminée. Mais oui, c'était ça, pensa-t-elle soudain en se remémorant l'étonnement qu'elle eut l'espace d'une seconde.

— Quoi ? demanda Sublime en la voyant ainsi figée.

— Mais oui c'est elle, c'est évident ! s'exclama alors Adélaïde à haute voix.

— C'est elle qui quoi ? redemanda Sublime, cette fois inquiète.

— C'est elle qui l'a tuée !

Adélaïde laissa son amie sans autre explication et courut en trombe vers l'étage des Reines. Eureka…

Il reste six heures et demie avant la libération de l'assassin.

***

…

— Avez-vous quelque chose contre moi ? demanda toutefois la fée au bout de quelque temps au Sage, qui ne lui avait nullement adressé la parole depuis le début de leur voyage ensemble.

Un troll affamé surgit à ce moment-là sur le chemin et le terrassant d'un cure-dent qu'il avait à la bouche, celui-ci ne répondit pas. Mais la marche reprit et Gallath le sage s'exprima alors.

— J'ai vu une fois l'une de vos consœurs.

— Ah vraiment ? fit Dalah.

— Il y avait une fée, nue comme vous, assise au sol contre un arbre. Espiègle, elle apprenait à un jeune garçon comment lécher les intimités d'une femme.

— Êtes-vous en train de dire que… ? s'offusqua Iris.

— *Il devait y avoir un garçon de douze ou treize ans entre ses jambes, à quatre pattes, s'adonnant à son art plein de fougue.*

— *C'est répugnant !*

— *Le garçon a dû duper la fée avec de nobles intentions de ne pas décevoir une femme, ou bien était-ce vrai, je ne sais pas, toujours est-il qu'une fée aime rendre service et qu'elle lui offrit ses parties.*

— *Les miennes sont chastes de ce genre de connivences, le rassura Dalah.*

— *Je n'ai rien contre vous ou votre genre, je trouve juste que les petits garçons ne doivent pas avoir à faire avec vous...*

Eureka

Quinze minutes après qu'Adélaïde eut découvert l'identité du tueur, Alfred, Francis et Eugène descendirent dans la salle des sens, encadrant Mélisande en pleurs. Elle avait avoué.

La procession se déplaça lentement, sous les yeux médusés de l'assemblée, et dans un silence interrompu uniquement par ses sanglots. Mélisande se débâtit, effondrée de chagrin, tenta sans succès d'échapper à ses geôliers, puis à bout de force abandonna sa liberté et se laissa conduire, dans un spectacle désolant de tristesse et de défaite.

Les trois confrères et leur prisonnière atteignirent alors le parquet de chêne et se dirigèrent vers le couloir menant à la bibliothèque, avançant d'un pas saccadé, ponctué des réticences de la grande Reine Magicienne, afin de l'y enfermer. Tout le monde dans la salle se demanda ce qui se passait. Les Reines furent figées d'effroi, n'y comprenant rien, et les membres abasourdis se désolèrent de la scène qui leur était offerte de voir, la déchéance d'une Reine et sa destitution d'en tant que telle. C'était horrible, chargé en émotion, incroyable… inimaginable. Mélisande pleurait vraiment, elle était en larmes et tentait malgré sa faible force d'échapper aux mains des Cavaliers qui lui retenaient les bras comme des étaux. C'était… il n'y avait pas de mots, c'était indescriptible. Alfred lâcha la Reine, toujours tenue par ses deux collègues, et ouvrit les portes d'accès au couloir doré le regard dur et sévère mais également triste et abattu. Comme reprenant vie, les Reines présentes dans la pièce sortirent alors de leur stupeur et s'avancèrent paniquées vers eux.

— Qu'est-ce qui se passe ? s'exclama Chloé, affolée.

— Rien, répondit fermement Eugène, le visage intransigeant en se retournant vers elle.

Chloé, inquiète de ce ton et de l'attitude des Cavaliers envers Mélisande tenta de le retenir par le bras, mais l'homme se dégagea avec force. Voyant cela les Reines aux alentours s'alarmèrent et resserrèrent les rangs, solidaires.

— Qu'est-ce qui se passe ? demanda cette fois Camilla, mélangée entre la peur et la colère.

— Rien, reprit de nouveau le Cavalier en la regardant de ses yeux noirs. Circulez, regagnez vos occupations.

— Mais enfin… c'est quoi tout ça ? s'épouvanta Carmen, tremblant un peu.

Constatant qu'aucun des Cavaliers ne répondit à leurs interrogations et qu'au contraire, ils poussèrent Mélisande sans défense à aller vers le couloir, les Reines s'emportèrent et Aurore autrefois une amie de confiance d'Alfred s'avança vers lui, d'ordinaire plus conciliant.

— Alfred, qu'est-ce qu'il y a avec Mélisande ? implora-t-elle. Qu'est-ce qui se passe ?

Alfred s'arrêta à cette demande chargée de chagrin. De tristesse, il ferma une seconde les yeux et se retourna vers la Reine. Il consentit alors avec douleur à annoncer la dure vérité à ses amies.

— Elle a tué Prunelle, on en a la preuve, annonça-t-il avec peine en laissant passer ses deux confrères et la coupable dans le couloir.

— Non c'est faux ! pleurnicha Mélisande derrière lui. Je suis innocente je vous le jure !

À ces paroles, des voix de Reines s'élevèrent, et des mains scandalisées cachèrent des bouches horrifiées.

— Quoi ? Mais c'est impossible ! C'est une Reine ! Mélisande ne peut pas avoir tué Prunelle, lança Aurore, effarée.

— Si. Elle l'a fait... Méphala a remarqué que Mélisande a changé de lingerie entre ce matin et cet après-midi.

— Ce n'est pas vrai, ce n'est pas moi, se défendit une nouvelle fois l'accusée en larmes. Je ne l'ai pas tuée ! Pitié !

— Et alors ? demanda de plus en plus apeurée Aurore.

— Non, ce n'est pas possible ! s'exclama Caroline.

— Non ! rajouta Nadège ! Pas elle ! Elle n'aurait pas fait ça ! Je la connais bien.

— Elle a masqué les traces grâce à un soutien-gorge avec des bonnets la recouvrant un peu plus, continua Alfred, mais en regardant sa poitrine, on a découvert un bleu. C'est là que Prunelle avait tenté de s'agripper en tombant. On n'avait pas relevé tout de suite avec la pénombre générale, mais Mélisande s'est changée après le meurtre. On a retrouvé le soutien-gorge qu'elle portait et déchiré durant l'altercation dans la cheminée d'une loge.

— Quoi ? Mais c'est du délire, s'exclama Chloé incrédule.

— Non, annonça Alfred, déçu de l'acte de son ancienne amie. C'est la vérité. Elle a avoué.

— Non, c'est faux ! Vous mentez ! Je ne l'ai pas tuée ! s'indigna au loin Mélisande en se retournant. Je ne l'ai pas tuée... Pitié !

Alfred laissa les Reines là, sur les suppliques de leur consœur, et s'avança dans le couloir menant à la bibliothèque. Francis et Eugène y entraient déjà avec Mélisande. Le Cavalier le plus compatissant et aimé des Reines allait les rejoindre pour finir le travail, lorsque toutes en bloc, elles le rattrapèrent, scandalisées et cette fois énervées.

— Mais enfin, elle vous dit qu'elle est innocente ! s'écria Lubelle, furieuse.

— Elle ne l'est pas ! commença à élever le ton Alfred.

— Vous vous trompez ! Mélisande ne peut pas avoir tué Prunelle, elle ne ferait jamais de mal à une mouche ! rouspéta Sacrilège.

— Oh que si !

— Mais non ! Je la connais.

— Cela ne sert à rien de tergiverser, elle est coupable.

— Espèce de sale con, vous allez l'écouter oui ! l'injuria Caroline, fidèle à son tempérament en lui prenant le bras. Elle vous dit qu'elle est innocente !

Alfred s'arrêta à ces paroles et les Reines dont il était devenu l'attention en firent de même, bouches ouvertes, figées. Le Cavalier se retourna calmement vers la jeune homosexuelle, sans rien dire. Toutes purent voir dans ses yeux qu'il se retenait de la saisir au cou avec force pour la faire s'excuser car son sang anglais lui ordonnait de bien se conduire. La Reine malicieuse des Pixies cependant ne fut pas effrayée par son regard, ni même soulagée par cette retenue, et lui tenu tête.

— Relâchez-là, ordonna-t-elle.

— Tu crois qu'on l'accuserait à la légère ? Tu crois peut-être que cela nous enchante ? annonça Alfred. On en a la preuve.

— Je ne sais pas, peut-être ! répondit effrontée la jeune femme.

— Si tu ne veux pas que je devienne méchant, je te conseille de te calmer jeune fille.

— Tu vas faire quoi sinon, Cavalier ? Hein ? Tu vas m'accuser du meurtre moi aussi ? s'emporta Caroline furieuse.

— Caro, arrête, la saisit au bras Camilla.

— Non je n'arrêterai pas, se dégagea la Reine. Je veux qu'ils la relâchent !

— Tais-toi ! fit Alfred.

— Quoi ?

— Tu m'as très bien entendu, tais-toi ! Cela ne sert à rien de faire ta petite rebelle. Quand on ne sait pas se tenir et qu'on baise à droite à gauche alors qu'on a une copine, on ne se permet pas de parler des autres ! Mélisande a tué Prunelle !

Caroline voulut gifler Alfred pour ses paroles mais il retint sa main juste à temps. Il avait prononcé ces mots et arrêté son geste en sachant pertinemment que cela pourrait dégénérer en conflit, qu'il savait qu'il perdrait entouré de vingt-et-une femmes, mais il avait tout de même pris ce risque pour les calmer par la discipline. Il savait que bien des Reines ne se battraient pas… et qu'il devait museler Caroline.

— Arrête de faire la fière, je m'excuse pour mes paroles, fit Alfred, et tu as le droit d'être en colère, mais si on dit qu'elle l'a tuée, c'est qu'elle l'a tuée.

— Je te déteste, parla Caroline.

— Regagnez vos occupations dans la salle des sens, nous avons à vous parler… C'est un ordre.

Alfred lâcha le bras de Caroline, qu'il avait serré plus que cela n'était nécessaire, et leur indiqua la direction de la salle des sens. Aucune des Reines ne protesta. Pas après sa démonstration de colère... Elles baissèrent la tête comme des enfants qu'on avait menacés d'une punition, et rechignant à obéir, elles acceptèrent finalement les faits sans autre explication. Lentement, tristes, elles regagnèrent la salle des sens où les membres attendaient, faisant comme s'ils n'avaient rien vu ni rien entendu. Les Reines ne furent même pas soulagées que le coupable eût été pris. La déception était trop grande…

Eugène et Francis revinrent de la bibliothèque, Alfred ferma les portes à clé derrière eux, et ils retournèrent tous les trois dans la salle des sens. En sortant du couloir, ils refermèrent alors aussi son accès avant de se tourner vers l'assemblée des Reines et des membres.

— Bien, comme vous avez pu le constater, nous avons attrapé la coupable des deux meurtres, commenta Alfred gêné du spectacle qu'ils avaient offert.

— Foutaise, ronchonna Caroline.

Les trois Cavaliers la regardèrent d'un œil noir, mais ne dirent rien. Alors que les autres Reines ne se prononcèrent pas pour soutenir leur camarade par peur, eux ce fut pour ne pas envenimer les choses. Ils décidèrent même de la laisser dans son coin à grommeler comme si elle n'existait pas.

— Comme je le disais, la coupable a été appréhendée, et vous pouvez donc dès lors retourner chez vous.

— Chez nous ? demanda Philippe Vynd.

— Oui, chez vous. Vous pouvez ou bien rester ici si vous le désirez, ou bien rentrer. Nous sommes terriblement désolés de ce qui a pu se passer aujourd'hui, croyez-moi bien. Nous ne pensions pas que la jalousie et l'avidité gagneraient nos rangs et nous nous en excusons au nom du directeur.

— Que… ? commença Jean Payet.

— Était-ce bien elle ? demanda la Reine Sarah hésitante. On en est bien sûr ?

— Oui, malgré les doutes, les peines et les pleurs, oui nous sommes sûrs Reine Sarah. Elle s'est elle-même trahie en révélant par mégarde des détails.

Caroline détourna la tête et ferma les yeux, refusant d'accepter la vérité. Non, ce n'était pas possible… Comment l'une d'entre elles avait-elle pu faire ça ? Ses yeux devinrent rouges et se remplirent de larmes. Comment Mélisande avait-elle pu devenir une meurtrière… ?

— Que… qu'est-ce qui va se passer maintenant ? demanda Alice.

— Comment cela ? l'interrogea Eugène.

— Je… Qu'est-ce qu'on va devenir ? Je veux dire, tout ne pourra pas continuer comme ça, comme avant.

Alfred marqua une pause, et la regarda dans les yeux, une lueur de tristesse dans le regard.

— C'est à vous de choisir… Reines comme membres. Vous pouvez ou nous quitter, ou bien revenir. Il y a eu deux meurtres de commis ici, et ces deux meurtres ont été élucidés. Pour ma part, je préfère garder ces terribles souvenirs comme un fait à honorer. Prunelle et Egler étaient des gens bien, des amis, qu'ils fussent proches ou non. Ils étaient de la famille… Je ne vais pas laisser un monstre ternir leur mémoire, je ne vais pas changer de mode de vie à cause d'un meurtrier sans cœur. Non… je reviendrai, ne serait-ce que pour me souvenir dans chaque lieu où ils étaient familiers à quel point ils étaient merveilleux.

Personne ne répondit tout de suite au discours d'Alfred, dont la position était trop dure à suivre pour certains. Revenir dans ces lieux alors qu'il y avait eu des morts et qu'une amie ou proche était devenue une meurtrière... Non, c'était trop. Le Club des Damnés ne valait pas ça... puis Francis acquiesça.

— Moi aussi... je reviendrais.

Puis ce fut au tour d'Eugène.

— Je reviendrais aussi, annonça-t-il, la voix pleine d'espoir.

Et finalement, de fiers hochements de têtes parcoururent l'assemblée, que ce soit chez les Reines ou les membres. Malheureusement des refus se firent également entendre...

— Non... s'exclama une femme.

— Je ne pourrais pas, annonça un autre membre.

— Je ne reviendrai pas... annoncèrent tristes Alessandra et Kira sous les yeux en larmes de leurs consœurs.

— Bien, approuva Alfred partagé. Merci à tous... et maintenant, que vous ayez décidé de rester ou non, j'aimerais vous demander quelque chose.

— Quoi ? demanda Helena.

— Une faveur. J'aimerais que vous n'ébruitiez pas cette affaire, pas pour le prestige du club, mais simplement pour ne pas transformer la mort de Prunelle et d'Egler en racontars. En l'honneur de leur mémoire, je vous demande, je vous supplie même, de ne pas en dire mot. Qu'ils reposent en paix, comme des légendes, et non pas comme des histoires de salon.

— Bien, accepta Michael Adams, suivi de ses confrères, nous acceptons.

— Je suis d'accord, avoua Sublime, Prunelle a le droit à ce qu'on respecte sa vie privée, même morte.

— Oui, tu as raison, rajouta Camilla.

— Merci, termina Alfred.

Il fit un signe de tête à tous pour les saluer, et ordonna ensuite à deux confrères de rouvrir l'accès au labyrinthe.

— Vous pouvez rentrer chez vous, ce que je vous conseille fortement. Nous avons eu assez d'émotions pour aujourd'hui.

Le Cavalier salua une dernière fois son auditoire de la tête et se retira pour s'installer près du bar, où il se servit un bourbon.

Lentement, il regarda alors ses amis ouvrir l'accès à la salle de bal, pour laisser libre cours à ceux qui voulaient rester, et observa ceux qui s'en allaient vers le labyrinthe. Mais curieusement, presque personne ne partit tout de suite. C'était comme si… comme si tous voulaient rester parce qu'ils n'avaient pas fini leur deuil. Qu'ils soient membres ou Reines, même ceux pour qui l'aventure était finie n'arrivaient pas à quitter les lieux sans en avoir une dernière fois apprécié les charmes. Les Reines plus particulièrement, encore furieuses quelques instants plus tôt étaient toutes les unes auprès des autres, pleurant en groupe leurs deux amies perdues. Certaines remontèrent à leur loge, pour se vêtir ou aller prendre quelque chose, d'autres encore allèrent aux toilettes, mais la majorité était là, comme si elles étaient à la cérémonie de l'Église pour l'enterrement. Peut-être était-ce cela ? Maintenant qu'elles étaient libres, elles priaient. Après tout, elles étaient dans une cathédrale… Alfred les regarda en buvant son bourbon d'une traite avant de se resservir. Elles avaient pris des bougies, toutes celles de la pièce en fait, et formaient une assemblée rendant hommage. Cela avait quelque chose de beau…

— Alfred ? s'exclama une voix

Le Cavalier tourna la tête, surpris, et vit Caroline non loin de lui.

— Je… Je… je suis désolée, souffla-t-elle.

Alfred la regarda de bas en haut, comme fatigué et à bout. Elle semblait sincère et honnête. Elle avait accepté les faits.

— Et moi donc, répondit le Cavalier.

Il avala son verre de bourbon d'une autre gorgée et remplit de nouveau le verre avant de le lui tendre.

— Tiens, cela te fera du bien, annonça-t-il.

La jeune fille s'assit et but le verre d'une traite. L'effet fut immédiat, on put voir sur son visage qu'elle était pompette.

— Un autre, demanda-t-elle.

Alfred accepta, trop à bout pour se préoccuper des bonnes manières et lui resservit un verre.

— C'est quoi ton programme pour ce soir ? demanda-t-il.

— Je ne sais pas… violer Camilla jusqu'à ce qu'elle reveuille de moi.

— Tu ne vas quand même pas la violer ? s'inquiéta Alfred.

— Non, n'ai pas peur… C'est une façon de parler.

Caroline avala son verre et s'en resservit un. À la place de se contenter d'une petite dose, elle décida cependant de boire au goulot et le fit sans gêne pour oublier son chagrin. Alfred ne protesta pas. Il regardait Francis et Eugène parler entre eux et s'en aller dans le labyrinthe. Surpris, il se leva et les suivit intrigué, le verre à la main.

L'attitude des Reines, sauf celle de Caroline bien entendu, circula comme une trainée de poudre parmi les membres, qui se recueillirent aussi. C'était quelque chose qui aurait fait plaisir à Phileas pensèrent certains. Ils étaient tous unis face à l'adversité, tous solidaires dans leur peine, les riches membres et les Reines de niveau plus modeste et pauvre. Ensemble, ils honoraient la mémoire de leurs morts…

Au fond de la salle, un homme se leva toutefois pour aller aux toilettes plutôt que de se recueillir. Cependant, ayant encore une fois menti, il n'alla pas du tout aux toilettes mais au contraire se dirigea discrètement et dans la pénombre vers le labyrinthe. Une fois à l'intérieur, il passa dans un couloir indiqué par un chandelier à neuf bougies, bifurqua trois fois à droite, deux fois à gauche et une dernière fois à droite, et se glissa entre deux pans de velours noir. Silencieusement, il monta ensuite les quarante marches le menant à l'intérieur du rayonnage et activa l'ouverture de l'accès secret. Le mécanisme se mit en branle, et la porte cachée s'ouvrit. Passant dans la bibliothèque, il referma à moitié derrière lui et se glissa dans l'ombre jusqu'à la tour menant à la grande chambre, où ils l'avaient certainement enfermée.

Tandis qu'il avançait, ses pas résonnant dans l'immense pièce vide, la lumière générale s'alluma soudainement, le révélant au grand jour. Ses yeux s'accoutumant avec un peu de mal à la brusque luminosité, il vit alors la Reine Méphala, assise dans un siège à quatre ou cinq mètres devant lui. Surpris, il regarda autour d'eux, alerte. Il constata avec effroi qu'il y avait des Cavaliers de part et d'autre de la femme enceinte, sur les passerelles, et aux accès aux tours, l'encadrant dans les trois dimensions... Il était coincé.

***

Alors que les sept pas encore Sept n'étaient que quatre, ils arrivèrent dans un village dévasté par le feu, les cris sanglants et la peur. Des hordes de bêtes se battaient contre des vampires et des morts-vivants pour les quelques derniers êtres humains encore en vie... Les quatre étaient prêts à s'engager dans le combat pour les défendre quand ils virent alors sortir des fourreaux un immense mort-vivant armé d'une stèle, qui la jeta sur les vampires. Effrayés, ceux-ci s'enfuirent, de même que les bêtes, mais ce n'était que pour le laisser se faire attaquer par les humains et les autres morts. Le combat dura toutefois très peu de temps, le mort-vivant cassant les membres de ses congénères et des villageois comme du petit bois... Les quatre se regardèrent, surpris, étonnés, puis Gallath s'avança vers la créature, persuadé qu'elle était des leurs.

Calmement, pour ne pas l'effrayer et lorsque la créature l'eut repéré, il s'inclina alors en soumission et prit la parole.

— Comment vous prénommez-vous ? s'exclama le Sage.

— Huuhhhh....gnnnnuh.

Le mort-vivant se désigna de la main et tenta de prononcer son nom.

—   Hhhhhhuuuuucccct... Hhhhhhuuuuuccccttttttooooooor....tttoooooooor, fit-il avec peine.

— Huctor ?

— Hhhhhoooonnnn ! Hhhhiiiii...

— Hi ? Hictor ?

— Huuhhhh, acquiesça le cadavre en tapant enjoué des mains, un sourire presque bête et retardé au visage.

— Bien. Eh bien Hictor, bienvenue dans notre groupe ! s'amusa Gallath.

La troupe composée de cinq membres continua la route...

Le coupable est démasqué !

— Bonjour monsieur Bladowski. Nous vous attendions, annonça calmement Adélaïde.

— Que… ? annonça Bladowski, surpris.

— Ne vous inquiétez pas, Mélisande est en « protection » en lieu sûr. Même moi je ne sais pas comment on accède à l'endroit où elle se trouve.

Bladowski regarda Adélaïde et les Cavaliers tour à tour, étonné de ses propos.

— Je ne vois pas ce que vous voulez dire. Je voulais lire un livre et j'ai voulu venir ici en secret pour le prendre. Je ne pensais pas me faire prendre…

— Vous voyez, les Cavaliers ici présents connaissent certains des secrets de cette bâtisse, notamment qu'en haut d'une des tours, il y a un accès secret à une pièce, annonça Adélaïde dans un monologue volontaire, sans l'écouter. C'est là que se trouve Mélisande.

— Je… je ne comprends pas ce que vous dites, Reine.

— C'est bien simple pourtant. C'est vous qui avez tué la Reine Prunelle et vous êtes venu ici pour tuer Mélisande, répondit simplement Adélaïde.

— Quoi ? Mais non ! Je viens de vous dire que j'étais venu pour prendre un livre.

— Même si c'était vrai, cela ferait deux fautes en une journée. Trop pour le club, annonça fermement Adélaïde.

— Comment ça ? demanda Bladowski en sueur, effrayé d'une sentence sans équivoque.

— Qui a trouvé Monsieur montant vers l'Étage des Reines ? demanda Adélaïde aux Cavaliers.

— Il s'agit de moi, madame, annonça Francis, derrière elle avec Alfred.

— Lorsqu'on a découvert que Mélisande nous avait menti à propos de l'endroit où elle se trouvait lors du meurtre, elle nous a avoué être dans la bibliothèque et avoir vu quelqu'un s'enfuir par l'escalier menant à l'étage des loges. Elle n'a toutefois pas réussi à l'identifier, malheureusement. Or, cependant, il n'existe que deux moyens d'accéder aux loges des Reines, n'est-ce pas Cavaliers ?

— C'est cela oui, annonça Eugène depuis la tour la plus proche en s'avançant un peu. Il y a l'entrée de la tour du clocher et celle de la tourelle descendant à l'étage des loges.

— Et c'est là que vous vous trouviez, annonça Adélaïde.

— Oui ? Mais je ne comprends pas où vous voulez en venir. Je suis innoce…

— Cette tourelle se trouve quasiment à côté du point d'accès à la bibliothèque… C'est vous que Mélisande a vu fuir le lieu du crime. Et vous courez vite… on l'a vu.

— Mais non, enfin, Alfred, Francis, Cavaliers, s'exclama le membre fortement en regardant tous les Cavaliers, vous me connaissez depuis des années, jamais je ne tuerais personne ! Surtout pas une Reine.

— Vous vous êtes trahi, monsieur Bladowski, ajouta Adélaïde, montrant son génie des déductions.

— Que…, fit Bladowski, de plus en plus transpirant en regardant de nouveau vers elle.

— Vous êtes gaucher, l'un des seuls présents aujourd'hui, et c'est un gaucher qui a tué Mélina, les marques sur son cou le prouvent. Tout à l'heure quand on vous a interrogé, vous avez saisi la feuille avec votre main gauche…

— Mais enfin je ne comprends pas. Je ne vois pas ce que vous voulez dire.

— Oh, ce n'était pas ça qui vous a trahi… Ce n'était qu'un petit détail. Ce n'est d'ailleurs pas non plus le fait que lorsque je vous ai interrogé, vous avez dit ne pas savoir qu'il existait des passages secrets. Bien que cela soit étrange je dois dire, car j'ai appris plus tard que vous avez déjà flirté avec Sublime, la grande Reine Discrète, et il est impensable que ce n'ait pas été dans une loge secrète ou une des salles de bain cachées.

— Et ? En quoi cela suppose-t-il que je sois l'assassin de votre consœur ? s'étonna le membre.

— Oh, en rien. Ce n'était que bizarre, rien qu'un autre petit détail, mais cela m'a fait réfléchir au reste… Et puis j'ai repensé à la mort d'Egler. Vous aviez l'alibi parfait car vous étiez avec nous, vous étiez donc immédiatement étiqueté innocent. Ensuite, pour donner du crédit à votre honnêteté, c'est également vous qui avez trouvé la fiole de cyanure sous le corps, ce qui a en plus était une aubaine car cela nous a divisés. Et c'est là que vous vous êtes trahi…

— Comment ? s'étonna Bladowski.

— Je n'y ai pas prêté attention sur le coup, car c'était dans le feu de l'action, mais vous avez cité le Cyanure d'Hydrogène. Or, ce composé tue, mais c'est le Cyanure de Potassium que vous lui avez fait boire, car lui est soluble dans l'eau.

— Mais…

— Cela ne m'aurait pas choqué cette étourderie, confondre le KCN et le HCN lors de la nomination du produit, les deux étant mortels pour l'homme, seulement vous avez pris son pouls et avait annoncé sa mort lorsque vous êtes arrivé dans la salle des sens. De ce que je sais pourtant, le Cyanure de Potassium fait perdre conscience puis plonger dans le coma après quarante-cinq minutes à peu près, et si la personne n'est pas soignée durant les deux heures, là elle meurt. Egler n'était donc tout au plus que dans le coma, vu qu'il avait bu le verre d'eau moins d'une heure avant... Et vous auriez dû savoir tout ça en tant que médecin.

— Je...

Adélaïde inspira, regardant l'assassin d'un air hautain, et sourit.

— Affolée, j'ai vérifié l'état de santé d'Egler, qu'on a amené ensuite en secret aux urgences. N'avez-vous pas remarqué qu'il manque Richard et Étienne parmi les Cavaliers vous entourant ? Non, bien sûr que non... Mais vous rendez-vous compte toutefois de la torpeur qui nous a gagnés ? On a failli enterrer un vieil homme encore vivant... Même s'il était à l'article de la mort, c'était effroyable. J'étais enragée d'avoir été dupée, complètement en colère contre moi-même et mon incompétence, et cette faute grave vous a trahi.

Adélaïde marqua une nouvelle pause avant de reprendre.

— Après, il ne restait plus qu'à vous confondre, car même après que j'eus découvert la vérité, je n'étais pas tout à fait sûre que ma mémoire fût bonne, que vous ne vous fussiez pas trompé, ou que vous n'aviez pas simplement oublié ce fait, comme moi. La vie d'Egler remise entre les mains d'experts, j'ai alors mis mon plan en branle. Je me suis dit que prétendre que Mélisande était la meurtrière vous mettrait aux abois, comme lorsque vous avez découvert auprès d'Egler qu'il était dans la bibliothèque au moment du meurtre. Nous manquions de temps, comprenez-vous.

Mais vous deviez vous douter que si nous l'accusions, c'est parce que nous avions une preuve qu'elle était dans la bibliothèque à ce moment-là. Alors, pour se défendre, elle dirait peut-être qu'elle a vu un homme pousser Prunelle, cela réduirait le champ de possibilités, cela nous mènerait à vous par défaut…. Vous ne pouviez l'accepter. De cela j'ai donc supposé que vous voudriez la tuer elle aussi. Et pour se faire, il faudrait passer par les passages secrets…

— C'est absolument grotesque, s'exclama Bladowski, calme. C'est d'un ridicule !

— Non, ce n'est pas ridicule. Seul l'assassin reviendrait dans la bibliothèque monsieur. Pas quelqu'un de sensé…

— Mais enfin…

— Egler… si vous n'aviez pas tenté de le tuer, je n'aurai jamais su. Et manque de pot, il ne savait rien, vous auriez dû le croire.

Bladowski la regarda, figé devant toutes ces révélations… puis ses yeux devinrent mauvais. Sans prévenir et bondissant, empli d'une rage incommensurable, il fonça vers Adélaïde pour la frapper. Alfred s'interposa par réflexe de défense, mais porté par l'élan du bonhomme, il tomba à terre avec Adélaïde, son fauteuil et Francis. Le temps que les autres Cavaliers n'arrivent à leur rescousse, il saisit alors les clés des Cavaliers tombés à terre, ouvrit la porte du couloir menant à la salle des sens et referma derrière lui.

***

Ils sauvèrent la jeune Hymel alors qu'elle était poursuivie par des humains cannibales non loin d'une cascade où elle s'était recueillie pour boire... Le sixième compagnon récupéré, leur aura les protégeant tous et la route les ayant fatigués, ils décidèrent pour la nuit de rester sur place et allumèrent un feu. La jeune fille but de l'eau et le temps que la nourriture ameutée par le sage soit cuite, sale comme un cochon vivant dans la boue, elle regarda l'eau envieuse.

— Puis-je me laver dans cette fontaine ? demanda-t-elle.

— Non, lança Gallath.

— Oui, faites, répondit gentiment Iris la Rousse.

— J'ai dit non ! reprit le Sage.

— Ne l'écoutez pas, il ne sait plus ce qu'est être un enfant ou une femme. N'ais pas peur, lave-toi bien, je surveillerai qu'aucun de ces messieurs ne te regarde, sourit complice Iris.

— Merci madame, fit Hymel.

Gallath le Sage voulut s'interposer mais Iris tourna la tête vers lui et sous sa capuche, l'homme comprit qu'elle le défiait de vouloir empêcher une jeune fille de se laver. Il se tut, tourna dos à la cascade, et s'assit sur son morceau de bois. Iris regarda le Chevalier Courageux sans qu'il ne voie ses yeux dans le noir de sa capuche, et lui ordonna de laisser à la jeune fille de l'intimité.

Le Chevalier tourna la tête et regarda le reste de la forêt éclairée par le feu. Il fut toutefois tenté de regarder en arrière et lorsqu'il le fit, il ne put s'empêcher de s'exclamer.

— Dieu du ciel, fit-il.

Gallath se retourna, alerté, et vit alors avec stupeur l'origine de son tourment. Le preux chevalier avait fléchi et regardé l'enfant. Elle était de dos et alors qu'elle retirait son haut, on pouvait y voir une large cicatrice.

— Mon Dieu...

— Oh, ça, j'ai cette cicatrice depuis que je suis toute petite, expliqua Hymel. Un fermier me l'a faite quand j'avais cinq ans. J'avais volé une pomme alors il m'a punie.

— Quel monstre s'indigna Iris.

— Cela doit être horrible d'être marquée ainsi par un homme, murmura la fée.

— Je m'y suis habituée...

— J'ai aussi une cicatrice, un trois, fit Gallath, perplexe, réfléchissant à cette coïncidence.

— Ça par exemple, moi aussi ! s'exclama surpris le Chevalier Courageux.

— Huuuuuuhh ! fit Hictor en montrant son cou à l'aide d'un de ses gros doigts.

Iris ne se prononça pas, invitant ses camarades à se retourner une nouvelle fois pour que la jeune fille se lave, et les força à le faire d'un regard. Même Hictor, qui pourtant ne dérangeait pas, vu qu'il n'était pas homme, se retourna, après avoir aidé Iris à forcer le Sage et le Chevalier à le faire. Dalah, elle, ne dit rien, elle resta dans son coin, sagement recroquevillée sur elle-même et réfléchit. Elle n'avait pas de cicatrice... N'était-elle donc pas l'une d'entre eux ? Elle se replia sur elle-même, sa lumière diminua un peu, et elle regarda de côté. Ces gens étaient marqués... elle non. Pourquoi ? ...

18h03

À la recherche du tueur

— Le sale rat ! Il a cassé la clé à l'intérieur, s'exclama Eugène en regardant dans la serrure.

— Passez par en haut ! ordonna rapidement Alfred en se relevant.

Les Cavaliers obtempérèrent en courant, fusant depuis les passerelles et les tours vers ce même passage qu'avait emprunté Bladowski des heures plus tôt pour fuir les lieux du crime après son forfait. Ezéchiel toutefois, plus proche d'eux, courut à l'encontre des ordres auprès d'Adélaïde et de ses deux compères pour voir comment ils allaient.

— Je vais bien, ça va ! fit Adélaïde, refusant son aide en faisant la moue à cause de ses côtes.

— Tu es sûre ? demanda Ezéchiel en aidant Francis à se relever.

— Oui, oui. Merci. Va les aider à attraper ce fumier.

Ezéchiel acquiesça et, rassuré devant l'état de ses amis, courut donc vers l'escalier menant à l'étage des loges. Francis se massant le dos, la chute ayant ravivé sa hernie discale, se dirigea alors, lui, vers la porte condamnée pour en inspecter la serrure.

— Ez, file tes clés ! cria-t-il ensuite.

Ezéchiel se retourna dans l'escalier, obéissant avec dévouement, et jeta ses clés à ses pieds avant de reprendre sa montée en courant de plus belle. Le temps qu'il disparaisse dans l'étage des loges, Francis, rejoint ensuite par Alfred et Adélaïde, avait déjà jeté avec attention son œil expert sur les dégâts occasionnés par Bladowski.

— Bon, finalement, je ne pourrai pas l'enlever…

— Pas grave ! s'exclama Alfred.

Le Cavalier aux cheveux blancs se rendit d'un pas ferme et décidé à un rayonnage non loin, débloqua un tiroir mal graissé et sortit un conteneur en verre.

— Acide !

Alfred dévissa le couvercle et jeta sans remords le produit sur la serrure. Adélaïde et Francis s'éloignèrent, surpris, pour éviter de respirer les fumées toxiques, et ne cherchèrent même pas à comprendre pourquoi Alfred conservait cela ici. Lorsque le mécanisme et le bois autour furent totalement détruits, le Cavalier donna un grand coup de pied dans la porte pour l'ouvrir. Les trois amis se dirigèrent alors avec hâte vers les portes de la salle des sens de l'autre côté du couloir. Elles avaient été rouvertes.

— Bordel, heureusement que je suis tombé avec le siège, s'exclama Adélaïde. Cette chute a failli être dangereuse.

— Je tuerai Tibérius pour ça, annonça Francis en avalant un caché qu'il sortit de sa poche. Pour ma hernie discale, et pour ça.

— Je le ferai moi, s'exclama Alfred, il a menacé ma belle-fille et mes petits-enfants par la même.

— Cette tâche m'incombera, honneur aux dames messieurs.

Les trois compagnons arrivèrent dans la salle des sens, quelque peu furieux, et remarquèrent que les Reines et les membres étaient agités, ne sachant visiblement pas ce qui se passait. Encore sous le choc de l'annonce de la culpabilité de Mélisande, ce qu'ils venaient de voir avait certainement dû les surprendre. Adélaïde imaginait bien la surprise sur leur visage, voir débouler Bladowski en hâte par un couloir fermé dont il avait la clé, et les cavaliers déjà parmi eux, posant des questions en courant dans tous les sens, n'ajoutaient pas à leur repos.

— Par où est-il passé ? demanda Adélaïde à l'assemblée, irritée.

La moitié des gens tournés vers eux désignèrent du doigt, sans un mot, incrédules, les portes menant à la salle de bal, vers où se dirigea le trio, et que des Cavaliers tentaient déjà d'ouvrir.

— Génial. Clé coincée ? questionna la Reine à l'attention de ses collègues.

— Le fumier… s'exclama Lucius.

— Je suppose que cela veut dire oui.

— Mais qu'est-ce que cela signifie ? interrogea Sublime, sortant de l'agglutinement de Reines et de membres pour venir à leur rencontre.

— Bon sang, on perd du temps ! annonça Adélaïde, désemparée.

— Les autres font le tour, l'informa Basile sans se préoccuper de la Reine Pourpre.

— Longue histoire, répondit finalement Adélaïde à son amie. Vite, il faut se dépêcher ! rajouta-t-elle à l'attention des Cavaliers.

— Vas-y, j'ai tout mon temps, croisa alors les bras Sublime, un peu impatiente, qui en avait cette fois vraiment assez de cette comédie.

Adélaïde ferma les yeux. Elle respira un grand coup et se résigna à faire le grand saut. Avalant sa chique, elle se retourna donc vers Sublime, derrière qui les Reines se massèrent en un bloc, toutes visiblement agacées au plus haut point et, un rictus nerveux aux lèvres, elle leur fit face comme si de rien n'était.

— Saluuut les filles ! fit-elle.

— Arrête la comédie, s'exclama Chloé en croisant elle aussi les bras.

— Bon okay, abandonna tout de suite Adélaïde.

— À quoi tout cela rime ? demanda Nathalie.

— C'était un piège, on a utilisé…

— Utilisé ? s'indigna Sublime.

— Oui, je savais Mélisande sensible alors je l'ai fait craquer pour que cela soit convaincant. Ce n'est pas elle qui a tué Prunelle, c'est Bladowski.

— Quoi ? Tu le savais et tu as laissé faire ?

— C'est moi qui ai demandé à ce que Mélisande serve d'appât pour réussir à coincer l'assassin.

— Ah ben bravo ! Tu as fait ça à une Reine ! s'offusqua Chloé.

— Les filles, ohé ! C'est une enquête sur un meurtre, sourit nerveusement Adélaïde. Faut bien réussir à trouver le méchant ! Et d'ailleurs, Mélisande ne m'en veut même pas !

— Tu mens, tu ne lui as pas dit ! parla Kira qui se doutait de son mensonge.

— Oui, bon, pas encore, mais elle sera rassurée de ne pas être suspectée, elle sera soulagée que l'assassin ait été appréhendé, et elle me pardonnera !

— Qu'est-ce qui se passe ? demanda Caroline en arrivant vers eux, pompette, la bouteille de bourbon à la main.

— Adélaïde a fait croire à Mélisande qu'elle était condamnée ! Mais ce n'est pas elle, c'est Bladowski l'assassin ! lui annonça Catherine.

— Yes ! Je le savais ! sautilla de joie la jeune femme.

— Pas mon nom putain ! s'emporta Adélaïde.

— Oups, pardon ! Cela m'a échappé ! s'excusa Catherine en mettant les mains devant la bouche, désolée !

Alfred arriva à hauteur d'Adélaïde pour la tirer de ce mauvais pas et en finir avec tout ça, et commença par attraper la bouteille des mains de Caroline.

— Tu parles, répondit Adélaïde, un peu en colère.

— Si, si, je te jure ! fit Catherine vraiment désolée.

— Mais euh ! C'est à moi ! s'indigna Caroline, prête à pleurer.

— Tu en as assez bu !

— Peut-être et alors ? Rends-le-moi !

— Camilla ? demanda Alfred.

— Oui ?

— Embrasse-la.

— Okay.

Camilla saisit Caroline par la taille et l'embrassa avec dévotion et passion. Caroline ne comprit pas trop. Enivrée par le bourbon, elle avait envie de se plaindre d'avoir été privée d'alcool, en pleurs, mais soudain embrassée dans les bras de son amie, elle oublia bizarrement son malheur et fut de nouveau euphorique, la jambe pin-up.

— Bien, mesdames, mesdemoiselles et messieurs, un peu de calme, il va falloir que vous rentriez chez vous ! s'exclama haut et fort Alfred à l'attention des Reines, en face de lui, et des membres, restés plus loin dans la pièce.

— Quoi ? s'étonnèrent certains.

— Le fait est que le membre nommé Tibérius Bladowski court dans le club et est l'auteur avoué du meurtre de Prunelle et de la tentative de meurtre d'Egler.

— Egler est vivant ? se rassura Eugénie.

— Oui, mais en état critique…

— Mon Dieu ! s'exclama Marie Lagarde.

— Enfoiré de fils de… commença un autre.

— Méphala, c'était petit. Tu t'es jouée de nous, reprit Nathalie sans se préoccuper du discours d'Alfred.

— Oh, les filles, stop, on arrête ! On n'est plus au collège ! Si je n'avais pas fait ça, on en serait encore à chercher qui a tué qui ! Il y a deux poids de mesure ! Stop !

Les Reines ne dirent plus rien et Alfred les regarda de ses yeux noirs, satisfait qu'elles arrêtent enfin de parler. Adélaïde avait raison dans un sens… C'était stupide de se chamailler pour rien alors que de toute façon, il n'y avait pas mort d'homme et que cela avait permis de terminer l'enquête. Il fallait ce qu'il fallait. Et puis malgré leur amitié entre elles, encore une fois les filles durent admettre que leur consœur était chargée d'enquêter et elles avaient décidé de la laisser agir en tant que telle, comme une inspectrice. Elles n'avaient donc pas à se plaindre de ses méthodes, surtout si elles n'avaient aucune conséquence grave.

— Pour votre propre sécurité, il vaut donc mieux que vous partiez. Les Cavaliers vont vous amener aux sorties, termina Alfred à l'attention de tous.

— Mais… ?

Alfred leur fit un signe de tête et les Cavaliers évacuèrent sans plus attendre les membres vers le labyrinthe, si bien qu'au bout de seulement quelques instants, la salle des sens ne se retrouva occupée plus que par les Reines et lui. Soulagé que les membres fussent évacués, il se retourna alors vers elles et les regarda de nouveau d'un œil mauvais.

— Tu vas nous taper ? sourit timidement Sublime.

— Vous avez dix minutes pour regagner votre étage et disparaître d'ici.

— Je…

— Je reste, s'éleva à son encontre Chloé.

— Okay, accepta à l'inverse Nathalie.

— Non, répondit Alfred à la Reine d'Or. C'est trop dangereux. Je ne plaisante pas.

— Si !

— Non !

— Dites, faudrait décoller Camilla et Caroline, elles ne se sont pas lâchées ! Si ça continue, elles vont toutes les deux mourir asphyxiées ! suggéra Kira. De Dieu, elles ne se lâchent pas… de vraies groupies l'une de l'autre.

Adélaïde tourna la tête, dépitée de la tournure que prenait la situation et regarda vers la porte du couloir de la salle de bal. Se surprenant de ce qu'elle voyait, elle recula alors en voyant la clenche s'abaisser.

— Dites, formula-t-elle.

— Je reste je te dis ! C'est trop dangereux pour Méphala. Je veux rester là pour la protéger.

— N'insiste pas, tu ne restes pas. Tu pars Chloé !

— Je reste !

— Dites… reprit Adélaïde.

La future mère s'effraya de crainte devant cette porte… Et si c'était Bladowski, armé ? Il y avait tellement d'agitation qu'il pourrait leur tirer dessus sans qu'on… Adélaïde soupira. Elle se trouva stupide, Bladowski ne reviendrait pas dans cette pièce alors qu'il y a autant de monde à l'intérieur. Ce serait idiot de la part d'un type aussi intelligent. Elle s'avança vers la porte et l'ouvrit décidée. Elle tomba alors nez à nez avec Hector, qui avait décoincé la clé depuis l'autre côté.

— Il s'est échappé ! s'exclama le Cavalier en hâte et en sueur.

— Quoi ? vociféra Adélaïde.

— Il a pris la fuite par un passage secret ! Un de ceux de la salle de bal.

— Génial ! Alfred ?

Adélaïde se retourna vers son beau-père pour lui demander conseil, mais avec lassitude elle remarqua qu'il était toujours pris dans ses enfantillages avec Chloé.

— Non ! Chloé cesse de faire l'enfant, ce n'est pas un jeu, continuait à rouspéter le Cavalier.

— Si ! J'ai promis non seulement à ses parents mais aussi à Phileas de veiller sur elle, répondit Chloé.

Adélaïde soupira… Cette journée tournait vraiment à la catastrophe… Ses amis étaient des gosses. Phileas manquait vraiment, il aurait calmé tout ça… non, mieux, tout ça ne se serait jamais produit ! Il fallait qu'elle reprenne les commandes et qu'elle fasse vite, sinon Bladowski risquait de leur échapper.

Voyant les Cavaliers revenir du labyrinthe, où ils avaient certainement laissé les membres regagner seuls leur accès de sortie, et de la salle de bal, abandonnant les poursuites infructueuses, pour se diriger vers l'attroupement qu'ils formaient, Adélaïde s'avança vers eux pour diriger la suite des événements.

— Bon, Cavaliers, il va falloir me dire où sont les passages secrets, s'exclama-t-elle en se grattant le cuir chevelu. On a déjà perdu assez de temps.

Les Cavaliers, surpris de cette requête alors même qu'ils se réunissaient, se regardèrent mal à l'aise.

— Allons, on n'a pas le temps ! Dites-moi d'où ils partent !

— Écoute Adélaïde, on ne sait même pas nous où ils sont tous, répondit Alfred, qui arrêtait enfin son petit jeu avec Chloé.

— Quoi ?

— Phileas a fait tous les plans seul et nous ne supervisions pas les équipes d'aménagement.

— Attendez, vous voulez dire qu'on ne sait pas où ce fumier a pu aller ?

Adélaïde fut effarée devant cette révélation… Ils se faisaient avoir par un membre qui en connaissait plus qu'eux. C'était un comble.

— Il va falloir aller dans l'antichambre secrète, fit Hector en avançant vers une toile, le regard dans le vide.

— L'antichambre secrète ? interrogea Adélaïde.

— Oui, là où Phileas a conservé les plans de la cathédrale, des passages secrets et de leurs localisations.

— Ah, et où elle est cette antichambre secrète ? demanda Adélaïde.

— Faut trouver… le couloir y menant partirait d'une des salles sous la cathédrale.

— Génial ! déglutit Adélaïde en prenant le PPK et sa veste de tailleur que lui tendit un Cavalier. Bon, Chloé tu viens avec moi. Cavaliers, vous, vous faites la garde aux sorties connues. Intérieur et extérieur. Mais d'abord, vous m'évacuez les filles !

— Mais enfin ! s'exclama Sublime.

— Méphala, Chloé ne peut pas rester !

Adélaïde regarda tour à tour ses consœurs et Alfred. Elle commençait vraiment à en avoir assez… Comment diable Phileas avait pu réunir pareils imbéciles heureux ?

— Bon, on va faire simple. Je suis la cheffe du *Service*, je suis la femme de Phileas et je suis la Reine Rouge, grande Reine du Sang. Je le redis encore une fois, ici, c'est moi le boss ! Pour la simple et bonne raison que même si vous ne m'écoutez pas, je peux vous faire tous arrêter ou liquider dès que vous mettrez le pied dehors ! Même toi Alfred, c'est moi qui commande ! Alors les filles, foutez le camp c'est trop dangereux pour vous ! Quant à Chloé, elle reste !

— Merci, fit la Reine d'Or.

— Adélaïde ! s'exclama Alfred, outré.

— Je ne fais pas ça par bonté de cœur, c'est juste que je n'ai pas confiance en elle !

— Quoi ? s'indigna la blonde caramel.

— Je te connais Chloé, tu serais quand même restée cachée, n'en faisant qu'à ta tête. Et je vois gros comme une maison que tu serais irrémédiablement devenue un otage de Bladowski ! Tu restes avec moi comme ça je t'aurai à l'œil. Et tu me seras utile, tu passes beaucoup de temps au Club !

— Je…

— Caroline m'aurait été plus utile, elle explore beaucoup, mais elle est ivre…

— Ce n'est pas vrai ! rouspéta la jeune fille imbibée d'alcool.

— Allez, les filles, partez ! C'est un ordre. Cavaliers, portez-les s'il le faut !

— Avec plaisir, s'exclama immédiatement Basile en se frottant les mains.

Le Cavalier, homme noir assez fort, fit alors un sourire qui terrifia les Reines et prit Caroline sur son épaule pour l'emmener en haut en la serrant à la taille comme un étau. Il reçut des coups de poing dans le dos et des insultes dignes d'une enfant, mais sa force et sa détermination eurent raison de la volonté des Reines. Les autres Cavaliers n'eurent alors plus qu'à les entraîner à sa suite.

— On a déjà perdu un temps précieux, annonça Adélaïde aux quelques Cavaliers encore présents une fois que les Reines et leurs confrères furent partis. C'est devenu l'anarchie ici ! La petite comédie devant les filles les a

rassurées mais il ne faut pas oublier que Bladowski peut
être extrêmement dangereux. Il peut être n'importe où !

— Ça, je m'en doute bien, fit Eugène.

— Il connaît visiblement beaucoup de passages secrets,
alors il faut être très vigilant, surtout toi Chloé !

— Oui, ça va maman ! s'agaça Chloé.

— Chloé, ce n'est pas une blague !

— Je le sais !

Adélaïde marqua une pause, pour regarder son amie dans
les yeux afin de vérifier qu'elle avait bien compris que la
menace était réelle. Constatant que c'était bien le cas,
sérieuse, elle reprit alors.

— Bon… Notre priorité est donc de trouver cette fameuse
antichambre. Alfred ? Des idées ?

Alfred regarda sa belle-fille, un peu pris de court, et
tournant la tête, médita sur l'endroit où son fils aurait pu
cacher l'entrée de son antichambre. Réfléchissant aux
devinettes auxquelles il était accoutumé, il ne trouva hélas
aucun indice dans sa mémoire.

— Non, désolé… Phileas avait ses secrets, même pour moi.
Mais maintenant que les filles sont sur le départ, cela sera
plus facile pour opérer, on sera au calme. Au fait, comment
as-tu su pour le Cyanure ?

Ce n'était pas réellement le moment de poser cette question,
mais Alfred était curieux de savoir d'où elle tenait ces
informations. Adélaïde en fut d'ailleurs surprise, trouvant
bizarre qu'il en vienne à parler de ça. Mais contre toute
attente, cette interrogation la calma. Elle était très agitée
depuis que Bladowski s'était échappé et d'une certaine
façon, changer un instant de sujet l'apaisa. Le fait de se
permettre de sortir tout ça de sa tête durant un moment lui

fut bénéfique… Et son stress disparut même, à son grand soulagement.

— J'ai appris cela lors de ma formation au *Service*, concéda à l'éclairer Adélaïde. Je n'ai pas réfléchi sur le coup quand il a parlé de Cyanure d'Hydrogène, car il était médecin. Tu sais, sur le moment je n'ai pas cherché à comprendre... C'est quand Sublime m'a dit qu'elle avait flirté avec lui que j'y ai alors repensé…

— En tout cas félicitations. Je devais te le dire, avoua Alfred. Cela aurait pu se finir bien plus tard et de façon bien plus dramatique.

— Ouais, youpi ! Phil ne va pas arrêter de m'appeler Jessica Fletcher ! sourit même Adélaïde. Je le connais, il ne va faire que de m'embêter avec ça !

Alfred, Adélaïde, et leurs amis sourirent de cette blague, soulagés de ça, au moins. C'était vrai. Ils savaient de qui il s'agissait maintenant. Adélaïde était tellement obsédée par l'idée que Bladowski était en liberté dans le club qu'elle ne s'était pas félicitée pour le simple fait de l'avoir démasqué, ce qui était déjà énorme.

— Où diable… reprit-elle cependant en revenant à l'affaire.

— Sûrement dans un endroit bien caché, suggéra Hector.

Adélaïde approuva, connaissant fort bien son époux et son goût du mystère, lorsqu'elle eut une illumination.

— C'est bon, je sais. Je sais où se trouve certainement cette antichambre. C'est même évident, on est trop bête.

— Où ça ? demanda Chloé.

— Le labyrinthe, les chandeliers… ! C'est ça, il faut juste trouver le bon code.

— Le code ? s'intrigua Eugène.

— Une bougie, issues de secours, neuf bougies, la bibliothèque, cinq, la salle des sens, trois, la salle des trophées…

— Zéro, murmura Alfred.

— Quoi ?

— Zéro… le plus logique ce serait que le un soit à l'origine de tout, le commencement, mais comme il est pris par les issues de secours, cela doit être le chandelier jamais allumé, celui du dernier passage à l'Est. Le zéro, le début, ce qu'il y a avant le tout.

— Cela se tient, il nous a toujours dit qu'il ne devait pas être allumé… avoua Christian.

— Bon, Chloé et moi, on va aller l'explorer alors, s'exclama Adélaïde.

— Adélaïde, je dois te dire que je suis contre, recommença Alfred. C'est très dangereux pour une femme enceinte de poursuivre un assassin.

— Je sais moi aussi, mais tant que toutes les Reines ne sont pas évacuées, je veux que vous tous, vous les protégiez. Ensuite, allez dans cette salle d'armes dont vous avez parlé tout à l'heure avec Humos. Et prenez de quoi vous défendre.

— Eugène, Hector, allez prévenir les autres de protéger les Reines, ordonna Christian. Alfred et moi on va descendre avec elles dans le labyrinthe jusqu'à ce que nos chemins se séparent.

— Bien !

Adélaïde vérifia son PPK et les six compagnons se dirigèrent vers le labyrinthe pour Alfred, Christian et les deux Reines, et vers l'escalier en colimaçon pour Eugène et Hector. La Chasse débutait.

Chloé et Adélaïde quittèrent Alfred et Christian à la quatrième bifurcation, indiquée par un chandelier à deux bougies, dont une plus petite que l'autre. De là, les deux Reines marchèrent une centaine de mètres en prenant toujours à droite, et tombèrent face au fameux chandelier non allumé. L'allumant pour se repérer sur le chemin du retour, elles s'engagèrent alors dans le couloir indiqué. Là, se fiant à leur instinct, elles avancèrent en prenant toujours à gauche. Leur victoire fut assurée dix minutes plus tard lorsque les pans de draperie noirs disparurent pour laisser apparaître les murs de pierre. Satisfaites, elles constatèrent avec soulagement qu'elles n'auraient pas besoin de chercher plus. Le passage plein de toiles d'araignées, suintant l'humidité et glauque dans lequel elles étaient se terminait à une vingtaine de mètres devant elles par une porte en bois.

— Tu es sûre que…, commença Chloé.

— Chochotte ! ricana Adélaïde.

— Euh… un peu, il y a de quoi non ?

— Tu as peur de quoi ? D'un Minotaure ? Tu n'es pas vierge, tu ne risques rien.

— Haha ! Très drôle…

S'en approchant, tout de même un peu craintive elle aussi, Adélaïde ouvrit la porte pour regarder derrière. Le grincement des gonds était insoutenable et leur glaça le sang… Adélaïde sortit son PPK par précaution.

— Chochotte, murmura Chloé.

— Je t'ai entendue…

— Je sais, chochotte.

Chloé se colla à Adélaïde, qui portait l'arme à feu, et la suivit dans la pièce, qu'elles éclairèrent avec leur chandelier. L'endroit était bizarre, incongru dans ces souterrains. On aurait dit un bureau secret, dans le style cher à Phileas, victorien. Il y avait une bibliothèque au fond, qui faisait tout le mur, un bureau visiblement très vieux en face d'elles, un tapis hors de prix mais un peu humide sur le sol, et des secrétaires sur les côtés, le long des murs.

— Qu'est que… pourquoi il a construit ça ici ?

— Cela doit être son bureau secret, répondit Adélaïde. Je ne cherche plus à comprendre.

La future mère se dirigea sur le côté gauche de l'antichambre, où il y avait, stocké dans une sorte de renfoncement caverneux dans le mur de pierre, un monticule assez impressionnant de papiers en tous genres. Rangeant son arme, cherchant les plans rédigés par Phileas révélant où étaient toutes les pièces et tous les passages secrets de la cathédrale, Adélaïde s'attela à fouiller le tas de paperasse.

— Il y a beaucoup d'humidité, ce n'est pas bon pour toi, fit la Reine d'Or.

— T'occupe…

— Tu ne veux pas que je le fasse ?

— Non, ça ira, annonça Adélaïde, perdue dans ce qu'elle faisait.

— Bon Dieu, je n'arrive pas à croire que… comment a-t-il pu construire tout ça ?

— La Seconde Guerre mondiale. Beaucoup de ces passages ont dû être construits par les nazis ou la résistance…

— Tu n'as pas tort.

— En tout cas cela aurait été mieux de conserver cela dans une salle au sec… Et il aurait pu les ranger dans ses secrétaires !

Chloé ne répondit pas, même si elle n'en pensait pas moins. Elle avait remarqué une vieille torche, et se dirigea vers elle. Il s'agissait d'un gros bâton de bois avec un chiffon sec enroulé à l'extrémité. Regardant autour, Chloé constata avec joie qu'il y avait une sorte de petite bassine remplie de mazout ou d'essence, elle ne savait pas trop. Sortant la torche du fourreau où elle était rangée, elle fit rouler le côté saucissonné de tissu dans la bassine et l'alluma avec une bougie. Satisfaite, elle se rendit ensuite vers Adélaïde afin de mieux éclairer les documents.

— Merci… fit celle-ci, un sourire aux lèvres.

— De rien.

Éclairée d'une lumière agitée mais nettement plus importante Adélaïde chercha dès lors avec plus de rapidité. Mais il y avait des centaines de documents, pour certains âgés de plus de dix ans, et ceux indiquant les passages partant de la salle de bal n'étaient peut-être même pas dans ce tas... Loin de se désespérer, la jeune femme fouilla malgré tout avec conviction, même si elle ne trouvait en général que des actes de propriété, des autorisations pour effectuer des fouilles ou des travaux, et des notes écrites à la main.

— Il paraît que Phileas a demandé à Caroline et Sublime de l'aider pour une mission ? demanda tout d'un coup Chloé pour faire disparaître le silence ponctué uniquement par le crépitement des flammes.

— Ah ? fit étonnée Adélaïde, comme si de rien n'était en continuant de chercher dans le tas de vieilles feuilles.

— Ouais, c'était lors d'un festival de musique où il cherchait à démasquer un chanteur qui droguait des fans, étaya Chloé.

— Et ?

— D'après ce que j'ai cru comprendre, ils ont interprété
« *Every Body Need Somebody To Love* » des *Blues*…

— … *Brothers*[1], la coupa Adélaïde.

— Oui… Il paraîtrait que lui, Sublime et Caroline étaient
en costumes noirs avec chapeaux et lunettes. Comme les
frangins quoi… mais que tout au long de la chanson, les
filles se sont déshabillées. Ouverture de la chemise…

— Soutif noir ? la coupa de nouveau la Reine.

— Oui, s'amusa Chloé.

— Mmmh, je regrette d'avoir manqué ça…

— Ouais… elles ont retiré leurs cravates, leurs vestes, leurs
chemises… enfin la totale quoi, elles ont fini en lingerie sur
la scène. Ils auraient même gagné le premier prix.

— Et donc ? Mis à part le fait que Phileas détourne les
ressources du Club ? ricana Adélaïde.

— Ben je voulais savoir si c'était vrai… Phileas était sur
scène avec elles ? Et elles ont fait un strip ?

— Bah, joua un peu Adélaïde, de ce que je sais, elles ont
même fait tomber le haut.

— Nan ! s'esclaffa Chloé. Sérieux ? Sur scène devant des
milliers de gens ?

— Coquin, n'est-ce pas ?

— Et ça ne te gêne pas pour Phileas ?

— Personnellement, non, à dire vrai, Phileas et moi on est
assez libre… Je l'aime à la folie, je sais qu'il m'aime à la
folie… Mais comme je te l'ai dit, s'il flirte avec une autre
fille, pourquoi pas ? Je le fais bien moi…

— Vache, quand même… s'étonna Chloé.

---

[1] —*Every Need Somebody To Love*, des Blues Brothers. "The Blues
Brothers" and all related marks are registered trademarks of Universal
Studio.

— De toute façon, ils n'ont rien fait, je le sais, et je ne vais pas le priver de voir une paire de seins, ce serait débile… Et puis j'en suis arrivée à ne plus être jalouse pour un rien, tu sais. J'attends des enfants de lui, il rentre vers moi le soir et non pas vers les autres, alors cela me suffit. J'ai appris à lui faire confiance. Et tu le sais, vu le cadeau de Noël qu'on lui a offert.

— Tu es sûre qu'ils n'ont rien fait ? s'amusa toutefois Chloé en se mordillant les lèvres.

— Certaine.

— Comment tu…

— Je suis la cheffe du *Service*, Clo, je sais tout… Et donc pour finir de répondre à ta question, professionnellement, je dois avouer qu'impliquer deux Reines dans nos affaires me dérange. Mais comme *D* avant moi, je ne peux rien changer à ses méthodes… Cela a marché en plus, même si je m'inquiète de ce qui pourrait arriver…

Adélaïde repensa à Prunelle les yeux dans le vide, puis se repencha sur la pile de livres et de parchemins cachés devant elle.

— Tu la connaissais ? demanda-t-elle.

— *D* ?

— Non, Prunelle.

— Prunelle ? Non… On ne se connaît pas toutes, et on est bien souvent perdue ici… Elle était nouvelle, je n'ai jamais eu l'occasion de parler avec elle.

— Pareil… fit Adélaïde. Bon Dieu c'est quoi ça ?

La jeune femme étonnée sortit de la pile de parchemins une hache composée d'un manche en bois et d'une pierre plate aiguisée rattachée par des cordes et des plumes.

— C'est un tomahawk ! s'exclama Chloé.

— Mais Bon Dieu, que fait Phileas avec un tomahawk ici ?

— Aucune envie de le savoir.

— Tu as raison, moi non plus.

Adélaïde reposa l'arme sur un tas de feuilles et continua sa recherche.

— Bordel, des notes, des notes, les plans de la cathédrale d'origine, mais pas ce qu'on cherche…

— Tu ne trouves pas ?

— Non, pas vraiment… C'est quoi ça ? s'étonna une nouvelle fois la Reine.

— Une dague.

— Oui je sais mais… bon, laisse tomber.

Adélaïde rangea dans la poche de sa veste de tailleur la dague au pommeau et au fourreau en velours rouge serti au bout d'or et de rubis. Cela pourrait être utile... Reprenant ensuite ses recherches, elle trouva enfin, au bout de quelques instants l'objet de sa mission.

— Ah…

Adélaïde regarda sa trouvaille. Elle avait trouvé des parchemins écrits en latin par Phileas. Ils semblaient servir de carte au trésor pour trouver les pièces secrètes… quoiqu'elle ne savait pas les lire.

— Tu crois qu'Alfred ou un autre saura les lire… ? demanda Chloé.

— Pas la peine, répondit Adélaïde.

La jeune femme regarda vers le tas de paperasse qu'elle avait partiellement dégagé et s'émerveilla de voir un coin de plan plus récent dépasser d'entre des dossiers et des notes. Le saisissant, elle l'extirpa alors sans remords du tas, qui s'écroula, et le parcourut rapidement du regard.

— Bien… alors, nous avons là les… les plans de tous les souterrains, constata-t-elle à la lecture de la première feuille A3. Elle la souleva ensuite et regarda les autres.

— Sous la cathédrale et aux alentours, de la bibliothèque à la salle de bal…

— Parfait, s'exclama Chloé.

— Parfait oui, on a ce qu'il nous faut.

***

— Je ne peux pas mourir, fit Gallath.

— Pourquoi ?

— Quand on vit, on voit sa vie défiler devant ses yeux… Je suis si vieux que mourir me prendrait une éternité.

— Qu'y a-t-il ? demanda Iris en regardant le sage à ses côtés.

Il était venu la voir sans raison particulière, comme ça. C'était trop étrange de sa part. Il n'était pas vraiment du genre social ni amical. Connaissant le personnage, Iris se doutait donc bien qu'il y avait une raison précise à sa venue.

— Avez-vous une cicatrice ? l'interrogea Gallath, pour répondre à sa question.

— Oui, je ne l'ai pas dit mais j'en ai une comme vous autres.

— Où est-elle ?

— Comment ça ? s'offusqua Iris. Il n'est pas des manières de demander cela à une dame…

— Écoutez Iris, je n'ai que faire des mœurs actuellement, lança le Sage. Il n'est pas le temps pour respecter une politesse de notables péteux.

Iris ne répondit pas tout de suite, souffrante à l'idée de révéler ce détail, mais prit quand même la parole, supposant que cette information était importante.

— *Il est sur mon corps, sur le côté gauche de mon sein gauche, avoua la jeune femme, gêné.*

— *Bien.*

— *Et le vôtre ?*

Gallath la regarda, outré.

— *Non mais dites donc !*

En entendant son ton et ses paroles, Iris monta en mayonnaise, scandalisée.

— *Quel sénile et immonde homme vous faites ! Vous me demandez de vous révéler un détail intime et vous, vous auriez le droit à un traitement de faveur ? Vous êtes un immonde et sale pervers sage !*

— *Bon, bon, ça va ! Je l'ai sur le flanc gauche. Un horrible trois dans la langue des magiciens, s'exclama Gallath.*

— *Bien, nous voilà quittes, s'exclama alors Iris, calmée.*

— *La fée croit ne pas en avoir mais son chiffre est sur ses ailes, le quatre des fées est inscrit dans les lignes, je l'ai vu.*

— *Hictor a une grosse cicatrice dans le cou, fait par les monstres qui l'ont assemblé.*

— *Assemblé ?*

— *N'avez-vous pas remarqué qu'il a des clous, des agrafes, et des morceaux plus longs que d'autres ? C'est un drôle de mort.*

— *Oui. Vous avez raison... Je pensais qu'il s'était fait tout ça tout seul pour se rafistoler, mais cela doit être autre chose.*

— *Sans compter qu'il a quatre genoux... C'est bizarre toutefois que certains d'entre nous aient ces cicatrices depuis la naissance alors que d'autres en ont été marqués.*

— *L'important ce doit être que nous les ayons.*

— *Vous avez sûrement raison.*

Gallath médita un instant, continuant à marcher sans rien dire, puis reprit.

— Il faudrait demander au Chevalier où est sa cicatrice, par curiosité.

— Elle est sur son appendice masculin, fit la Rousse avec un peu de malice.

— Comment diable le savez-vous ? s'étonna Gallath en la regardant.

— Parce qu'une femme se doit d'être dévouée corps et âme au bienêtre de ses compagnons.

— Vous êtes en train de me dire que vous l'avez…

— Avant que vous ne soyez malpoli et irrespectueux de ma personne, le coupa Iris, sachez que je lui ai simplement offert le premier soir de se détendre entre mes lèvres.

— Jolie façon de dire que vous l'avez sucé jusqu'à la dernière goutte, femme. Que vous soyez à ses genoux au coin d'un feu ou dans son lit, les mains sur ses bourses et les seins à l'air, cela ne change rien.

Iris s'arrêta et lui colla une claque, furieuse. Elle ne parla pas, elle ne sortit pas sa tête de sous sa capuche pour lui lancer un regard noir, non, elle lui jeta juste ses cinq doigts à la figure pour lui signifier qu'elle était choquée et que ce n'était pas des choses à dire à une femme.

Gallath ne répondit pas, que ce soit physiquement, ou par les mots, il accepta la gifle d'une femme blessée en son honneur. Ce simple contact lui avait ouvert l'esprit de la jeune femme et il en était maintenant convaincu, alors qu'il était assis sur un tronc d'arbre coupé dans la forêt, au coin du feu, elle avait tenu son rôle de compagne de route en lui offrant gratuitement ses faveurs. Gallath esquissa un sourire et Iris prit conscience qu'il avait vu en elle. Elle baissa la tête.

— Ma dame, bonne nuit.
Le sage s'en alla se coucher...

208

La chasse commence

Adélaïde et Chloé sortirent des méandres du labyrinthe et se présentèrent dans la salle des sens, les précieux plans en mains. Les deux femmes furent surprises de voir que les rideaux étaient tous grands ouverts et que les lustres et le réseau exceptionnel d'éclairage électrique étaient allumés. C'était sûrement pour que la pénombre habituelle qui régnait à la cathédrale ne puisse pas être favorable à leur proie… En plus d'être heureuse d'avoir réussi cette sorte de petite quête parmi toutes celles qu'elle avait dû accomplir dans la journée, et qu'elle devrait certainement accomplir encore, Adélaïde s'émerveilla de retrouver une ambiance familière et chaleureuse cela dit. Elle s'avouait elle-même qu'elle avait eu un peu peur dans le labyrinthe, sentiment exacerbé par ce couloir plein d'araignées et un tueur en liberté dans les parages. Cela faisait toutefois bizarre de voir la salle des sens aussi illuminée, et aussi vide, sans aucune âme. C'était toutefois une sécurité obligée, il y avait déjà eu assez de risques inutiles encourus pour la journée. Il fallait écarter tous civils des lieux… En fait, pour que les deux amies soient pleinement rassurées pensa Adélaïde, malgré Bladowski et cette absence de vie, il aurait fallu la lumière du soleil. Un magnifique soleil dans un ciel sans nuages. Cela aurait été incroyablement reposant et réconfortant. Mais malheureusement, il était trop tard.

Adélaïde et Chloé s'avancèrent dans la pièce et entendant du bruit, se dirigèrent vers le couloir menant à la salle de bal, où se trouvaient vraisemblablement les Cavaliers. Une fois arrivées à l'intérieur, elles se rendirent à leur rencontre à la grande table où ils avaient établi leur plan de bataille et déposé leurs armes.

— On a les plans, ça y est, fit Adélaïde en montrant le rouleau de feuilles qu'elle avait en main.

— Bien, parfait, s'exclama Alfred.

— Toutes les Reines ont été évacuées, annonça aux nouvelles arrivantes Francis.

Chloé et Adélaïde acquiescèrent de la tête et cette dernière déroula alors les larges feuilles sur la table.

— Voyons voir ça, commença Hector.

Les quatorze amis se penchèrent sur les plans et lurent les passages secrets.

— Alors, il est descendu par là… un de ces cinq points d'accès de la salle de bal.

— On est bien sûr que c'est par ici qu'il est descendu ? demanda Ézéchiel.

— Les salons du couloir étaient tous fermés, et Timothy a entendu du bruit dans la salle en y arrivant par l'étage des loges, répondit Hector.

— Et les portes d'accès donnant aux autres pièces étaient fermées à clé, compléta Christian.

— C'est ça.

— Bien, alors donc, par ces cinq points…

— Il a pu passer là, fit Adélaïde en suivant du doigt le tracé d'un passage remontant vers la bibliothèque.

— Celui-ci court vers la forêt, désigna du doigt Alfred un autre passage, mais s'il l'emprunte, on le saura. Suite à l'affaire Molarron et pour éviter les intrusions, Phileas a fait placer des détecteurs de mouvements un peu partout dans le domaine et sur tout le mur le délimitant. Cela sonnera dans son bureau.

— Il faudra que l'un de nous y reste donc, commenta Lucius.

— J'y vais, fit Basile en prenant une masse parmi les armes entreposées, je crie si ça sonne.

— Okay !

Le Cavalier quitta ses amis et se rendit vers l'escalier-labyrinthe.

— Ce passage-là permet de monter, par cette tour-ci, montra Eugène en se repenchant vers le plan puis en montrant du doigt une tour au fond de la salle.

— Hey, vous oubliez deux passages, ceux descendant par l'escalier labyrinthe…

— Oui, tu as raison Jacques, fit Charles. Ceux-là aussi peuvent avoir été pris…

— Bon, on va faire comme ça, annonça Tibérius, qui n'avait rien dit jusque-là mais qui avait tout écouté. Il y a en tout sept passages secrets qui partent d'ici. Toutes les portes des autres pièces sont fermées, si j'ai bien compris, il ne peut plus en ouvrir ni en refermer ?

— Oui, il a pris nos trousseaux à Alfred et moi, répondit Francis, et il a cassé les deux passes dans les serrures des couloirs. Les autres clés ne peuvent rien ouvrir ici.

— Bien, alors on va y aller de la sorte. Il y en a deux qui font le tour de la cathédrale si jamais il réapparaît, les autres, on descend tous par un passage partant d'ici, du labyrinthe ou de la bibliothèque. Tous avec un chandelier et une arme. Des commentaires ?

— Non, cela me semble bon, fit Alfred. Nous diviser m'embête mais on ratissera plus de passages comme ça.

— Comme on a verrouillé tous les accès, pas besoin de monter la garde aux sorties, s'exclama Charles.

— Exact.

— C'est embêtant c'est vrai.

Alfred regarda Chloé en silence, sans plus se soucier du reste pendant quelques instants. Sa tenue reflétait bien sa place. Elle était dans une lingerie deux pièces cousues d'or… Elle était belle, mais elle n'avait plus rien à faire ici.

— Bien, Chloé, maintenant tu pars, s'exclama-t-il, calmement. Je veux que tu y ailles.

Le Cavalier regarda la Reine d'Or d'un œil presque suppliant pour qu'elle ne fasse pas de cirque.

— Je tiens à rester, même si je suis enceinte, annonça Adélaïde, en précision.

Chloé regarda les Cavaliers autour d'elle. Elle avait beau vouloir protéger Adélaïde, elle n'était pas rassurée d'être ici. L'épisode de l'antichambre, même s'il avait été très bref, lui avait fait peur, et elle ne voulait pas risquer sa vie à la recherche de Bladowski. Qui plus est, à côté d'eux, armes en main, elle ne faisait pas le poids. Elle se risqua donc à s'avouer que malgré son amitié pour Adélaïde, elle préférait être ailleurs.

— Bien, consentit elle toutefois triste.

— Parfait.

— Adélaïde, il serait préférable que tu… commença Charles.

— Ne cherche pas, elle est bornée ! le coupa Alfred, qui savait qu'avec elle, c'était vraiment perdu d'avance.

— Bon.

— Chloé, tu fais bien attention hein ? lança Adélaïde à son amie sans rentrer dans la conversation des deux Cavaliers.

— Je vais l'emmener en haut et je la raccompagnerai jusque dans la crypte pour qu'elle passe par la sortie de la grotte, répondit Eugène pour la rassurer.

— Bien.

— Merci Eugène, parla Chloé, rassurée de sa compagnie.

— De rien.

— Va chez mes parents si tu veux, ajouta la Reine de Sang en la serrant dans ses bras.

— D'accord, accepta Chloé en appréciant avec émotion son étreinte.

— Bon, on est partis.

Chloé fit oui de la tête et se détacha d'Adélaïde. Les Cavaliers et elles se séparèrent alors, PPK, sabres, kens, sais, épées, dagues, couteaux et arbalètes en mains.

— Je vais à la bibliothèque, s'exclama Lucius.

— Je prends le passage de gauche de l'escalier labyrinthe, ajouta Christian.

— Moi celui de droite, fit Hector.

— Je passe par le labyrinthe, parla Francis.

— Jacques et moi on fait le grand tour, lança Charles.

— Moi je prends celui qui descend vers la bibliothèque, annonça Tibérius.

— Celui qui va vers le labyrinthe pour moi, prononça Adélaïde.

— Je prends celui qui mène vers la salle des trophées, lança Alfred.

— Et moi celui qui remonte vers le quai des Reines, lâcha Timothy.

Les Cavaliers ayant décidé d'entrer dans les souterrains par les autres pièces passèrent dans le couloir y menant, et Adélaïde, chandelier à la main, regarda ses collègues encore dans la salle. Christian et Hector s'enfoncèrent dans l'escalier labyrinthe, Alfred se rendit à un tableau qu'il fit pivoter pour en révéler l'entrer, Timothy souleva un tapis dans un coin pour ensuite ouvrir une trappe, et enfin Tibérius passa derrière une statue grandeur nature d'une des premières Reines pour appuyer, semble-t-il, fortement sur une pierre.

— Je croyais que vous ne saviez pas où étaient les passages secrets ? demanda haut et fort la jeune femme.

— Quand tu vois sur le plan que le passage part d'un tableau, il n'y a pas vraiment besoin d'être Albert Einstein ou Sherlock Holmes pour deviner ! s'exclama Alfred.

— Ouais…

Adélaïde se rendit derrière un des piliers, à l'Est, et regarda en face d'elle, là où se trouvait en théorie l'ouverture de son passage secret.

— Tu as bien de la chance ! cria-t-elle.

— En tout cas toi tu en as profité pour regarder où on passait !

— Pour sûr ! ricana Adélaïde.

La jeune femme sourit, amusée de tout ça, mais tâcha de se concentrer un peu. Ils avaient une mission, elle, et ses collègues. Bien entendu, elle se doutait déjà que Bladowski n'était pas passé par le passage emprunté par Timothy, mais elle espérait qu'il arriverait, lui, elle, ou un autre, à retrouver sa trace. En tout cas, pour le moment, il fallait qu'elle trouve comment ouvrir son passage, qui était visiblement le plus difficile à trouver… Serait-ce une pierre ? Une dalle ? Une statue à déplacer… ? Adélaïde chercha quelques minutes, sans succès, avant de remarquer l'indice qui l'avait déjà aidé des semaines plus tôt. Le H et le trident… ils étaient gravés dans le pied du pilier séparant le vaisseau central du collatéral Est de la Nef. Enfin, l'un des piliers, le cinquième partant de la grande porte pour être exact. Adélaïde posa son chandelier à terre, se pencha vers le petit symbole, et chercha autour. Peut-être fallait-il le pousser celui-là aussi ? Non, le pilier était là depuis des siècles, à moins que le passage soit d'origine, c'était impossible… Adélaïde s'assit par terre et regarda autour d'elle. Il se passa encore une poignée de minutes avant qu'elle ne trouve finalement d'elle-même la solution en remarquant les traces au sol. Elles étaient peu visibles mais on distinguait bien que la pierre avait été rayée par quelque chose de lourd. Le mur en face d'elle s'ouvrait, c'était évident… Mais comment ? Si la porte était montée autour d'un axe rotatif et qu'il y avait des roues en dessous, il y aurait un écart… sinon c'est que le mur était en réalité très fin ! À moins que… mais non, les rayures sur le sol étaient perpendiculaires au mur. C'était donc une porte non pas rotative mais sortant du mur… Adélaïde se retourna et appuya de toutes ses forces sur le petit H. Malheureusement, rien ne se produisit. Il était juste gravé à même la pierre. C'était donc autre chose…

— Bordel de…

Adélaïde ne termina pas sa phrase, un pan de mur d'un mètre et demi sur deux s'extirpa rapidement de la paroi devant elle dans un bruit sourd. Elle se traîna sur le côté, de peur qu'il ne l'écrase contre le pilier et se releva, paniquée.

— Bon sang !

Le souffle coupé, elle se ressaisit tant bien que mal en s'appuyant contre le pilier.

— Comment tu as fait ça ? se demanda-t-elle à elle-même.
Elle respira un grand coup, haletante, et regarda l'ouverture.
Magie ? Non, bien sûr que non, cela ne pouvait pas être ça.
Qu'était-ce alors ? … Il faudra qu'elle demande à Phileas.
Elle expira une nouvelle fois fortement avant d'inspirer, et
s'approcha pour inspecter l'entrée du tunnel. En tout cas,
c'était peut-être bien par-là que Bladowski s'était enfui. La
porte faisait du bruit en s'ouvrant, mais malgré sa taille on
ne pouvait pas forcément la voir depuis l'escalier
labyrinthe. Encore un peu effrayée de se faire écraser, la
jeune femme se tint la région du cœur et souffla jusqu'à ce
que son rythme cardiaque se soit calmé. Mais constatant
que la porte était en train de se refermer, après une dizaine
de secondes à peine d'ouverture, elle saisit son chandelier et
entra sans plus attendre à l'intérieur.

Il y avait un immense train d'engrenages qui ouvrait et
refermait la porte, et au bruit qu'Adélaïde percevait, il
devait y avoir dans la partie non visible du mécanisme un
immense vérin hydraulique. Ce passage n'était pas livré
avec la cathédrale, pour sûr… Sentant un vent frais,
Adélaïde supposa qu'il y avait non loin une aération
amenant de l'air à l'intérieur du couloir. La porte se referma
derrière elle dans un bruit sourd, comme si elle scellait
l'entrée d'un tombeau. Son chandelier brandit de sa main
gauche pour éclairer au plus loin et son arme dans la droite,
la jeune femme s'enfonça dans le sombre corridor.

***

— *Quelle est cette horrible chose ? s'exclama alors Iris, effarée de voir sur le côté de la route une immonde bestiole accroupie sur un gros rocher.*

— *N'ayez point peur dame Iris, je m'en vais vous pourfendre cette créature ! jacta le Chevalier Courageux en brandissant son épée.*

L'homme s'élança vers le rocher où se tenait la petite créature et s'apprêta à la pourfendre, mais la créature bondit alors sur la lame et remonta jusqu'à la tête du preux monsieur pour le gifler avant de ressauter à terre en chantonnant.

— *Oh toi, créature hideuse, tu sembles fort, joins-toi à nous ! s'exclama Gallath le sage.*

— *Que diable est cette créature ? demanda le chevalier en se massant les joues, blessé en son honneur.*

— *Je suis Gnitth le nain-troll, répondit le petit être en remontant sur son rocher pour regarder les six compagnons d'un air sournois. Désirez-vous une pomme ? fit-il alors en en sortant une bien rouge de sous sa défroque.*

— *Nous n'avons pas le temps pour pareille sottise, réclama le sage, prêt à reprendre la route. Te joindras-tu à nous ?*

Le nain troll les regarda tous, et prit une pose d'intense réflexion.

— *Peut-être bien que oui, peut-être bien que non...*

— *Soit, nous n'avons pas le temps pour vos sornettes !*

La troupe commença à partir, mais Gnitth les rappela en sautillant.

— *Attendez ! Attendez ! Je vous suis, mais à une condition ! roucoula-t-il de sa voix aigüe.*

— *Laquelle, vil profiteur ? fit le sage en se retournant.*

— *Que la dame m'ouvre son corset !*

— *Quoi ? s'indigna Iris la Rousse.*

— *Oh, ce n'est qu'une toute petite chose, je ne demande pas la lune ! annonça Gnitth, en se frottant les mains impatient, mais alternant toutefois avec des gestes de relativisation.*

— *Je ne sais pas si tu as remarqué, mais la lune est rouge sang depuis le temps de trois journées ! s'exclama alors le chevalier, en pointant le ciel.*

— *Alors vous aurez besoin de mon aide ! Donc ?*

Les six membres de la troupe se regardèrent, hésitant. Le sage regarda alors Iris, et l'invita désabusé de la main à s'exécuter si elle en prenait la décision.

Iris un peu mal à l'aise décida que ce serait utile pour la mission de s'octroyer ainsi les services du drôle de gnome. Quoique contrariée elle s'approcha donc avec sa torche de la créature baveuse d'excitation et la lui tendit pour défaire le lacet de son corset et lui révéler très près du visage sa poitrine ferme et ses tétons roses et dressés. Le nain troll, tout excité, essaya alors affamé d'en saisir un mais la jeune femme estimant qu'il en avait vu bien assez recula et se recouvrit.

— *Je suis des vôtres, lança Gnitth, la langue pendante en se frottant les mains.*

Il descendit de son gros caillou et s'élança avec la troupe dans la direction du mal.

— *La vue de la fée nue ne te suffisait donc pas, odieuse merde ? lâcha le sage alors qu'ils marchaient.*

— *Un si beau présent m'est dû... Tiens, toi le mort-vivant, attrape.*

Gnitth se saisit de son rondin de bois taillé en masse dans l'herbe et le jeta au mort-vivant pour qu'il le porte.

— *Gnnuuur ! s'exclama le mort-vivant en l'attrapant.*

— *T'es sympa, le majordome ! s'amusa le nain-troll.*

— *Ce n'est pas un majordome, il s'appelle Hictor, fit Hymel, scandalisée.*

— *C'est pareil... C'est un macchabée.*

— *Ayez le respect, sinon partez ! s'exclama de nouveau la jeune fille, cette fois réellement indignée.*

— *Hymel ! la calma le sage.*

— *Quoi, cet homme est aussi important et en droit d'être respecté que nous !*

— *Ce n'est pas un homme, s'exclama le sage.*

— *C'est un homme ! s'emporta la fille.*

— *Non, ce n'est pas un homme, c'est autre chose... Il a le droit au respect, mais ce n'est pas un homme.*

— *Curieux que vous parliez de respect, alors que vous avez traité notre nouvel ami de merde, lança le Chevalier Courageux qui ne comprenait pas ces manières des gens de connaissances et de magie.*

— *Vous avez raison. La sagesse s'aigrit avec l'âge, je le reconnais, fit Gallath.*

— *Bien, au moins vous avouez votre tempérament, lâcha Iris.*

— *Avez-vous une quelconque marque sur le corps ? Un symbole ressemblant au sept des humains ou des gens de votre espèce ? demanda le sage au nouvel arrivant, curieux, ne voulant pas discuter plus en avant ce sujet.*

— *Oui, répondit la sournoise bête. Sur la fesse droite, la trace du sortilège qui m'a donné ainsi vie.*

— *Ah, je comprends donc mieux pourquoi vous existez... Je me disais bien que pareille immondice ne pouvait exister au naturel, fit le sage.*

Passages secrets

Adélaïde descendit dans l'escalier l'arme au poing. Cet endroit était horrible. Alors que du velours noir tapissait les murs du labyrinthe, ici tout était en pierres recouvertes d'eau, de mousse et de moisissure à cause de l'humidité. Il devait y avoir au moins une demi-douzaine d'araignées qui se baladaient sur elle, sachant qu'elle avait déjà cassé quatre immenses réseaux de toiles, il faisait de plus en plus chaud, l'air devenant donc de plus en plus étouffant, et bien sûr, les marches de l'escalier étant très étroites, elle avait par deux fois manqué de descendre sur les fesses. C'était vraiment effroyable et terrifiant. Si loin des tapisseries et parquets rassurants du club. Cet escalier devait d'ailleurs finalement bien dater de la création de la cathédrale, ou alors des guerres. Le système d'ouverture avait juste dû être mis à jour par les techniciens de Phileas, mais le passage était très vieux, cela se sentait et se voyait. Adélaïde continua à descendre les marches et glissa sur une mousse. Elle réussit heureusement à se redresser pour ne pas tomber. C'était la troisième fois.

— Rââh ! Il a fallu que je prenne le passage le plus pourri de tous ! vociféra-t-elle. Il est multimilliardaire, il réactive une justice parallèle en sommeil depuis trente ans, il investit une cathédrale, il conçoit deux clubs pour riches pleins de filles, et il n'est même pas foutu de nettoyer ce putain d'escalier !

Adélaïde rouspéta encore un peu, furieuse, et continua à descendre en faisant extrêmement attention. Explorer un passage secret était une chose assez grisante en général, même étant donné la situation, mais parfois la peur surpassait de beaucoup l'excitation. Et ce passage était vraiment angoissant. Trop angoissant même. Son odeur, sa vétusté… cela avait son charme, mais lorsqu'on était seule à l'intérieur, ce n'est pas ce qui en ressortait. Alors Adélaïde se laissa aller à la colère, guidée par ses hormones. Cela avait l'avantage de dominer sa peur.

La jeune femme regarda en arrière pour chercher le début de l'escalier. Elle ne le voyait déjà plus, éclairée seulement par ses trois petites bougies. Elle estima cependant sa descente à plus de dix mètres. C'était énorme, elle était sûrement sous le labyrinthe en termes de profondeur. Continuant sa marche, faisant le plus attention possible à l'eau, aux mousses et aux moisissures jonchant la pierre, elle s'interrogea donc sur l'endroit où elle pourrait bien atterrir.

— Bon Dieu, si jamais je me retrouve en Chine, Phileas, je te jure que tu recevras la raclée de ta vie…

À peine sa phrase finie, Adélaïde s'exaspéra et fit la moue. Voilà qu'elle se mettait à faire des plaisanteries pas drôles. L'humour parfois vaseux de Phileas déteignait sur elle… il était temps qu'elle prenne l'air, elle avait besoin de sortir… cela aussi se sentait de plus en plus.

Pour se changer les idées avant la fin de la descente, Adélaïde repensa au *Service* et à son rôle de directrice. C'était euphorisant d'avoir du pouvoir et de pouvoir laisser libre cours à son envie de justice. C'était… c'était bien. Les décisions étaient parfois difficiles, choisir que telle ou telle crapule était allée trop loin, que ni le système ni eux ne pourraient l'arrêter et qu'il fallait donc l'éliminer était bien plus lourd à porter comme fardeau que quiconque pouvait le croire, mais c'était un métier qui donnait l'impression de changer le monde. Ces gens avaient des familles, des enfants, des amours, des amis, mais il fallait malheureusement parfois utiliser les grands moyens s'ils causaient trop de souffrances. Et si le *Service* n'arrivait pas à faire pression, à faire chanter ou à calmer leurs ardeurs, alors la section exécutive s'en chargeait. D'après ce qu'Adélaïde avait lu, plus de mille trois cents personnes autour du globe avaient dû être définitivement « retirées » de la circulation depuis 1946. C'était énorme, et quand on voit le nombre d'horreurs commises sur terre dans les journaux, on se dit que cela aurait été pire sans leur nettoyage. Ils avaient même dû éliminer certains chefs d'État... Fâcheusement, cela n'avait pas réparé les innombrables crimes perpétrés. Des millions de gens mériteraient encore d'être vengés, et la réalité restait douloureuse, ils ne pouvaient pas éliminer certains des pires monstres ayant jamais foulé la Terre sous peine de se faire découvrir et de voir leurs actions stoppées. Indéniablement, ils attireraient le regard sur leur existence et cela en serait fini. Et Dieu sait que des agents comme Phileas étaient démangés par l'idée d'aller dans certains pays pour sniper des officiels. Mais même en étant en dehors du système il fallait se soumettre à ses règles, tuer un chef politique qui fait massacrer des millions de gens n'est pas toujours possible, au grand regret de l'homme du club, et cela l'enrageait. Tout cela, toute cette rage l'avait ainsi d'ailleurs amené au projet de réorganiser un peu leur institution pour pouvoir mieux gérer le secret. D'après lui, s'ils étaient mieux structurés, plus comme les officiels, ils parviendraient plus efficacement à se protéger. Et il avait raison. Adélaïde et lui en avaient donc discuté autour d'un café puis avec les différents chefs de section, qui étaient du même avis. Feindre d'être officiels, prévoir le coup, permettrait s'ils étaient découverts de se faire passer pour un service secret d'un autre pays, ou mieux, de l'O.N.U., comme Phileas le souhaitait. Des agents pris sur le fait pourraient ainsi gagner le temps de se volatiliser sans passer par la case prison. Cela leur donnerait le temps de disparaître…

Phileas avait émis l'idée au début de la réunion. C'était à son habitude, déjà du temps de *D* il proposait de nouvelles idées. Il n'arrêtait jamais de prévoir de nouvelles façons de les protéger, de trouver des cartes à ajouter à leur jeu. Il avait même déjà réorganisé la méthode d'enquête du *Service*, il y a quelques années, d'après ce qu'Adélaïde avait lu. Il se présentait aux procès de certaines personnes pour voir s'ils s'en sortaient, et agissait en conséquence par le chantage ou la peur, il se mêlait à la jetset pour écouter les mauvais ragots… C'était… c'était Phileas.

*

Phileas tapa de son stylo sur la table, regardant tous ceux assis autour d'un œil interrogatif. Il était confortablement installé comme à chaque réunion, bien enfoncé dans son fauteuil à l'inverse des autres qui se tenaient tous droits. Il ne faisait pas partie du noyau de direction mais comme il avait réactivé le *Service*, qu'il payait la grosse partie des frais de fonctionnement et qu'il avait l'expérience, et, dans une certaine mesure la sagesse, il était là. Daniels lui était là pour rédiger le compte-rendu pour *Méphala*. L'avantage d'avoir un secrétaire particulier.

— Alors ? Sommes-nous une justice parallèle ou un service secret parallèle ? demanda Phileas à ses interlocuteurs.

— Je… commença Benjamin Johns, de la section de recherche.

Personne ne répondit.

— Je vais vous le dire, continua l'homme du club, qui ne s'attendait pas vraiment à une réponse. Nous sommes une justice parallèle, mais aux yeux du monde, nous serons en cas de découverte un service secret parallèle. Ce sera notre couverture, on fera des badges, on aura notre sigle… Le *Service* reste ce qu'il est, mais si l'un de nous se fait prendre, il dira appartenir au P.I.S.

— P.I.S. ? demanda Adélaïde, intriguée.

— Parallel Intelligence Service, O.N.U. division.

Adélaïde acquiesça et nota le sigle sur sa feuille en guise de note.

— Pourquoi en anglais ? s'étonna Helena James, cheffe de la section de nettoyage et de camouflage.

— À cause de la langue et du narcissisme américain… même pour eux cela fera vrai, lui répondit Samantha Dan, cheffe du service de profilage. Cela fait officiel un nom anglais.

— Je suis d'accord, fit Wallace Temple, le chef de la section d'équipement et de développement technologique.

— L'autre, c'était ? demanda Daniels pour le compte-rendu.

— P.J.S, Parallel Justice Service, répondit Phileas, qui attendait presque qu'on lui pose la question.

— Cela sonne bien aussi, formula l'assistant en tapant sur son ordinateur l'information.

— Oui, j'aime aussi, avoua l'homme du club.

— En sachant que ton idée ne peut être appliquée au mieux qu'une fois ou deux, parla Adélaïde en haussant les épaules et en se renfonçant dans le dossier de son fauteuil.

— Je le concède, mais on ne s'est jamais fait confondre depuis 97, je doute donc qu'on se fasse prendre plus de deux fois par an, sourit-il.

— C'est une bonne idée pour moi, fit Samantha Dan en joignant les mains sur la table. Sur le plan stratégique, je pense que c'est une carte à jouer.

— Je confirme, s'exclama Antoni Ava, du département de logistique général.

— Temple ? demanda Adélaïde.

— Cela ne dépend pas réellement de ma section mais je pense que c'est une bonne chose. Avec la section de recherche, on peut peut-être placer deux trois fausses infos sur le P. I.S. dans des bases de données, pour étayer notre jeu… Cela serait l'occasion de nous créer une excellente couverture non ? Et nous avons du monde à l'O.N.U., on peut sans problème leur demander de mentir pour nous aussi, s'il le faut.

— Tu m'étonnes, si on fait ça bien, même eux croiront qu'ils nous ont créés.

— Parfait, alors c'est bon… Si personne ne voit d'objection, je pense que nous pouvons commencer dès à présent l'application de cette mesure. En sachant que nos agents sur le terrain devront être munis d'un badge qui fasse plus vrai que nature, conclut Adélaïde.

— Pas de problème, acquiesça Temple.

— J'aimerais ajouter que ce qui est génial dans ce plan, compléta Samantha Dan, c'est que le *Service* ne sera jamais impliqué.

— Rien de tel que de donner une bonne grosse fausse piste pour écarter les gens à notre sujet, fit Benjamin John en faisant oui de la tête.

— Exact.

— Bien, passons à l'ordre du jour, l'affaire nord-coréenne sur l'esclavagisme…

*

Adélaïde revint à la réalité. Les dossiers étaient prêts, il ne manquait plus que sa signature et sa validation. Elle n'avait pas encore eu le temps de le faire, mais elle demanderait sûrement à Daniels de lui apporter dans la nuit pour qu'elle le fasse une fois tout ça fini.

Avec soulagement, en regardant en bas elle vit le sol enfin approcher. C'était ce qu'elle attendait avec impatience car il faisait vraiment trop chaud, elle était en nage. Il y aurait sûrement une arrivée d'air non loin qui lui permettrait de respirer, ou au moins se dit-elle, elle aurait de l'oxygène lorsqu'elle arriverait au labyrinthe. Manquant une dernière fois de déraper en quittant l'escalier, elle se rattrapa de justesse et avança dans le corridor à peine plus large qu'elle. Elle devait avoir descendu d'une vingtaine de mètres au final. Elle était bien en dessous de la cathédrale. C'était étonnant, car il était difficile d'imaginer à quoi pouvait servir un tel passage s'enfonçant aussi profondément sous terre. Et où menait-il à la base, avant que le labyrinthe ne soit construit ? Adélaïde eut rapidement réponse à sa question car elle vit à un moment donné une bifurcation. À gauche cela semblait partir dans la direction du labyrinthe, et à droite cela partait dans un tunnel sombre et encore plus infesté d'araignées que l'escalier. Toutefois ce couloir étant visiblement condamné et partiellement écroulé, Adélaïde supposa que le passage de gauche était le bon. Elle n'avait pas trop envie en inspectant l'entrée de droite de s'y aventurer de toute façon. Terre, pierres jonchant le sol, saletés, moisissures, et probablement deux ou trois squelettes, paix à leur âme, ce n'était sûrement pas le chemin indiqué par Phileas pour rejoindre le dédale. Adélaïde prit donc le passage de gauche et s'aventura pour ainsi dire à l'aveuglette. Il y aurait sûrement des choses intéressantes à découvrir avant d'arriver au labyrinthe. Étant données la majesté et la certaine classe de l'entrée du tunnel dans la salle de bal, l'escalier ancien et le corridor, cela ne pouvait pas être un simple point d'accès. ... Et cela n'y échappa pas, car après une centaine de mètres de marche Adélaïde se retrouva face à une porte, qu'elle ouvrit sans trop chercher à comprendre. Quand bien même elle se serait posé des questions, c'était sa seule issue à moins de repasser par l'escalier, elle se devait donc de l'ouvrir... Ce qu'elle vit de l'autre côté la bloqua cependant net sur place, l'étonnant bien plus qu'elle n'aurait pu l'imaginer en ouvrant. Elle ne s'attendait vraiment pas à une telle chose, car la porte donnait sur un salon hexagonal de vingt mètres de diamètre à peu près, mais surtout les lumières y étaient allumées et une musique passait en fond.... Toutefois ce n'était pas de découvrir ce salon qui était stupéfiant, mais bel et bien de contempler sa décoration. Il y avait contre les murs à sa gauche et au fond des bibliothèques de livres visiblement très anciens et des cadres de croquis de vaisseaux et de monstres marins, il y avait un présentoir où trônait un livre ouvert intitulé « *Arcanes & Runes des magies noires de l'ancien temps* », le gramophone jouant de la musique était posé sur une petite table en bois non loin d'un fauteuil victorien, tout près d'elle siégeait fièrement une immense proue de bateau en forme de sirène hurlante, et chose plus surprenante encore, il y avait un gros canon sur roues avec une douzaine de boulets empilés en pyramide. Enfin, la pièce était séparée en deux par trois marches surélevant la moitié du fond, où se trouvait d'ailleurs une échelle permettant de monter à une mezzanine remplie de livres, et il y avait à côté de l'éclairage du plafond un puits de lumière montant à la surface et oxygénant la pièce... Mais tout cela ce n'était rien à côté du simple mur de droite. Adélaïde n'en crut pas ses yeux... Elle était à chaque fois bluffée par les beautés du club, trop même, mais là, cela atteignait son apogée. Par quel tour de force... ? Adélaïde eut presque l'envie de se frotter les yeux tellement cela lui semblait incroyable, il y avait derrière une paroi vitrée et renforcée en plusieurs points par de l'acier faisant toute la longueur de la pièce un gigantesque aquarium ! Il faisait vraiment tout le long de la pièce, tout le mur ! C'était inimaginable, des dizaines de poissons d'eau de mer tropicale, de la flore marine, des requins... c'était un véritable écosystème qui vivait derrière la vitre. Adélaïde s'en approcha, bouche bée, et admira un magnifique poisson-lion nageant tranquillement à côté d'une colonie de minuscules architeuthis. L'eau semblait turquoise, le sable au fond était fin et blanc... Il y avait même les restes d'un vieil H.M.S. pour offrir un nid aux résidents... Adélaïde était subjuguée. Elle était à une vingtaine de mètres sous terre et elle était face à face avec l'océan tropical, en Moselle ! C'était incroyable, tout bonnement incroyable. Elle avait l'impression d'avoir changé de latitude… Un poisson-clown passa dans son champ de vision comme si de rien n'était et nagea jusqu'à des coraux. Il était poursuivi par un poisson-baliste picasso qui le laissa finalement en paix… C'était de toute beauté, tellement relaxant… Adélaïde se jura de revenir ici pour se reposer une fois leur affaire finie, encore incrédule de sa découverte. La musique qui passait était d'ailleurs elle aussi propice à la relaxation… Une vieille musique sans paroles mais qui donnait plus encore de charme à la pièce… Adélaïde avait l'impression d'être dans le Nautilus ou un musée aquatique. Le parquet et les murs vernis… Il ne manquait plus que la houle pour se sentir en bateau. Cela lui était même traumatisant de se dire qu'en sortant, elle irait vers la grisaille et le froid ! Reprenant toutefois un peu pied à la réalité, elle s'étonna tout de même de la lumière et de la musique. Ou bien Bladowski y était déjà passé… ou bien… Adélaïde ne sut plus quoi penser. Bladowski se terrait peut-être là, mais pourquoi mettre de la musique ? Et pourquoi allumer toutes les bougies en plus de l'électricité ? Cet endroit était vraiment bizarre… C'était comme si quelqu'un y vivait de façon permanente, ou comme si ce lieu existait de lui-même ainsi…

La jeune femme regarda une dernière fois le baliste picasso embêter un poisson-faucon à damier en repensant aux vacances aux Caraïbes que Phileas lui avait offertes il y a des années, avant d'être définitivement ramenée à ses obligations par un coup de pied. Surprise, elle se tient le ventre. Les bébés s'agitaient, cela ne tarderait plus, il fallait qu'elle se dépêche. Elle sentait même de petites contractions. Quittant avec regret cette pièce où elle aurait bien aimé accoucher, Adélaïde échangea son chandelier avec un de ceux de la salle dont les bougies étaient moins consumées et se dirigea vers la porte du fond. Cela l'amènerait vers le labyrinthe sûrement. C'était bizarre que Phileas n'ait pas noté cet endroit sur ses plans. Peut-être que ceux qu'elle avait trouvés n'étaient pas les plus récents cela dit. Elle referma la porte de son Nautilus à elle et toujours son chandelier à la main, elle s'engagea dans un autre couloir, cette fois un peu plus large. Mais il était toujours en pierre. Il y aurait visiblement donc encore pas mal de chemin et de découvertes avant d'arriver dans le labyrinthe.

***

Les Sept s'arrêtèrent lorsque le sommeil commença à affaiblir leurs paupières. Préparant un bon feu, ils s'assirent autour et mangèrent. Mais bien que les Sept, plus encore lorsqu'ils étaient réunis, étaient protégés contre le mal, la nuit restait fraîche et le froid environnant les atteignait. Hymel, vêtue uniquement de son habit d'écurie ainsi grelotait et tentait de se réchauffer en se frictionnant.
— Tenez, lui fit Gallath en lui tendant un verre.
— Qu'est-ce que c'est ? demanda la jeune fille.
— Vin chaud, hydromel, jus de framboises jaunes et salpêtre.
— N'avez-vous pas honte de donner de l'alcool à une jeune fille ? s'exclama le Chevalier Courageux.
— Aussi jeune soit-elle, une fille qui a vu ces horreurs a besoin de réconfort. Le vin le lui apportera et la réchauffera. Il est de magie.
Le Chevalier ne dit plus rien et se réchauffa les mains au feu.

— *Que va devenir le monde... même si nous rétablissons tout, les gens ont commis des atrocités, pourront-ils vivre avec ? Comment le monde pourra vivre après cela ?* s'exclama la fée assise les jambes ramenées à son buste, recroquevillée sur elle-même.

— *Si nous gagnons,* rétorqua défaitiste le sage.

— *Nous devons gagner,* annonça alors le Chevalier d'un ton qu'on ne lui connaissait pas.

Les six compagnons, surpris par son timbre, le regardèrent. Il avait cessé d'utiliser sa voix et son langage chevaleresque pour parler comme un homme, un simple mortel. Sérieux, las, il retira son casque pour respirer à l'air libre et se reposer, révélant du même coup son visage et une chevelure bouclée et blonde à faire pâlir d'envie les demoiselles et les anges des cieux.

— *Nous ne pouvons pas nous permettre de perdre. Nous sommes sept. C'est tout ce qu'il reste du monde libre, du monde sur lequel le mal ne devrait avoir nulle emprise...*

— *Voilà des paroles sages,* fit Gallath, *dignes d'un homme de foi et de mérite.*

Gallath trinqua à son compagnon, le sourire aux lèvres de le découvrir encore plus sage que lui-même, et avala une gorgée de son breuvage. Il tendit alors sa gourde à son compagnon pour qu'il se serve puis la fit passer.

— *Gnnnuuuu !* fit Hictor en attrapant la chope qu'on lui tendit et en avalant d'une traite son contenu.

— *Eh bien, notre ami avait soif,* sourit le nain-troll en avalant sa boisson salement.

— *Mais il est plus propre,* rigola mesquin le sage.

— *Le nain-troll a toutefois pour lui qu'au moins on ne voit pas sa boisson passer à travers son torse pour finir sur le sol,* fit Iris en regardant Hictor.

Le mort vivant regarda son ventre et tata pour sentir si c'était mouillé.

— Gnnnuhhh ?

— Un peu de musique ? demanda Gallath pour enchaîner sur la bonne humeur présente autour du feu.

— Vous jouez d'un instrument ? l'interrogea Hymel, réchauffée.

— Avant d'être Gallath le sage, j'étais Gallath le musicien. "Avec sa flûte aux mille accords, il parcourait le monde pour égayer les gens", lança-t-il avec malice.

— Je connais cette histoire, fit Iris en réfléchissant.

— Oh, c'était loin, j'étais jeune, encore plus jeune que vous certainement.

— Prétendriez-vous que mon âge est avancé ? le titilla la Rousse.

— Oh non, loin de là… Seulement j'étais jeune, et vous, vous êtes une femme.

— Et donc ?

— Vous n'êtes plus une enfant. Musique !

Gallath sortit une flûte d'une de ses manches par un tour de passe-passe et commença à entamer un air festif. Le Chevalier Courageux se mit à taper du pied sur le rythme, Hictor se leva et invita Iris à danser un pas grotesque que lui seul maitrisait, Hymel joua de la voix, la fée dansa même avec le nain-troll, et la soirée se termina sous de joyeuses notes, signe que les bons vivants étaient toujours vivants en ce monde…

Sale pervers

Adélaïde continua à s'enfoncer dans le corridor, arme en poche et chandelier à la main. Il lui restait encore assez de cire pour tenir un bout de temps, et fort heureusement depuis qu'elle était entrée dans la salle qu'elle appelait le Nautilus, l'air était plus frais. Essayant tout de même sur le chemin de rationaliser tout ça, elle se demanda quelle était la masse d'argent nécessaire pour exécuter tous ces travaux. Cela avait dû coûter des millions, sans compter que la discrétion devait être de mise. Elle n'avait jamais vu les relevés de comptes de Phileas. Elle savait qu'il était très riche mais elle ne savait pas à quel point, et ils n'avaient jamais abordé le sujet bien évidemment. En y réfléchissant bien, il y avait encore beaucoup de choses qu'elle ne savait pas en fait, et qu'elle ne saurait sûrement jamais. Elle n'avait déjà en tant que *Méphala* aucun accès à ses informations sur le club, qui étaient classées confidentielles même pour elle, alors le reste… Il devait y avoir nombre d'autres choses qu'elle ignorait. En réalité, les seules choses qu'elle avait apprises sur lui d'ailleurs depuis qu'elle était directrice, c'était qu'il possédait trois entreprises, une aux États-Unis, une en Italie, et une en Russie, qu'il spéculait en bourse sous plusieurs de ses identités et qu'il possédait plus d'une demi-douzaine de villas partout dans le monde. Mais elle avait l'impression de ne toujours rien savoir sur lui personnellement, malgré leur vie commune… Adélaïde arriva à une sorte de large salle en pierre d'où partaient d'autres couloirs, et laissa ses interrogations personnelles de côté. Elle était toujours sous le labyrinthe, et de ce qu'elle discernait c'était en pierre, comme le passage qu'elle venait d'emprunter… ce n'était donc toujours pas là où elle devait atterrir selon le plan. C'était semble-t-il un réseau de passages souterrains s'étendant sur tout le domaine, peut-être même au-delà.

— Lequel je prends moi maintenant ? se demanda-t-elle à haute voix en se grattant la base du cuir chevelu.

Après quelques instants de panique, Adélaïde se retourna vers l'entrée du passage menant au Nautilus et regarda des deux côtés du mur pour voir s'il y avait un moyen de se repérer. Il y avait effectivement à son grand bonheur, un symbole inscrit sur une plaque de cuivre fixée à même la pierre. Il s'agissait d'un pictogramme représentant des vagues. C'était basique mais c'était l'indication la plus simple. La jeune femme se rendit ensuite vers les autres entrées de couloir pour lire les symboles qui y étaient inscrits et ainsi se renseigner sur la direction à prendre. Elle remarqua alors qu'il y avait des chandeliers posés sur des piliers devant chacune d'entre elles et les alluma au fur et à mesure de sa lecture.

Adélaïde fut abasourdie de constater que cet endroit n'était pas si inhabité qu'elle le pensait. Ce n'était pas un vestige laissé à l'abandon en dessous du club, comme elle le croyait, mais bien un lieu aménagé par son cher et tendre… Il y avait une quinzaine de couloirs partant de la salle, tous ayant une direction bien précise. L'un allait visiblement dans la direction de la forêt d'après ce qu'elle put lire, l'un vers une colonne grecque, donc sûrement vers la salle de la Grèce antique, l'un vers une pyramide maya, un autre vers une pyramide égyptienne, un autre encore vers une colonne cette fois romaine, un vers une coiffe indienne, un autre vers un salon, un vers une maison japonaise, un vers un Moaï, un vers l'Inde, un vers l'Afrique, un vers le nord, représenté par Mjolnir, et un encore vers la bibliothèque, représentée par des livres… Autant de salles que de mondes, tous représentés par un élément de leur culture… mais en voyant un pictogramme en particulier, Adélaïde eut le cœur battant. Les deux derniers couloirs avaient une direction bien précise. Celui de droite montait, indiqué d'une flèche inclinée vers le haut, et le H et le trident spécifiait qu'il ramenait au club… mais l'autre courait dans les profondeurs de la terre vers un autre H et un autre trident… mais accompagné du chiffre 27. Adélaïde se sentit défaillir. Les Rodiers… c'était le chemin des Rodiers, elle en était certaine. La rue avait été fermée, condamnée pour travaux mais se pourrait-il que… ? Adélaïde regarda à l'intérieur du passage. Elle voyait une entrée de lumière provenant du plafond au loin. Sûrement un des puits d'aération… Elle fut prise de l'envie d'y aller mais… Adélaïde ne devait pas, elle devait retourner vers le labyrinthe. À présent elle était pratiquement sûre que Bladowski n'était pas passé par là et elle devait donc atteindre la cathédrale pour rejoindre les autres. Les salles étaient magiques… Tout ici était empreint de magie. Ce n'était pas Bladowski qui avait allumé le Nautilus. Il aurait laissé des traces ici, sauf s'il s'était caché là-bas à son insu. Pourquoi n'allumer que le Nautilus et pas cette pièce par exemple ? C'était incohérent. Et il y aurait eu des traces dans le sable du couloir partant de l'escalier… Non, ce n'était pas logique, elle devait donc retourner vers le labyrinthe pour au moins prévenir les autres. Et quand bien même si elle écoutait son instinct au lieu de sa raison, il y avait trop de salles pour qu'elle les explore seule…

Adélaïde prit donc le passage remontant vers la cathédrale, déçue de ne pas avoir le loisir de pouvoir suivre le passage vers les Rodiers ou vers une salle, et s'enfonça dans l'escalier de pierre. Elle arriva dans une salle presque identique à celle qu'elle venait de quitter. Immédiatement, elle alluma donc les bougies du chandelier posé sur le pilier de marbre blanc pour regarder autour d'elle. Il s'agissait effectivement d'une autre pièce de transit, mais dont toutes les issues étaient cette fois fermées par des portes. Lisant les indications, Adélaïde vit que cela ouvrait essentiellement sur d'anciennes salles servant au stockage de grains et de denrées, et servant peut-être maintenant à stocker aussi des bougies. Les autres passages étaient annoncés comme partant directement vers la gare, l'hôtel de ville, deux ou trois vieux bâtiments et même un lycée.

À l'inverse d'en bas, Adélaïde eut toutefois soudainement un mauvais pressentiment, comme si elle n'était pas la seule dans le coin. Elle sentait comme une forte odeur de transpiration dans l'air pourtant non respiré depuis quelque temps et elle était sûre que ce n'était pas la sienne. C'était plutôt celle d'un homme. Suspicieuse, elle illumina le sol pour voir s'il y avait des traces dans du sable ou quelque chose qui confirmerait ses inquiétudes, lorsqu'on la poussa violemment dans le dos.

— Aaaah ! s'écria-t-elle, en faisant tout pour retomber sur le côté, lâchant son chandelier dans sa chute.

Adélaïde se fit mal à la main gauche mais elle réussit à retomber sur le côté en protégeant son ventre du mieux qu'elle put.

— Salope ! vociféra une voix d'homme.

Adélaïde connaissait cette voix… mais avant qu'elle ne relève la tête, elle reçut un coup de pied dans le ventre qu'elle réussit à peine à retenir. Elle poussa un nouveau cri sous la douleur et affolée, pensa à ses bébés. Elle se protégea le ventre avec les bras en se recroquevillant, encaissant les nouveaux coups de pieds, et releva la tête lorsque cela se calma. C'était Larroca.

— Comment, vous… ? s'écria-t-elle, les yeux en larmes, inquiète pour son ventre mais folle de rage.

— Les passages secrets ma chère, les passages secrets ! annonça-t-il, les yeux emplis de haine en tournant autour d'elle.

—Espèce de sale…

Larroca donna un coup de pied au visage d'Adélaïde pour qu'elle se taise. La jeune femme hurla de douleur, elle n'avait pas vu venir le coup. Sa mâchoire lui fit horriblement mal.

— Qu'est-ce que vous voulez ? hurla-t-elle, en colère, le sang coulant de sa bouche et les joues humides de ses pleurs en se défendant tant bien que mal.

— Mais vous n'avez rien compris sombre pute ? Je suis ici en soutien de Bladowski ! s'exclama frénétique Larroca.

— Quoi ? s'étonna Adélaïde, soudainement plus furieuse que jamais.

— Je suis là pour l'aider à s'échapper si jamais il est démasqué !

— Sale connard !

Larroca en colère de cette insulte tenta de donner un gros coup de pied dans le ventre d'Adélaïde pour la calmer. Par chance, la jeune femme elle aussi mue par sa rage mais aussi par la peur qu'il ait fait mal à ses enfants se retourna juste à temps pour éviter le coup et en profita même pour sortir la dague de sa poche. Malheureusement, Larroca, plus vif et moins fragilisé lui donna un coup à la tête, et déséquilibrée, Adélaïde dut se tenir au mur pour ne pas s'allonger de tout son long. Sa dague lui échappa alors des mains, et l'italien en profita pour lui donner sans retenue un autre coup de poing au visage, là où il avait déjà frappé du pied. Adélaïde hurla de douleur sous le choc. Elle avait mal. Elle avait l'impression qu'il tapait directement sur ses nerfs. Elle était effrayée pour sa vie, mais plus encore pour celle de ses enfants. Pourvu qu'il ne leur ait pas fait de mal ! Ce serait trop horrible !

Saisissant la dague d'Adélaïde tombée au sol, Larroca s'apprêta à la poignarder pour mettre définitivement hors d'état de nuire cette Reine atteinte de la folie des grandeurs. Mais alors qu'il levait l'arme blanche pour l'abaisser sur la future mère, un bruit sourd se fit entendre. L'homme tombant à terre se mit à hurler en lâchant la dague pour se tenir la jambe. Adélaïde surprise mais soulagée tourna la tête et vit Chloé accompagnée de Caroline, Sublime, Camilla et Églantine.

— Sale pervers, ajouta la Reine d'Or, l'arme toujours pointée vers lui.

Adélaïde essuya ses larmes et le sang coulant de sa bouche et regarda le déchet humain gisant par terre, lui aussi les yeux humides et pris de douleur. La balle avait cassé net son péroné, irrémédiablement détruit. La jeune femme se releva, endolorie en se massant la mâchoire puis le ventre, espérant que les bébés n'aient rien, et sans remords tapa du talon dans son abdomen. Larroca poussa un nouveau cri mais ne se défendit pas. Adélaïde se retourna alors vers Chloé, le regard noir.

— Putain, Chloé, je t'avais dit de partir ! s'exclama-t-elle.

— Je sais mais…

La Reine de Sang s'approcha d'elle et lui prit l'arme des mains.

— Où as-tu trouvé ça ? demanda-t-elle en toussotant.

Chloé, encore sous le choc de son geste se laissa prendre le pistolet et la regarda, ahurie.

— Je… je l'ai trouvé dans ta loge, dans tes vêtements dans ton sac de rechange, répondit-elle.

Adélaïde regarda sa meilleure amie et vérifia combien de balles il restait dans le chargeur. Ce Beretta de cheville était sa seconde arme. Elle le rangeait en général dans son sac à main.

— Chloé, les filles… Je suis la cheffe du service secret le plus secret, le plus fragile, et le plus en danger du monde. Pas plus tard que ce week-end, j'avais devant moi dans un château écossais quatorze agents autorisés à tuer assis en ligne sur des chaises valant plus cher que nos tenues ! Quatorze ! Il y avait mon mari parmi ces gens. Je leur remettais un rapport de situation concernant un vol de missiles nucléaires… Je n'ai pas envie de vous voir dans ce monde, alors je vous conseille d'oublier tout ça.

Les filles toujours sous le choc la regardèrent en acquiesçant par réflexe de la tête, hésitantes de stupéfaction.

— Bien, accepta chamboulée Chloé, toujours incrédule d'avoir utilisé une arme à feu sur un être vivant.

— D'accord, ajouta Sublime, la seule autre capable de prononcer un mot.

— Repartez dans vos loges, ne vous séparez pas. Dites au premier Cavalier que vous voyez de venir récupérer le corps, ordonna alors Adélaïde.

— Que… ?

— Allez go ! cria la Reine.

— Mais…

— DEHORS ! hurla-t-elle.

Les filles sursautèrent et firent demi-tour en courant, effrayées par leur amie. Elles regagnèrent le passage descendant vers la gare, qui les amènerait sûrement vers le quai des Reines.

— Bon sang, les filles... En tout cas merci, vous êtes en or…

Adélaïde vociféra contre la tournure que prenait la situation et se retourna vers son problème du moment. Larroca était toujours allongé sur le sol, pleurant sa mère.

Sans un mot, elle ramassa la dague et la mit en poche. Il lui restait assez de balles dans le Beretta… Elle en tira une dans sa jambe valide et une dans son bras gauche puis reprit sa marche en faisant fi de ses hurlements. Il lui restait pas mal de chemin à faire, elle attrapa donc son chandelier qui avait roulé à terre et prit l'escalier montant au club. Adélaïde plaça le Beretta dans la poche de droite avec sa dague pour avoir une arme à feu de chaque côté. Droitière, elle avait tout à l'heure plongé par réflexe sa main dans cette poche mais il n'y avait que l'arme blanche, le PPK étant dans celle de gauche. Sans l'intervention de Chloé, elle serait morte, elle décida donc de ne plus risquer de reproduire cette erreur.

Quelles idiotes, s'insurgea-t-elle en repensant à ses amies. Il ne fallait pas qu'elles rejoignent leur monde. Elles devaient rester de simples Reines, il était beaucoup trop noir. Rien que le dernier mois, Phileas avait été obligé d'aller en Turquie et aux États-Unis pour assassiner des gens. Les deux cas étaient des affaires qu'il avait prises trop à cœur, mais elles révélaient bien de l'horreur de leurs vies. Une adolescente de confession musulmane avait été enterrée vivante par son père et son frère, simplement parce qu'elle avait parlé à des garçons ! Comment peut-on faire cela à son propre enfant ? C'était inhumain… Phileas ne l'avait pas supporté. Et aux États-Unis… ? Cela faisait près de trois ans qu'ils avaient enquêté et enquêté pour savoir qui était à l'origine chez Baxter de la création du virus de la grippe H1N1, qui avait donné l'ordre, qui avait propagé le virus et si c'était intentionnel ou non. Le rapport de l'enquête en main, Phileas et deux agents avaient dû partir pour finaliser la mission et faire passer un message. Ils avaient même dû détruire les ordinateurs et les recherches de développement de virus… Où va le monde, franchement ? Et pourtant, ce n'était que la partie immergée de l'iceberg… Alors Adélaïde ne voulait pas que les filles soient comme elle. Elles avaient la chance de vivre une vie normale, sans devoir régler les déviances des autres… Pourquoi diable voulaient-elles faire partie de leur univers sans vraiment savoir à quoi elles s'exposaient ? Adélaïde pensant toutefois qu'elles devaient avoir un besoin de justice tout aussi fort que celui qui l'avait poussée à tuer Kristan, décida de ne plus chercher à les blâmer et tenta de se calmer. Les coups de feu avaient attiré l'attention espérait-elle. Ce serait bien qu'un Cavalier vienne avec elle, elle était épuisée. Son visage était tuméfié, son ventre lui faisait mal, et elle avait des douleurs musculaires un peu partout. Elle ne devait pas être belle à voir…

Adélaïde gravit les dernières marches de l'escalier et avec soulagement, vit des pans de draperies noires. Elle avait atteint le labyrinthe. Ouf ! La fin de son périple approchait. Tout en s'enfonçant dans le dédale, elle se massa le ventre, la douleur se faisant persistante bien que peu forte. Était-ce grave ? Elle passa sa main sous sa jupe pour voir si elle avait une perte de sang. Heureusement ce n'était pas le cas… Elle n'était pas rassurée pour autant mais c'était déjà un bon signe. Bon sang, elle n'était qu'une idiote inconsciente ! Et si un des bébés avait pris un coup ? Peut-être même un coup mortel... Pourquoi donc avait-elle voulu attraper ce fumier au lieu de rentrer chez elle ? Fallait-il qu'elle prouve quelque chose ? Adélaïde, les yeux humides, espérait, suppliait même, qu'aucun des jumeaux n'aurait de lésions. Elle ne se le pardonnerait jamais si c'était le cas… Inquiète au possible, priant le seigneur pour que ses enfants n'aient rien, elle tourna toujours à gauche pour trouver un repère. Elle arriva alors devant une porte. L'ouvrant, elle découvrit que c'était la porte arrière de l'antichambre et s'enfonça dedans pour se rendre de l'autre côté et rejoindre le chemin qu'elle connaissait déjà. Arrivée au niveau du chandelier qu'elle avait allumé des dizaines de minutes plus tôt, elle entendit alors des forts bruits de pas et des cris.

— IL EST ICI ! Il EST ICI ! s'écria la voix de Tibérius.

Le combat des perdus.

Le combat contre les démons de l'ombre faisait rage. Il pleuvait et il faisait froid... Mais c'était déjà rassurant que ce soit de l'eau qui tombe du ciel et non plus du sang... Il n'était plus blessé... C'était un bon signe. La voix du sage résonnait fortement au-dessus du combat. Les têtes volaient, les artères démoniaques s'ouvraient pour déverser du sang semblable à une liqueur rouge remplie d'araignées noires, les cris de souffrance du mal rendaient les oreilles douloureuses par leur puissance symbolique... Les Sept se battaient comme des damnés. Le tranchant du Chevalier Courageux ne connaissait pas de répit, la masse du nain-troll écrasait et fracassait aussi bien par le haut que par le bas, les dagues d'Iris et Hymel finissaient le travail à terre parmi les corps si la vie démoniaque soufflait encore en leur cadavre, la voix du sage et son bâton n'avaient pas de repos... Hictor mangeait goulûment ses confrères de Satan. Dans les histoires, on combat le mal à grands coups d'épée et de sortilèges, mais ce n'était pas vrai. Du moins, ce n'est qu'une petite partie de la façon de les vaincre, et ce n'est pas la plus efficace et la plus puissante. Non, la plus puissante était la raison pour laquelle la fortune avait fait d'une fée l'une des Sept. Lorsque vous regardez au fond de l'abysse, l'abysse regarde aussi en vous, le mal vous corrompt lorsqu'il vous touche... mais cela marche aussi dans l'autre sens. Le toucher d'une fée, loin de la tuer elle, détruisait les démons si elle s'en sentait assez forte. Et leurs cris étaient effroyables... Un démon touché par une main pure était plus terrifié que tous les innocents pouvant être sur sa route. La caresse de ses doigts transformait leurs bras en bonté, convertissant le mal en bien, les rongeant comme le feu rongeait la terre au moment d'Apocalypse, le baiser de ses lèvres pures les faisant fondre d'agonie, pire encore que l'enfer pour l'Homme... sa voix mélodieuse quand elle chantait les pétrifiait sur place... Une fée comme toutes les créatures du rire, du bien ou du ciel, avait ce pouvoir unique, tuer le mal d'un simple effleurement... Si elle n'en avait pas peur, et qu'elle était en force. Et là, portée par leur victoire, même à sept contre dix milles, elle n'avait pas peur... La seule créature qui aurait pu faire encore plus de dégâts qu'elle au sein des troupes ennemies, endiablées et chaotiques, c'était une licorne, la tête de fleuron des animaux du bien. Malheureusement, et c'est d'ailleurs sûrement à cause de cela que cela arriva, un cheval de cauchemar, son exact opposé, fonça au galop à la rencontre de Dalah. La licorne était pure, plus blanche que la neige, son crin était d'or et sa corne d'ivoire, le cheval de cauchemar lui était une furie démoniaque, son pelage était aussi noir que l'abysse, ses sabots et son crin étaient en flammes plus chaudes que l'enfer lui-même, et ses yeux étaient d'un rouge plus sombre que le sang... Même torche à la main et lumière féérique à l'appui, la bête fonça vers Dalah avec frénésie sans aucune peur, presque transparente dans la nuit, quasi invisible si ce n'était ses yeux et le feu de ses sabots et de sa crinière qui trahirent sa marche démoniaque... Le museau de la bête tapa Dalah en plein ventre avec fracas et lui fit perdre en intensité d'un coup. Le choc fut violent et projeta la fée à des dizaines de mètres... La bête se mit alors à charger vers les compagnons de sa victime, crachant du feu, frénétique, en furie, mais le nain-troll lui sauta dessus sans crier gare. Sans rien y connaître, il cracha à ses yeux son haleine pestilentielle, lui planta le croc d'un loup dans le globe droit, pissa sur sa crinière et fendit à travers les flammes les tendons de ses talons avec le tranchant de ses dents... Le cheval tomba à terre et agonisa dans un cri, vaincu en moins de temps qu'il ne faudrait pour le monter. Les épées et les sorts que lançaient les mages ou les sorciers étaient puissants face au mal, mais aucun ne battait la puissance des créatures conçues par le bien... Seulement, cette hideuse monstruosité créée par la magie des hommes était puissante, et elle avait choisi le ciel pour une paire de seins.

Plus loin, le combat mené par d'autres était moins victorieux, le vieux sage Gallath faiblissait de plus en plus sous les assauts incessants des légions de l'enfer. Le Chevalier Courageux vint à son aide, mais il avait déjà tant à faire, tellement à défaire... Un orc en armure sauta sur le vieux sage et brandit son arme... Gallath sentit venir la fin et se défendit au corps à corps avec son bâton de magie, mais alors qu'il perçait le casque et la tête de son ennemi avec son fidèle bois, un second orc arriva par-derrière pour l'attaquer. Gallath n'eut que le temps de se retourner. Il prit le coup de hache au visage. La lame cassa net l'arête de son nez et trancha ses deux yeux. Il reçut le coup dans la vue et hurla de douleur... Mais il ne mourut pas, le tranchant s'arrêta dans ses orbites et n'alla pas plus loin. Iris, horrifiée de voir son malheur, assassina le démon devant elle d'un coup de sa dague en plein cœur et courut à la rescousse du sage alors qu'il tombait à terre, projetant au loin l'immonde merde avant qu'elle ne porte le coup fatal. Elle attrapa le manche de l'arme et tira d'un coup sec. Elle déchira alors une des manches du vieil homme et en prit un morceau pour lui bander les yeux.

— Non... soupira l'homme, presque sans voix, il faut d'abord nettoyer...

— Que... ?

— Brûlez... murmura-t-il.

— Vous êtes sûr ? fit Iris.

— Attrapez la torche et appliquez là dessus... n'ayez pas peur, j'ai confiance en vous, annonça l'éborgné, affaibli et trempé par la pluie.

Iris effrayée saisit le manche et regarda la guerre que les Sept menaient... La tournure était horrible... Presque désemparée par ses propres gestes, elle approcha alors le feu des orbites vides du sage pour brûler le reste de ses yeux et cautériser les plaies. Elle arracha au vieil homme un cri qui déchira la nuit jusqu'à la lune.

Lorsque ses plaintes s'arrêtèrent toutefois, une dizaine de secondes plus tard, alors que les démons mineurs de l'Enfer chevauchaient à leurs côtés, Gallath retrouva ses esprits.

— Qu'êtes-vous ma chère ? demanda-t-il à Iris, la raison et l'esprit revenus.

— Comment cela ? s'étonna la dame.

— Vous n'êtes pas magicienne, vous n'êtes pas sorcière, ni même mage, et pourtant vous êtes doté de pouvoirs magiques...

— Je suis élicienne, c'est-à-dire que je suis magique, sans user de sortilège, d'une baguette ou d'un bâton.

— Dans ce cas ne devriez-vous pas porter le nom de...

— De... ? reprit Iris en souriant.

246

— Vous avez raison, il n'y a pas de mots pour les gens comme vous...

Iris termina le bandage du sage avec un sourire narquois et vérifia sa tête pour s'assurer qu'il n'y avait pas de blessure. Elle tâta son cuir chevelu et inspecta son crâne. En réponse, comme pour communiquer, le sage désormais aveugle porta ses mains sur la rousse pour sentir ses traits. Mais le malin l'affaiblissant et forçant le mauvais sort, ses mains ne caressèrent pas son visage et se posèrent sur ses seins. Le vieil homme, honteux, sentit instinctivement sa chaude poitrine et retira ses doigts, gêné.

— Je suis désolé... la folie me guette.

— Ce n'est pas grave, répondit Iris. Je ne m'en ferai pas offense.

Gallath baissa ses mains, ne sachant plus trop où se mettre, mais ne put s'empêcher de repenser à ce chaud contact. Presque embarrassé, il releva alors timidement les doigts vers elle. Toutes ces choses qu'il ne connaissait pas et qu'il s'était refusées...

— Puis-je... dans ce cas ? demanda-t-il comme un enfant sage.

— Faites... l'autorisa Iris en farfouillant dans ses cheveux à la recherche de la moindre plaie.

Gallath le sage, un peu gêné compte tenu de son grand âge par rapport à sa compagne d'infortune, et compte tenu de sa requête, y alla avec pudeur et tâtonna sur la poitrine de la jeune dame. Timidement, il effleura et pressa la chair, puis chercha le nœud fermant le vêtement du corset. Le trouvant, il le défit alors pour écarter le tissu et libérer ses merveilles. Gallath le sage avait des gouttes de sueur au front. Il était honteux de solliciter ainsi la jeune femme... Mais c'était incroyablement doux et savoureux. Il passa ses doigts cagneux sur la peau de ses seins pour en caresser le velouté, effleurant la cicatrice du chiffre deux et saisit ses mamelons pour les faire rouler entre la paume de ses index et de ses pouces.

— Vos doigts sont froids... déclara Iris sans pourtant se gêner de ses oppressions.

— Je suis désolé... ma chaleur s'est amenuisée avec le temps... Ils sont beaux au toucher, somptueux... Ils donnent envie d'être savourés durant des journées.

— Il n'est cependant pas le temps de caresser les atouts d'une fille des centaines d'années plus jeune que vous alors que la bataille fait rage et que nos compagnons périssent.

— Vous avez raison, fit Gallath en retirant ses doigts, ferme envers lui-même.

L'homme rattrapé par la réalité se leva alors comme une furie et ses traits tirés exprimant sa rage à la place de ses yeux, appela son bâton d'un sort prononcé à l'envers. D'un geste précis, comme s'il était encore voyant, il s'en empara alors et frappa le sol tel un damné.

— Assez ! s'écria-t-il.

Une salve de lumière et de sainteté frappa instantanément la foule démoniaque qui fut projetée en arrière dans la nuit sombre et obscure. Tel un rond dans l'eau, il balaya tout le mal avoisinant, réglant d'un coup la situation à l'avantage de ses compagnons.

— Vous auriez pu faire cela dès le début, fit Gnitth en s'élançant vers lui, accroupi, les mains au sol.

— Ma magie ne fonctionne pas comme cela. Il ne suffit pas de donner un coup de baguette magique. Il faut concéder, sacrifier, payer son dû, ou simplement avoir fait le plus gros pour que cela soit efficace.

— *Gnnuuuu... répondit Hictor en arrivant à son tour sans que personne ne comprenne ce qu'il voulait dire.*

Le Chevalier Courageux vint à leur rencontre en rengainant son épée. Iris se détourna de ses compagnons un instant avant qu'ils ne la voient, pour refaire son corset, puis fit comme si de rien n'était.

— *Vite, il faut que nous repartions avant que la nuit ne revienne, lança Gallath.*

— *Comment cela ? demanda Iris, pleine de sagesse.*

— *La nuit est puissante, mais ses contrefaçons moins. Le soleil devrait encore être debout à cette heure-ci, la vraie nuit n'arrivera que dans une heure ou deux... Nous devons nous dépêcher.*

Gallath attrapa une épée de démon au sol et s'en para avant de reprendre la marche vers l'Est.

— *Hictor, trouvez-vous de nouveaux membres, vous n'avez plus de bras valide.*

— *Gnnnuh, acquiesça le mort-vivant en arrachant avec son bras quasi décroché un bras de petite taille à un démon à la peau rouge tachetée d'orange, et un autre à un monstre ailé bleu rayé vert et trois fois plus haut.*

— *Mais, comment faites-vous ? Vous n'avez plus d'oculaires ! s'émerveilla le Chevalier.*

— *La magie m'en doit une, s'écria déjà loin le sage. Je retrouve peu à peu la vision sans globes. Venez compagnon, le monde est en folie, ce combat sera terminé ce soir !*

— *Attendez, fit Hymel, Dalah est à terre ! en montrant du doigt une faible lueur brillant dans le tas de cadavres de démons du champ de bataille.*

— *Oh Dieu, la fée ! fit le Chevalier Courageux en courant vers elle.*

Les compagnons coururent parmi les amoncellements de cadavres et se rendirent au chevet de Dalah. La lumière de la fée était terne, son visage était comme vieilli, couvert de terre et ses ailes semblaient flétries...

— Mon Dieu, non ! fit le sage en arrivant et sentant sa lumière s'éteindre.

— Dalah, vous allez bien ? s'écria le vil Gnitth.

Malheureusement Dalah était trop fatiguée pour répondre, elle était trop fatiguée pour ne serait-ce que sourire... Et une fée qui ne souriait plus ne signifiait qu'une chose.

— Non, tu ne peux pas mourir Dalah ! s'écria Hymel en la prenant entre ses bras.

— C'est ainsi, fit Dalah... je m'éteins...

— Gnnnuuuu... fit Hictor, un bras trop court et un bras lui arrivant en dessous des genoux.

Son visage était le masque amorphe du cadavre de l'homme qu'il était mais comme sous l'influence magique de la mort d'une fée, des larmes coulèrent de ses yeux vitreux. Le Chevalier Courageux, Gallath, Gnitth et Hictor se réunirent autour d'Hymel et du corps presque sans vie de la fée et prirent une minute de silence pour la soutenir et qu'elle parte en paix... C'est alors qu'Iris la Rousse s'avança vers eux, calmement. Elle n'avait pas couru, comme ses compagnons, mais avait simplement marché, parce qu'elle savait ce qui se passerait. Elle avança vers Dalah et s'agenouillant à côté d'elle, posa sans détour ses mains sur son corps. Sans qu'alors personne ne puisse l'expliquer, que ce soit le preux Chevalier, le sage magicien ou l'homme touché deux fois par la mort, la lumière de la fée se raviva d'un éclat étincelant. Ses ailes reprirent vie et se solidifièrent d'une nouvelle force, la boue sur sa peau se sublima en fumée... Le bleu de sa peau redevint jaune rosé... La fée sourit et se redressa.

— Que m'as-tu fait ? demanda-t-elle, reconnaissante.

— Je suis élicienne, je suis magie.

Iris se releva, aida son amie à en faire de même et alors incrédule, leurs autres compagnons en firent autant.

— Il est temps de partir...

La fin de la traque

Adélaïde sur le qui-vive et le cœur battant à tout rompre sortit son Walther PPK de sa poche. La voix de Tibérius n'était pas loin.

— OÙ ÇA ? s'écria la voix de Christian, lui aussi dans le labyrinthe.

— IL RETOURNE VERS LA SALLE DES SENS ! répondit Tibérius, qui visiblement courait.

Adélaïde s'élança tant bien que mal dans la direction de la salle des sens. Elle se souvenait bien de la direction, il fallait aller trois fois à droite, deux fois à gauche, puis droite, gauche, gauche, droite, gauche, gauche, et enfin six fois à droite. Adélaïde avait mal, elle était haletante, mais elle courut du mieux qu'elle put ! Il ne fallait surtout pas qu'il arrive dans le club s'il n'y avait aucun Cavalier là-bas. Il risquerait de s'échapper encore.

— TU ES OÙ ? cria Francis à l'intention de son confrère.

— IL VIENT DEPUIS LA BIBLIOTHÈQUE ! indiqua Tibérius.

Adélaïde entendait les bruits de pas des Cavaliers courant de tous les côtés. La battue se resserrait.

— IL EST PASSÉ PAR OÙ ? demanda Francis.

— JE L'AI VU SORTIR DU PASSAGE DE L'ESCALIER ! répondit Tibérius. IL EST PRÈS DE LA SORTIE DES REINES !

— LÀ, JE LE VOIS ! fit Hector.

— IL VIENT VERS TOI !

Adélaïde accéléra le pas du mieux qu'elle pouvait lorsque soudain un bruit sourd se fit entendre, suivi immédiatement après d'un cri. Croyant reconnaître sa voix étouffée, Adélaïde déduisit que Bladowski avait taclé Hector avec élan, pourtant fort musclé. Cela ne renforça que plus sa détermination, et elle courut du mieux qu'elle put pour pouvoir stopper l'assassin. Il fallait l'arrêter !

Mais Adélaïde avait beau tenir son ventre avec ses bras pour minimiser l'agitation, son état ne lui permettait vraiment pas de courir, et qui plus est elle s'essoufflait vite. Elle avait déjà pris assez de risques, peut-être même celui de trop face à Larroca, et elle ne voulut plus mettre sa santé en jeu, même si près du but… Ralentissant pour reprendre son souffle, elle s'alarma en voyant une ombre approcher d'elle. Sans même vraiment avoir le temps de s'effrayer, elle vit cependant que c'était Lucius et se rassura. Ils coururent ensemble vers la salle des sens. La fin approchait, la chasse allait se terminer ils le sentaient.

— IL VA S'ÉCHAPPER !

— IL EST LÀ ! VITE !

Adélaïde et Lucius virent une masse sombre passer devant eux par un autre couloir et s'enfoncer dans la direction opposée à eux. Bon Dieu, c'était lui, c'était Bladowski !

— ON LE VOIT ! s'écria Lucius.

La lumière de la salle des sens apparut au loin. C'était le bout du tunnel. Adélaïde espérait de tout cœur que Charles et Jacques étaient dans la pièce pour l'attraper. Avaient-ils fermé les portes des autres salles pour en faire un cul-de-sac ? Pourvu que oui. Avant qu'il n'y arrive, Lucius et elle firent en tout cas tout leur possible pour aller aussi vite que lui et ainsi le rattraper. Il avait toutefois pour lui la robustesse de la jeunesse, aucune grossesse et de bonnes chaussures ! Adélaïde avait déjà du mal à suivre Lucius alors Bladowski…

— IL VA NOUS ÉCHAPPER ! s'écria Francis en arrivant à leurs côtés.

— VITE !

Bladowski s'enfonça dans la lumière et quitta le labyrinthe. Adélaïde, Lucius et Francis crurent que leur défaite était scellée, mais un bruit sourd et une plainte se firent de nouveau entendre. Imaginant le pire, ils crurent à la mort d'un de leurs amis mais lorsqu'ils arrivèrent dans la salle des sens, ils furent soulagés de voir que ce n'était rien de tout ça et s'arrêtèrent de courir pour reprendre leur souffle. Alfred se tenait encore à côté de la porte, massant son bras, perplexe, regardant la masse au sol en face de lui. Adélaïde suivit son regard, stupéfaite, et vit l'assassin stoppé net. Il se traînait encore vers le bout de la salle comme pour tenter une dernière fois de s'échapper un filet de sang coulant du nez, mais il était en piteux état.

La jeune femme reprit calmement son souffle et se dirigea vers lui en se laissant emplir de colère. Elle repensa à la vie de son amie ôtée sans remords, elle se rappela la tentative de meurtre sur le vieux Egler… Mais surtout, elle s'emporta rien qu'en pensant aux coups qu'elle avait reçus au ventre et qui l'inquiétaient horriblement ! Enragée, elle le saisit par le col et le retourna face à elle.

— Je te tiens, sale fils de pute ! lança-t-elle, à cran et furieuse, son arme braquée sur sa tempe.

***

Le combat final approchait. Les Sept mal en point affrontaient sans relâche les hordes du mal, lorsque celui qui semblait leur grand ennemi du moment arriva. Gallath s'exaspéra à sa vue faite de magie, et souffla de dépit. Un horrible orc à l'haleine putride avait pris ses fantasmes pour réalité. Un ange était certainement tombé durant ce combat ou un autre, et l'immonde créature à la peau vert grenouille et jaune lui avait arraché les ailes pour se les coudre dans le dos. C'était effarant, deux superbes et magnifiques ailes d'un plumage blanc comme la neige sortaient de la carapace de l'orc à la gueule de goule. Qui aurait cru que la magie des anges permettrait à leur nouveau possesseur de voler ? Personne. Personne n'aurait osé de toute façon... Il fallait bien une créature au complexe d'infériorité et à la pensée vile pour essayer ! Sapristi, Gallath invoqua son épée et en fit une affaire personnelle :

— Chevalier, protégez les femmes, Hictor et les autres magiques, avec moi !

Le Sage mena la charge tel un Roi meneur. Ils avaient des ennemis plus puissants et gros à combattre et à abattre, mais tous obéir au vieil homme aveugle, fidèles entre eux... Son épée tenue à deux mains, le mort-vivant portant son bâton et sa propre hache, Gnitth armé de sa masse, la belle fée portant dans sa taille lilliputienne de minuscules tisons portés à blanc, ils attaquèrent la créature volante venant à leur rencontre. Le choc fut homérique ! Du sang noir vola, du sang magique fusa, des cris s'élevèrent. Gnitth, acharné, tenta de fracasser les ailes de sa masse, sautant comme un frénétique pour les écraser, Hictor hacha ses jambes et par

255

on ne savait quelle magie de la mort, lui jeta des sorts de bonté avec le bâton, Dalah le piqua au cou et aux articulations, et enfin, Gallath, jurant repos éternel à l'ange déchu et profané, se battit fièrement contre les défenses armées que tenaient l'orc avant de porter le coup de grâce...

Le combat dura moins longtemps que ce que le Sage pensait, et fut même très bref. La tête de l'effronté roula à terre et ce fut fini. Cette créature à l'égo démesuré était visiblement tout aussi coriace qu'un cloporte... Enfin, au moins l'honneur de l'ange était vengé même si Gallath n'avait pas eu le combat épique qu'il espérait... Il regarda ses amis, les remercia d'un signe de tête, et ils reprirent le combat général. Iris, Hymel et le Chevalier se battaient bien pour de simples humains... Cela étonna les quatre compagnons qui remarquèrent qu'ils avaient fait du sacré ménage pendant ce temps-là.

— Saleté de magiques ! s'écria le Chevalier en pourfendant un gigantesque troll. Sous prétexte qu'on n'est pas des vôtres, on n'a pas le droit de s'amuser et on se tape tout le boulot en plus !

Les quatre compagnons sourirent. Ces humains, eux et toujours eux, il n'y a rien d'autre autour de leur nombril. Amusés, ils prirent leurs armes à deux mains, respirèrent un grand coup, et se lancèrent à l'assaut pour aider à achever le travail. Il commençait à pleuvoir de joie au-dessus d'eux. Était-ce le ciel qui se réveillait, était-ce la nuit qui devenait moins sombre, où était-ce un signe d'espoir ? Quoi qu'il en soit, cela mit en émoi et en joie les Sept, qui se sentirent habités d'une bonté divine sous une pluie aux gouttes d'or. Gallath, de très bonne humeur, commença alors même à couper des têtes en chantant.

— *"C'est un joyeux compagnon, qui va là, qui fait des bonds !*
Perché sur son canasson, qui vient là, qui fait'qu'du bon !
Armé de son bâton, qu'il trouva là, au fond d'un chaudron !
Face à un bataillon, houlà qu'c'est bon, on va s'fendre le trognon !

Prêt à couper des têtes, saperlipopette, on va faire trempette !
Allllezzzz viens t'amuser,
À découper avec ton épée,
Allllezzzz viens chanter,
On va gagner !
Nous sommes les compagnons du mondeuh,
Nous ne sommes pas immondeuh,
Mais nous savons chanter, et nous savons rigoler !
Ouplà ta tête, saperlipopette ! Schlack !

Tu es un bon ami, je te vois là, tu me plais bien !
Tu as un con d'ennemi, je le vois là, il ne fait pas l'bien !
Donne-moi ta main, rejoins-moi, crois-moi !
Tu vas rigoler, tu vas chanter, tu n'auras pas de croix !

Prêt à couper des têtes, saperlipopette, on va faire trempette !
Allllezzzz viens trancher,
À découper avec ton épée,
Allllezzzz viens danser,
On va gagner !
Nous sommes les compagnons du mondeuh,
Nous ne sommes pas immondeuh,

Mais nous savons nous amuser !
Ouplà ta tête, saperlipopette ! Schlack !"

Gallath effraya ses ennemis avec ses chants joviaux. Sa magie leur sembla puissante et nombreux se demandèrent "Qui diable était cet homme ? Il chante face à la mort, il est puissant ! Fuyons !" Effondré de rire, le Sage regarda alors la débandade de la monstrueuse armée du mal et en eut mal aux côtes.

— Qu'est-ce que ce chant victorieux ? demanda Hymel en venant à lui en rangeant son épée dans son fourreau.

— Oh, juste un chant paillard qu'on poussait lorsque j'étais enfant avec mes compagnons saltimbanques ! Vous entendriez la fin, vous seriez rouge de pudeur ! ricana Gallath.

Le vieil homme essuya des larmes qui coulèrent de ses orbites vides et ne put s'empêcher de se tordre de plaisir, nostalgique de ses bêtises d'enfant. Iris, le Chevalier et leurs autres compagnons les rejoignirent alors et l'aidèrent à se relever pour qu'il se tienne correctement.

— Et il la fourra, cette belle Gertrude, s'exclama le premier ! Et il la sauta, cette belle Suzanne, s'enfonça le second ! reprit Gallath, amusé.

— Voilà qui est fort noble comme chant de la part d'un vieil homme, s'indigna Iris.

— Oh, Iris, un peu de moue, on est aux portes de la mort enfin !

— C'est vous qui dites cela Gallath ?

Le Sage se ressaisit alors, sa crise de fou-rire passée, et regarda ses compères, un rictus encore aux coins des lèvres.

— Bon, je reconnais que je ne ris pas autant d'habitude, et je m'en excuse ! C'est la sagesse.

— La vieillesse plutôt, suggéra Dalah.

Gallath, comme ivre, s'amusa des propos de la fée et la saisit par la taille. Il déposa alors un bisou de sa gigantesque bouche sur sa petite tête comme un enfant joyeux remerciant qu'on lui a offert un immense cadeau. Dalah s'effara et s'écarta effrayée, son visage manquant d'être aspiré, mais elle sourit, enjouée d'une telle euphorie.

— Mais enfin, vous avez bu ? annonça-t-elle, malicieuse devant son état.

— Oui, la vie ! sourit Gallath. Regardez, il pleut de joie ! Le ciel se réveille, il y a des larmes lumineuses qui tombent du ciel, éclairant le monde ! C'est fantastique !

— M'apprendriez-vous cette chanson ? demanda Hymel, curieuse et rieuse en voyant le Sage tournoyer sur lui-même comme un enfant espiègle.

— Pas avant votre dépucelage miss, mais pourquoi pas ? s'écria Gallath.

Le Chevalier s'avança vers le Sage pour le ramener à la raison, agacé. C'était la fois de trop, des oreilles chastes n'avaient pas à entendre de pareilles paroles. Iris et Hictor l'arrêtèrent toutefois avant qu'il n'eût atteint le magicien. Il valait mieux le laisser profiter de sa joie, qui plus est contagieuse, car malgré le tempérament bien trempé et sans détour du vieux monsieur, il fallait bien admettre que les autres Sept n'avaient plus ri autant depuis longtemps et cela leur faisait du bien... Le Chevalier courageux retira donc la main du pommeau de son épée et accepta de se dérider un peu. Amusés, les autres rigolèrent alors tous de sa façon d'être, tout aussi coincée que le vieil homme était grincheux et franc parlé, que Gnitth vil et paresseux en dehors des combats ou encore Dalah naïve. Appréciant l'instant, soulagés par le rire, les compagnons d'infortune qu'ils étaient furent ensuite pris de bonheur par ce fait prodigieux qu'était la pluie de joie, ricanèrent de la danse loufoque qu'exécutait le Sage, et s'emplirent d'espoir de cette bataille qu'ils venaient de remporter... C'était comme s'ils revivaient, comme s'ils étaient de nouveau des enfants insouciants et innocents, comme si le monde noir ne s'était jamais levé... quand le bruit au loin leur fit tendre l'oreille. Scrutant l'horizon, ils virent alors des légions arriver en courant, armes à la main, furie du démon dans les veines. Le sourire s'effaça des sept visages et le sérieux revint. La fin était proche. La dernière guerre commençait. Sortant leurs armes, foulant le monticule de cadavres pour s'échauffer, les Sept compagnons se tinrent prêts pour la vague... La sixième fable allait prendre début.

20h04

La dague de ma grand-mère

Hector entra dans la salle des sens en se tenant le nez sans dire un mot. Il rejoignit le demi-cercle formé par Adélaïde, et quelques autres déjà là. Basile descendit de l'escalier en colimaçon menant à l'étage des loges en se tenant à la rambarde, calme, comme si de rien n'était, et Charles et Jacques arrivèrent de la salle de bal. Peu à peu, arrivant de partout, les autres Cavaliers sur les douze encore présents à la Cathédrale arrivèrent. Eugène et Timothy partirent tirer les immenses rideaux de la salle pour cacher le soleil quand il se lèvera le lendemain, la lumière générale s'éteignit sur ordre d'un autre, plongeant la pièce dans la seule clarté des bougies et du feu de la cheminée, les tables légèrement décalées furent remises en place, les chaises bougées furent placées à leur exacte position d'origine, et une main tenant un plumeau commença à nettoyer les surfaces. C'était pour ainsi dire la fin du spectacle. Le rideau se baissait et tout était remis en place. On préparait la cathédrale pour la nuit. Et quand ce fut le cas, que la pièce et les autres en désordre fussent remises en état, enfin, les Cavaliers mettant de l'ordre joignirent le demi-cercle pour former un cercle. Bladowski se retrouva alors entouré de ses treize demandeurs de comptes, sans possibilité d'échappatoire. Levant les yeux, le nez en sang, il fut soudain le plus effrayé de tous les gens passés au club aujourd'hui et son visage le montrait bien.

— Bien, annonça Alfred en retroussant les manches de sa chemise. Quelqu'un veut cet honneur ?

Adélaïde regarda son beau-père, ne sachant pas trop de quoi il parlait. Il avait enlevé sa veste de costume entre l'arrivée de Bladowski et maintenant et il n'était donc à présent habillé plus que de son veston et de sa chemise. Et au visage qu'il affichait, il semblait se préparer à s'acquitter d'une tâche plutôt ingrate et salissante.

— Non, à toi l'honneur, s'exclama Eugène.

— Hector ? demanda le Cavalier.

— Non, je te le laisse, je risquerais d'aller trop loin.

— Mais de quoi est-ce que… commença Adélaïde.

Sans qu'elle ait eu le temps de finir sa phrase, Adélaïde vit alors Alfred saisir Bladowski par les cheveux et lui assener un puissant coup de poing au visage. La jeune femme s'effraya de ce geste gratuit de violence et mit les mains devant la bouche. Bladowski retomba au sol dans un petit cri mais défait, ne fit rien d'autre. Alfred se massa alors la main et parla au nom de tous.

— Nous vous ferons grâce de ce que nous pourrions faire pour tout ce que vous nous avez fait endurer, ce n'était que pour Prunelle, annonça-t-il.

Il redescendit ses manches et referma ses boutonnières avant de reprendre.

— Nous tenions au nom des Cavaliers ici présents à vous donner notre petite justice personnelle… Vous vous doutez bien que nous n'allions pas vous laisser sortir d'ici sans vous en avoir fait part, quel que soit le sort que la police ou le *Service* vous réserverait.

— Je… murmura l'homme, sonné et à bout. … Service ?… que…

Hector se tritura le nez, comme pour confirmer ses dires.

— Adélaïde ? demanda ensuite Alfred en regardant sa belle-fille.

— Oui ? s'étonna la Reine, un peu gênée de ce passage à tabac certes court mais réel.

— C'est à toi… tu te charges du reste.

Adélaïde acquiesça et s'avança vers Bladowski. Tout était clair dans sa tête, il ne lui manquait plus que le mobile. Car elle savait déjà en effet ce qui se passerait après qu'il l'ait avoué. Mélina devait rester invisible maintenant, elle ne devait pas réapparaître morte à l'extérieur de ces murs. C'était dur à accepter mais c'était comme ça, sinon ils risquaient d'être découverts.

Oh, on se demanderait presque dans ce cas ce qui les séparait de ces crapules alors, vu qu'ils étouffaient sa mort pour se protéger, mais Mélina n'avait personne à l'extérieur et l'avouer dans les journaux ne changerait rien. Non, cette mort devait rester secrète mais son assassin devait quand même payer. Bien sûr, Tibérius Bladowski pourrait peut-être passer en justice pour un crime tel que celui-ci, il n'était sûrement pas assez influent pour échapper à son destin, mais il n'en restait pas moins qu'étant donné les circonstances, ils devaient s'en charger eux-mêmes. Ensuite, sa mort n'était pas indispensable, il pouvait être emprisonné quelque part, mais à quoi cela servirait de le faire prisonnier ? Œil pour œil et dent pour dent n'était pas toujours la bonne solution, mais c'était la plus pratique, et parfois la plus juste.

— Bien, monsieur Bladowski, commençons.

Adélaïde se positionna en face de lui et le regarda de toute sa hauteur. Les marques qu'elle avait au visage disparaîtraient sous le maquillage, rien ne transparaîtra, mais en attendant elles confirmaient sa détermination de femme bagarreuse d'en finir.

— Dites-nous ce que nous voulons savoir et ce sera bref, ajouta-t-elle.

— Que… bien, se résigna-t-il.

Bladowski malgré sa déchéance et son humiliation entouré de tous, s'assit sur le sol de manière décontractée et sereine. Son sort était fait de toute façon, alors autant se mettre à son aise. Adélaïde et les Cavaliers étant trop informels à ce moment précis, et peu enclins à l'humiliation, n'étaient d'ailleurs pas pour le forcer à rester dans une position d'infériorité.

— J'ai été contacté hier soir pour exécuter ce meurtre, commença-t-il.

— C'était donc bien prémédité et commandé ? demanda Christian.

— Oui, on m'a proposé cent cinquante mille dollars pour tuer cette Reine.

— Mais pourquoi le faire ici ? s'exclama Lucius en jouant des bras, toujours intrigué de ce fait.

Bladowski se retourna vers le Cavalier et l'éclaira.

— Il m'a dit qu'elle devait disparaître, qu'elle devait mourir. Mais l'avantage de le faire ici, m'a-t-il dit, c'est que vous étoufferiez l'affaire pour que cela ne se sache pas. Et même si vous déposiez le corps à l'extérieur, vous feriez en sorte qu'on ne remonte pas à vous, et par corrélation à lui.

— Lui qui ? en vient enfin au fait Adélaïde.

— Robinson.

— Robinson ? fit Alfred, surpris. Jerry Robinson, le sénateur ?

— Oui, avoua Bladowski en baissant la tête, fatigué.

— Mais quel est le mobile ? demanda Hector de sa voix grave.

— Ils avaient une aventure depuis quelques semaines… Elle est tombée enceinte.

Lucius s'écarta du cercle et se massa le menton, perplexe.

— Et sachant qu'il a une famille, cela ferait mal évidemment.

— Bon sang, s'indigna Adélaïde, je pensais que ce genre de chose n'arrivait que dans les films !

— Malheureusement non, rétorqua Alfred. Mais qu'est-ce qui nous prouve que vous ne nous mentez pas ?

— Aucun intérêt, répondit l'assassin.

— Si, celui de ne pas faire tomber avec vous le commanditaire, et de faire payer Robinson pour un crime qu'il n'aurait pas commis.

— Je ne toucherai pas mon argent là où je serai je présume, alors autant rendre justice…

— Je le crois, s'exclama Charles à l'intention de son collègue.

— Merci.

— Ne me remerciez pas ! Vous êtes une ordure, vous avez tué Prunelle de sang-froid pour de l'argent ! s'offusqua le Cavalier.

Bladowski ne répondit pas. Il baissa les yeux… face à son procès, il se devait d'admettre que c'était vrai et que cela l'avait perdu.

— Bien, et vous ? demanda Alfred à ses autres collègues. Vos avis ?

— Coupable, parla Tibérius.

— Je le crois aussi, son raisonnement est sensé, ajouta Eugène.

— Pareil pour moi, ajouta Timothy.

— Je ne pouvais pas les sentir tous les deux, annonça Hector.

Les quelques Cavaliers qui ne s'étaient pas prononcés le firent et Alfred acquiesça de la tête, approuvant aussi.

— Je dois vous avouer… Un autre membre était censé m'aider à m'échapper si jamais je me faisais prendre. Je ne… Je ne sais pas qui, annonça Bladowski.

— Quoi ? s'étonna Timothy.

Les Cavaliers commencèrent à s'affoler, persuadés qu'un complice leur avait échappé mais Adélaïde les rassura.

— C'était Larroca, il gît par terre dans les souterrains, annonça-t-elle. On lui a tiré dessus avec Chloé.

— Quoi ? Chloé ?

— Tu l'as vu ? demanda Ézéchiel.

— Comment s'est-il échappé ?

— Elle et d'autres nous ont désobéi et sont revenues en cachette, révéla Adélaïde.

— Elles vont m'entendre celles-là, rouspéta Alfred.

— Merci de votre sincérité.

Adélaïde fit oui de la tête et en forme de conclusion, intérieurement furieuse, reprit la parole.

— Et en plus elle était enceinte, récapitula-t-elle, se sentant bouillir de plus en plus. … C'était vraiment le mauvais jour pour tuer une Reine enceinte… Fallait attendre que je ne sois pas au club !

Soudainement prise d'une folie rageuse, la jeune Reine sortit de sa poche la dague qu'elle avait trouvée dans l'antichambre et lui entailla la gorge d'un coup sec. Sous les yeux hagards des Cavaliers, Bladowski se tint alors le cou, surpris et incapable de parler, avant de finalement tomber à terre aux pieds de la Reine.

— Tu… fit Eugène, bouche bée.

— Nettoyez, s'il vous plaît, demanda Adélaïde subitement pâle à ses amis. Et appelez-moi le *Service*. Dites-leur de contacter notre agent présent à Washington, pour qu'il s'occupe du sénateur. Qu'il prévienne sa famille du pourquoi et du comment. J'ai hâte de voir sa femme et ses enfants lui cracher dessus…

— C'était la dague de ma grand-mère, lâcha Alfred, un poil déçu.

— On s'occupe du reste ici, commença Lucius, acquiesçant.

— Bien, et occupez-vous de Larroca en bas. Faites-le payer en l'envoyant dans une prison tur…

Adélaïde s'arrêta de parler et se tint tout d'un coup le ventre en serrant les dents pour retenir un cri de douleur. Elle se rendit à une table pour s'appuyer, suivit des Cavaliers qui s'empressèrent de venir à son chevet pour la soutenir.

— Ça va madame ? demanda Francis.

— Qu'est-ce que tu… s'inquiéta Alfred.

— Non ça ne va pas… c'est pour ça que je veux que vous passiez le coup de fil, fit Adélaïde. Je perds les eaux. Alfred, vite !

Washington D.C., US

L'homme aux cheveux poivre et sel ouvrit la porte de sa chambre d'hôtel, en face du Congrès, et rentra à l'intérieur. La soirée fut longue et fastidieuse, il avait besoin d'un bon verre de scotch et d'une bonne nuit de sommeil. Épuisé il déposa donc sa veste sur son lit et défit sa cravate lorsqu'il remarqua que les rideaux s'envolaient sous les effets du vent. Étonné, il voulut allumer pour voir pourquoi les fenêtres étaient ouvertes, quand une voix masculine se fit entendre.

— Vous l'avez fait tuer parce que vous aviez peur qu'elle ne soit enceinte et qu'elle vous demande de l'assumer. Cela vous a terrorisé au point de la faire sauvagement assassiner alors que vous l'aimiez… Vous êtes pitoyable et vous êtes marié, Sénateur.

— Bon Dieu, vous êtes qui ? s'exclama l'homme, effrayé de cette présence.

La réponse ne vint pas tout de suite. Un terrifiant silence baigna d'abord la pièce, plongeant le sénateur Jerry Robinson dans la peur de l'inconnu.

— Je suis l'homme du club. Vous avez dû entendre parler de moi…

— Bon Dieu… s'effara l'américain.

Phileas dégaina son arme sertie d'un silencieux et la pointa vers lui sans hésiter. Le sénateur afficha un visage apeuré.

— Elle n'était même pas enceinte, sa pilule annihilait juste ses règles.

Phileas tira une seule et unique balle, dans la tête.

— Vous avez été idiot de vouloir la faire tuer au Club et de manière aussi brutale. Comment avez-vous pu penser qu'on ne découvrirait rien ?

21h35

L'accouchement

Wanda poussa les portes battantes et s'avança endiablée dans la maternité. Le souffle presque coupé d'avoir couru, elle se dirigea avec empressement vers le comptoir d'accueil.

— Je cherche Adélaïde Sureau Queneau ! demanda-t-elle à la jeune femme assise derrière celui-ci.

— Je vous demande pardon ? répondit la réceptionniste en question.

— Oui, bonjour, ma belle-mère est arrivée ici et elle est sûrement déjà en train d'accoucher ! annonça Wanda, toute excitée.

— Et ?

Wanda regarda la réceptionniste d'un œil noir, la joie disparut de son visage et son sourire s'effaça. La petite blonde commençait déjà à l'irriter.

— J'aimerais pouvoir la rejoindre, formula-t-elle, alors que c'était évident.

— Si elle est en salle de travail, vous ne pourrez pas.

— S'il vous plaît, tenta de rester polie la jeune italienne, j'aimerais vraiment assister à la naissance de mes petits frères ou sœurs. Elle est d'accord pour que je sois à ses côtés.

— C'est impossible mademoiselle.

Wanda eut envie de gifler cette sale petite garce mais se retint. Elle souffla un grand coup et redemanda une nouvelle fois.

— J'insiste, mademoiselle…

— Wanda ? prononça une voix.

La jeune fille se retourna vers la porte qu'elle avait empruntée quelques secondes plus tôt et vit son père qui venait d'entrer en courant.

— Papa ! s'écria-t-elle.

Wanda s'avança vers Phileas et lui fit la bise.

— Elle doit déjà être là mais la réceptionniste ne veut pas qu'on la rejoigne, annonça-t-elle.

— Je suis désolée mademoiselle, mais vous ne pouvez pas entrer ! s'exclama la réceptionniste, ne faisant que respecter la procédure. C'est le règlement.

Wanda furieuse serra les poings, prête à faire un scandale. Phileas la calma cependant en l'attrapant par le bras.

— Mademoiselle, je suis le père des enfants à naître mais je suis également l'un des administrateurs de cet hôpital, alors s'il…

— Les salles de travail sont au second étage monsieur, veuillez m'excuser ! s'empressa de dire la jeune infirmière, gênée.

— Bien, merci, répondit Phileas d'un ton satisfait.

— Salle 4.

L'homme du Club fit un hochement de tête à l'infirmière et entraîna rapidement sa fille par l'épaule vers l'escalier.

— Comme une lettre à la poste. La prochaine fois, au lieu de faire bouillir ton sang d'Italienne mécontente, utilise la stratégie et la duperie, chuchota Phileas en gravissant rapidement les marches.

— Tu n'es pas réellement administrateur de cet hôpital, n'est-ce pas ? lui demanda Wanda.

— Bien sûr que non, pas sous ce nom en tout cas.

— Maman était une Italienne pure souche et mamie aussi, je ne renierai jamais mes origines ! s'exclama alors la jeune fille. Je suis ritale !

— *Et je le reste…* Ta grand-mère avait du sang russe et allemand !

— T'es un pur produit de consommation mondiale alors papa !

Phileas ouvrit la porte avec énergie en souriant de cette petite plaisanterie et ils entrèrent au niveau de la maternité. Regardant sur le panneau d'affichage de quel côté se trouvait la salle quatre, ils se dirigèrent ensuite sur leur gauche. Ils étaient tous deux impatients d'assister à cet événement. C'était quelque chose de si beau, de si énorme, cela allait changer leurs vies… Ils poussèrent des mains les portes battantes d'accès au bloc et tombèrent avec surprise sur Alfred qui attendait déjà inquiet devant la salle quatre en faisant les quatre cents pas.

— Tu as fait le coup de l'administrateur ? plaisanta Alfred en voyant son fils arriver.

— Toi aussi ? sourit Phileas en venant près de lui.

— Ouaip !

L'homme du club ne put s'empêcher de rigoler, nerveux. Il était très excité et cela se ressentait beaucoup dans ses gestes, ses tics, et ses paroles.

— Quelqu'un a prévenu ses parents ? demanda-t-il alors en regardant tour à tour sa fille et son père, pour repousser encore un peu le moment où il devrait franchir la porte.

— Non, répondit l'un.

— Non ! s'exclama l'autre.

— Bon sang, je vais me faire tuer !

Phileas sortit son portable et composa le numéro de Brigitte.

— Nan, c'est elle qui va se faire tuer ! s'amusa Wanda.

— Allo Brigitte ? C'est Phileas. Ta fille t'a dit ? Elle est en train d'accoucher ! Oui… oui, je sais… j'attends ta punition. À tout de suite ! Tu sais quel hôpital ? … Salle 4. … Oui, on t'attend…

Phileas raccrocha.

— Bien, où sont les tenues stériles ? demanda-t-il.

— Aucune idée, fit Alfred.

— Tu ne sers à rien grand-père ! s'amusa Wanda.

— Moi au moins je ne sers pas à remplir les cônes avec des boules de glace.

— C'est temporaire !

— Excusez-moi monsieur, demanda Phileas à un médecin passant dans le couloir en faisant fit de leur bataille, pourriez-vous nous indiquer où sont les tenues, ma femme va accoucher d'un instant à l'autre !

Le médecin regarda les trois personnes, surpris et amusé par leur joie contagieuse, et s'arrêtant sur le magnifique visage de Wanda, encadré par des cheveux bouclés et bruns, ne put résister.

— Allez au fond du couloir, il y a un vestiaire, répondit-il.

— Merci beaucoup ! fit Phileas.

— Merci, rajouta somptueusement Wanda.

Le père et la fille se dirigèrent en courant vers le fond du couloir, excités.

— Tu ne viens pas grand-père ? s'exclama la jeune Italienne.

— Non merci, fit Alfred, voir leur naissance est important pour moi, mais voir l'entrejambe d'Adélaïde ne me tente guère.

— Oh, allez ! Ils arrivent d'une minute à l'autre ! Tu vas rater ça !

*

Adélaïde était en salle d'accouchement sur la table de travail, les pieds reposant sur des repose-pieds ou des étriers, elle ne savait plus trop car elle hurlait. La douleur était assez forte… Le monitoring indiquait que les bébés allaient bien, il n'y avait aucune anomalie, les médecins étaient confiants. Adélaïde avait même déjà reçu par intraveineuse une hormone de synthèse semblable à l'ocytocine, et la contraction du muscle utérin se faisait déjà. Il ne restait plus qu'à sortir les enfants… Et le premier arrivait.

— Il arrive, je le sens ! s'écria Adélaïde, en criant.

— Bien, poussez, poussez madame ! lança la sage-femme en lui tenant la main avant d'aller voir.

— Je le sens, je le sens !

— Poussez ! cria la sage-femme.

— Mais bon sang je fais que ça ! hurla Adélaïde de désespoir.

Elle poussa un cri de douleur tel qu'elle n'en avait jamais poussé. Elle expira et souffla avant de pousser, pousser, pousser.

— Bien, la tête arrive, annonça la sage-femme, la tête arrive ! C'est bien, c'est très bien, contractez vos muscles abdominaux et poussez !

— Il sort ? Il sort ? demanda Adélaïde, inquiète.

La sage-femme prit délicatement la tête du bébé en main pour l'aider à sortir.

274

— Voilà ses épaules, voilà ses épaules ! Maintenant le petit torse ! s'exclama la sage-femme, enjouée.

— Bon Dieu ! Aaaah !

— Continuez à pousser !

Adélaïde cria en poussant, haletante.

— C'est une fille ! l'informa la sage-femme.

— Quoi ?

— C'est une fille !

— Mon Dieu, Jean… elle s'appellera Jean, hurla Adélaïde en poussant, émerveillée, les yeux humides.

La jeune mère poussa de toutes ses forces, et sentant que sa douleur disparaissait, eut alors la joie d'entendre ses premiers cris.

— Voilà, elle est là, elle est avec nous ! Vous êtes mère Adélaïde, annonça la sage-femme en prenant le bébé dans ses bras. Vous êtes une maman !

— Bon Dieu, montrez-la-moi ! fit la jeune femme.

La sage-femme prit Jean dans ses bras et la montra à sa mère.

— C'est une petite fille magnifique. Elle est parfaite.

— Elle est si belle…

— C'est bien, c'est bien… On va passer au deuxième, reprit la sage-femme. Vous la verrez après.

— Mais…

— Monsieur, demanda la sage-femme en appelant le médecin, pouvez-vous vous occuper du cordon. Je vais m'occuper du second.

— Heure de la naissance, 21h41, fit l'anesthésiste.

La dame, forte mais douce, et d'origine africaine, tendit Jean au médecin et se rassit.

— D'accord. Je vais l'essuyer.

— Non, non, je veux la voir ! s'écria Adélaïde.

— Ne vous en faites pas ! Chaque chose en son temps…

Adélaïde se tut, elle avait raison, il fallait d'abord que le deuxième sorte. Elle se prépara donc psychologiquement à pousser son second bébé et attendit l'instant fatidique. Elle entendait les cris de Jean mais elle ne la voyait pas… Pas encore. Bon Dieu, cela ferait mal… Le temps défilait lentement et vite à la fois… c'était horrible. Elle était impatiente, elle avait trop mal.

— Bien, le second arrive… annonça la sage-femme.

— Dites, on ne pourrait pas faire une césarienne pour lui ? plaisanta nerveusement Adélaïde.

— Allez ! sourit la sage-femme. C'est bientôt fini !

— Oh de Dieu, ça recommence !

— L'humour est un bon moyen de diminuer la douleur ! Continuez !

Alors qu'Adélaïde commençait à pousser, la porte s'ouvrit soudainement pour laisser entrer Phileas, Wanda et Alfred habillés en tenues de médecin et excités comme des diablotins.

— Qui êtes-vous ? s'écria le médecin, surpris et soucieux de la stérilité de la pièce.

— C'est bon, c'est mon retardataire de mari… Tu en as mis du temps Phileas ? hurla Adélaïde.

Phileas s'approcha instinctivement d'Adélaïde après avoir refermé et lui tint la main en souriant, prêt à s'excuser, mais il remarqua alors son bébé dans les bras du médecin et en fut bouche bée.

— Mon Dieu… lâcha-t-il, émerveillé, ne trouvant rien d'autre à dire.

— C'est une fille… l'éclaira Adélaïde, haletante. C'est Jean…

L'homme du club se dirigea avec impatience vers la nouvelle née suivie de Wanda et Alfred et se pencha sur elle pour la regarder.

— Ouah… fit Wanda émerveillée.

— Elle est magnifique… lança Phileas fasciné.

— Le papa est en retard, s'exclama la sage-femme en rappel, contrariée.

— Désolé, je n'étais pas avec la mère quand elle a perdu les eaux, annonça Phileas distraitement.

L'homme du club était fasciné par sa fille, tout comme Wanda et Alfred… Ils regardèrent la petite dernière de la famille, heureux, incroyablement remplis de bonheur. C'était le plus beau présent, le plus beau cadeau qu'ils aient eu.

— Je veux la voir ! fit Adélaïde, presque en pleurs.

— Tout doux, tout doux, la calma la sage-femme, chaque chose en son temps, vous la verrez en même temps que son petit frère ou sa petite sœur !

— Tu n'as pas prévenu ta mère et ton père ! lança Phileas en caressant la joue de Jean. Dites, je peux la prendre dans les bras et couper le cordon ? demanda-t-il ensuite au médecin.

— Bon Dieu, merde, ils vont nous tuer !

— Votre langage Adélaïde ! s'offusqua la sage-femme.

— Te tuer ! sourit Wanda en glissant son doigt dans la main de sa petite sœur…

Le médecin regarda Phileas et accepta, pris au dépourvu.

— J'ai déjà mis les deux pinces… vous n'avez plus qu'à couper !

— Bien…

Jean se débattait un peu mais elle était si belle. Elle ne criait déjà plus. Phileas pleura d'émotion. Il saisit le ciseau, inspira, et coupa le cordon… C'était magnifique…

— Aaaaah ! hurla Adélaïde.

Le médecin, Alfred, Wanda et Phileas se retournèrent vers elle en sursautant.

— Tiens, Wanda, prends-la dans tes bras, je vais aider ta belle-mère, fit Phileas en la confiant délicatement à sa fille. Wanda accepta avec joie et lorsqu'elle l'eut bien dans ses bras, enveloppée dans sa petite couverture, l'agent autorisé à tuer vint s'installer à côté d'Adélaïde, lui fit un bisou sur le front, et lui tint la main.

— C'est l'anarchie cet accouchement, rigola le médecin.

— Accouchement en famille ! s'écria Adélaïde en se relevant un peu pour prendre un meilleur appui. Et je ne veux pas de cette étiquette de belle-mère !

— Tu as aussi oublié Chloé d'ailleurs, rappela Phileas pour la taquiner dans ce moment déjà fort éprouvant.

— Moi je veux bien t'appeler maman si tu préfères ! lança sérieusement Wanda. Cela me ferait plaisir.

— Elle était déjà partie ! s'exclama Adélaïde, qui souffrait assez. De toute façon elle est chez mes parents ! Oh putain, mais il fait quelle taille celui-là !

Adélaïde poussa un grand coup et regarda son bébé dans les bras de Wanda… Alfred la prit à son tour et la berça un peu… c'était magnifique…

— Aaaaaah ! De Dieu ! Wanda, cela me ferait plaisir aussi ! continua de dire Adélaïde.

— Mais cessez de parler bon sang ! Poussez et soufflez ! la gronda la sage-femme.

— Aaaaaah !

— Bon voilà, il arrive bien, poussez Adélaïde, sa tête approche ! s'émerveilla la sage-femme.

— C'est bien ma chérie, c'est bien, la conforta Phileas.

— Bon Dieu, tu n'as pas assisté à la naissance de ta fille, ils ne vont pas arrêter de se le faire sentir Phileas !

— Tais-toi chérie ! Tais-toi ! sourit le père. Pousse juste !

Phileas serra la main d'Adélaïde et regarda la sage-femme faire son travail… Mais il ne put résister, et tout en parlant à sa femme, il se rendit à côté d'elle pour voir la tête de son troisième enfant arriver. Puis tout se passa très rapidement. Brigitte, Robert et Chloé entrèrent dans la pièce, les bras et le buste du petit sortirent, puis ce fut ses jambes, et enfin sous l'assistance de tous, il sortit en poussant son premier cri.

— C'est un garçon ! annonça la sage-femme.

— Adrien ! s'écria Adélaïde en le regardant, soulagée d'en avoir fini. Il s'appellera Adrien !

Adélaïde délivrée laissa sa tête retomber sur le coussin et souffla… Elle était maman. C'était fini.

FIN

À suivre dans
Alessandra

www.ingramcontent.com/pod-product-compliance
Lightning Source LLC
Chambersburg PA
CBHW061240120726
48001CB00001B/73